W0287951

Karla hat die Arbeit in der Werbeagentur satt und träumt von einem Neuanfang als Illustratorin. Überraschend bekommt sie eine erste Chance und zeichnet während eines Urlaubs in der Toskana Entwürfe für ein Buch mit Katzengeschichten. Doch dabei kommt ihr so allerhand in die Quere …

Nicht nur muss ihr Freund aus beruflichen Gründen nach München zurückreisen, ein hartnäckiger Verehrer rückt Karla auf die Pelle und sie wird von der Großfamilie des Hausverwalters vereinnahmt – auch das Zeichnen von Katzen ist schwieriger als gedacht. Zum Glück stellen sich im Garten des Ferienhauses sehr rasch lebende Modelle ein, und Karla findet in dem Maler Lucien einen Vertrauten und Berater.

Gerade als sie sich am Ziel ihrer Träume glaubt, holen sie die Schatten der Vergangenheit ein …

Hermien Stellmacher zog im Alter von 15 Jahren von Amsterdam nach Deutschland. Sie studierte dort Grafik-Design und illustrierte zahlreiche Bücher und verzweifelte schon an so mancher Katzendarstellung. Sie lebt mit ihrem Mann und einem Kater in der Fränkischen Schweiz. www.hermien-stellmacher.de. www.facebook.com/hermien.stellmacher.autorin/

Im insel taschenbuch ist außerdem erschienen: *Cottage mit Kater* (it 4388) insel taschenbuch 4574

Hermien Stellmacher

Katzenglück und Dolce Vita

HERMIEN STELLMACHER

Katzenglück und Dolce Vita

ROMAN

Insel Verlag

Für Alex

Erste Auflage 2017
insel taschenbuch 4574
Originalausgabe
© Insel Verlag Berlin 2017
© 2017 by Hermien Stellmacher
Dieses Werk wurde vermittelt durch die Michael Meller
Literary Agency GmbH, München
Alle Rechte vorbehalten, insbesondere das der Übersetzung,
des öffentlichen Vortrags sowie der Übertragung durch
Rundfunk und Fernsehen, auch einzelner Teile.
Kein Teil des Werkes darf in irgendeiner Form
(durch Fotografie, Mikrofilm oder andere Verfahren)
ohne schriftliche Genehmigung des Verlages reproduziert
oder unter Verwendung elektronischer Systeme verarbeitet,
vervielfältigt oder verbreitet werden.
Vertrieb durch den Suhrkamp Taschenbuch Verlag
Umschlag: zero-media.net, München
Umschlagfoto: Stefano Paterna/mauritius images;
FinePic®, München
Satz: Satz-Offizin Hümmer GmbH, Waldbüttelbrunn
Druck: CPI – Ebner & Spiegel, Ulm
Printed in Germany
ISBN 978-3-458-36274-6

Katzenglück und Dolce Vita

I

Es sei ganz einfach, hatte der Mann an der Rezeption erklärt. »Gleich gegenüber gibt es Fahrkarten, und dann gehen Sie immer geradeaus. Sie können die Haltestelle gar nicht verfehlen.«

Ich überquerte die Gasse. Der Himmel über Bologna war strahlend blau. Im *Tabacchi*-Laden roch es nach Zigarren und gebrannten Kaffeebohnen. Der Inhaber sortierte Lottoscheine und diskutierte lautstark mit der Kundschaft. Ich kämpfte mich zu ihm durch, vorbei an Vitrinen und Regalen, in denen alles von Bürobedarf bis hin zu Süßkram und Zigaretten feilgeboten wurde.

»Buongiorno«, sagte ich. »Due biglietti per l'autobus, per favore.«

Der Mann riss zwei Fahrscheine von einer Rolle und knallte sie auf die Theke. »Due sessanta.« Ohne sich weiter um mich zu kümmern, setzte er das Gespräch mit den anderen fort. Ich legte zwei Euro sechzig auf ein kleines Tablett und ging hinaus.

Linie 28, 9:47 Uhr.

Die Busfahrkarten in der Hand, wiederholte ich die Zahlen wie ein Mantra.

Überall wurden Rollgitter hochgezogen, im Kosmetikgeschäft LUSH waren die Türen bereits offen. Der Seifengeruch, der mir in die Nase stieg, erinnerte mich an die Sendlinger Straße. Doch damit waren die Gemeinsamkeiten zwischen München und Bologna auch schon abgehakt. Die Geräuschkulisse war eine andere, die Leute sahen entspannter aus.

Ich selber war kein bisschen gelassen. Heute ging es um alles oder nichts. Ums Gehenkönnen oder Bleibenmüssen.

Die Straße mündete in eine große Piazza. Überwältigt von der Architektur und den intensiven Rot- und Ockertönen blieb ich stehen. Monumentale Bauten mit Torbögen, prächtige Palazzi mit gotischen Fenstern und Dachzinnen säumten den Platz. Dahinter ragten zwei mittelalterliche Türme in den Frühlingshimmel. Im Straßencafé vor einem Arkadengang richteten schwarz beschürzte Kellner alles für den Tag her.

Linie 28, 9:47 Uhr.

Ich eilte weiter. Immer geradeaus. Tauben- und Touristenscharen ausweichend kam ich zu einer vielbefahrenen Straße. Die Fußgängerampel sprang auf Grün, das Straßenschild bestätigte mir, dass ich richtig war: Via Dell'Indipendenza.

Ob der Name ein gutes Omen war? Vielleicht kam ich meiner eigenen Unabhängigkeit heute schon ein Stück näher. Beschwingt von dieser Vorstellung ging ich unter alten Arkaden weiter. Unter meinen Füßen Mosaiken, über mir prächtig bemalte Decken, wie in einem Freiluftmuseum.

Linie 28, 9:47 Uhr.

Als ich die Bushaltestelle entdeckte, entspannte ich mich. Jetzt konnte nichts mehr schiefgehen. Doch diese Zuversicht verschwand schlagartig, als ich mir den Fahrplan anschaute: Die Linie 28 war nicht aufgelistet.

»Autobus ventotto?«, fragte ich einen Mann mit Aktentasche. Zur Sicherheit malte ich mit dem Finger eine 28 in die Luft.

Er zog die buschigen Augenbrauen hoch. »Per la fiera?«

Fiera war die Messe. Ich nickte.

Der Mann deutete zuerst in die Richtung, aus der ich gekommen war, dann machte er eine Handbewegung nach rechts. »Parte dalla fermata Ugo Bassi.«

Ich sah auf die Uhr. 9:42. Panik machte sich in mir breit. Die Tasche unter den Arm geklemmt, rannte ich im Zickzack über die stark befahrene Straße, wich hupenden Autos und Bussen aus und erreichte mit klopfendem Herzen die andere Straßenseite. Dort kämpfte ich mich durch die Menschenmassen zurück.

An der Kreuzung suchte ich die Wände nach einem Straßenschild ab. Via Ugo Bassi. Außer Atem bog ich in den nächsten Arkadengang ein und rannte weiter.

Linie 28, 9:47 Uhr.

Kein Busschild weit und breit. Erst hinter der zweiten Querstraße entdeckte ich die Haltestelle und erreichte den Bus in letzter Sekunde.

Ich schaffte es noch, die Fahrkarte zu entwerten, dann fuhren wir schon los. Ich klammerte mich, obwohl ich nicht umfallen konnte, an einer Stange fest und versuchte, tief durchzuatmen. Nicht einfach bei den vielen Gerüchen um mich herum.

Der Franzose hinter mir benutzte ein süßliches Aftershave, das perfekt zu seiner näselnden Stimme passte, die Asiaten rechts von mir bevorzugten Sandelholz, die Italienerinnen zur anderen Seite rochen nach Zitrone und Moschus. Eine Mischung, die meine empfindliche Nase auf eine harte Probe stellte.

Auch sonst war die Gesellschaft kunterbunt. Jung und alt, seriös und leger. Sie unterhielten sich in so vielen Sprachen, dass die Kinder- und Jugendbuchmesse den Zusatz *international* redlich verdient hatte.

Während der Bus in die nächste Straße einbog, fiel mein Blick auf zwei Studenten, die zusammengequetscht auf einem Einzelsitz vor mir saßen. Sie sahen sich Illustrationen auf einem Bildschirm an.

»Boah! Wie hast du *das* denn gemacht?« Das Mädchen vergrößerte die Darstellung mit zwei Fingern. »Photoshop? Oder Mix?«

Der junge Mann schüttelte lachend seine Rastazöpfe. »1.0. Ganz ohne Technik. Einfach mit Pinsel und Farbe.«

Von *einfach* konnte kaum die Rede sein. Die ganze Illustration war in einem dunklen Petrolblau angelegt und zeigte mehrere fantasievoll gemalte Holzhäuser, die auf hohen Stelzen durch silbrige Nebelschwaden ragten. Auf dem höchsten Dach tanzte ein Paar vor einer Mondsichel.

Das Mädchen wischte über den Bildschirm. Eine dicke Seerobbendame kam zum Vorschein. In transparentem Tüll, mit einem hellblauen Hut und roten Stöckelschuhen saß sie gedankenverloren auf einer Parkbank.

Unsicher fasste ich durch das weiche Leder meiner Schultertasche nach meinem iPad. Die Zweifel und Ängste, die mich begleiteten, seit ich ernsthaft zu illustrieren begonnen hatte, waren sofort zur Stelle.

»Du wirst dich ganz schön blamieren«, tuschelten sie. »Deine Arbeiten sind nicht annähernd so gut!«

Um zu verhindern, dass der letzte Rest meines Selbstbewusstseins die Flucht ergriff, sah ich stur zum Fenster hinaus. Lebensmittelläden, Waschsalons und Reparaturwerkstätten wechselten sich mit Cafés ab, Schilder wiesen Touristen den Weg zum Hotel. Durch die einmündenden Straßen konnte ich immer wieder einen Blick auf die Innenstadt erhaschen, wo die höher steigende Sonne die Farben der Häuser leuchten ließ.

Mit jeder Haltestelle wurde die Idee verlockender, einfach im Bus sitzen zu bleiben und ins Zentrum zurückzufahren. Ich würde mit Marius frühstücken, mit ihm die Stadt erkunden und morgen in den Urlaub in die Toskana aufbrechen. Als hätte ich nie vorgehabt, die Messe zu besuchen.

In diesem Moment hielt der Bus vor einem großen Hallenkomplex. Die Türen öffneten sich zischend, und ich wurde mit den anderen Fahrgästen hinausgedrängt. In diesem Teil von Bologna herrschte die Farbe Grau vor. Nur über dem Eingangsbereich der Messe flatterten bunte Fahnen etwas Farbe ins Bild.

Meine Ängste und Zweifel waren mit ausgestiegen und ließen nicht locker. »Willst du dir das wirklich antun?«, raunten sie. »Du hast einen festen Job, du verdienst gut und wenn du das jetzt alles ...«

Ich versuchte, sie nicht zu beachten, und nahm das letzte bisschen Mut zusammen. Ich hatte jede freie Minute in die Arbeiten dieser Mappe investiert. Wenn ich jetzt kniff, war alles umsonst gewesen.

Ich reihte mich in die Schlange vor den Kassen ein. Die letzten Monate kamen mir in den Sinn. Meine Freizeit war ohnehin schon eng bemessen gewesen. Doch seit ich diesen Wechsel ernsthaft in Erwägung gezogen und nebenbei angefangen hatte, zu illustrieren, war rein gar nichts mehr übrig geblieben. Sogar eines der wenigen Wochenenden, an dem auch Marius Zeit gehabt hätte, war meinem Traum, Bücher zu illustrieren, zum Opfer gefallen.

Endlich war ich an der Reihe und gab meine Personalien in den Registriercomputer ein – Name: Karla Becker, Alter: 38, Wohnhaft: München, Germany. In der Sparte ›Beruf‹ gab es eine große Auswahl, und ich schwankte zwischen Mediendesignerin und Illustratorin. Das eine war ich bereits, das andere wollte ich werden …

Ich entschied mich für Letzteres. Auch wenn ich noch keine Veröffentlichung vorzuweisen hatte, behielt ich damit mein Ziel fest im Auge.

Rote Hinweisschilder zeigten mir den Weg zur Halle 30, wo ich Termine vereinbart hatte. Ich beschleunigte mein Tempo, vorbei an Aufstellern und Werbetafeln, die Verlage und Sonderschauen anpriesen. Doch kurz darauf hielt ich abrupt an.

Links und rechts standen riesige Pinnwände, die über und über mit Angeboten und Arbeitsproben bedeckt waren. Viele Illustratoren hatten Visitenkarten beigefügt, manche Bewerbungen waren als raffinierte Pop-ups gestaltet.

Verwirrt überflog ich die Texte. Zeichner aus aller Welt priesen sich und ihre Arbeiten an. Nur ich hatte nichts dergleichen vorbereitet. Meine Zweifel meldeten sich auf der Stelle zurück.

Ich überlegte, wie der Text meiner Annonce aussehen könnte: »*Kreative Senior-Artdirektorin möchte wieder ein selbstbestimmtes Leben führen. Zeichnet gut, tanzt mit allen Computerprogrammen Tango und ist zu (fast) allem bereit!«*

Ich verwarf die Idee. Ich würde es wie geplant durchziehen. Es musste auch so klappen.

Ich folgte den Wegweisern um die trostlosen Gebäude herum. Am Ziel angekommen, blieb ich vor einer verspiegelten Tür stehen. Ich überprüfte mein Make-up und zog meinen Blazer zurecht. War das dunkle Agentur-Outfit nicht zu spießig für diese Messe? Hätte ich lieber etwas Bunteres anziehen sollen?

Abgesehen davon, dass ich auch privat nur Grau und Schwarz trug, war es für solche Überlegungen ohnehin zu spät. Ich zog die wuchtige Tür auf und betrat die Halle, in der sich mein Schicksal heute entscheiden würde.

Ich ging an den ersten bunten Verlagsständen entlang. Als nach der ersten Reihe eine zweite, ebenso bunte folgte, fragte ich mich, ob ich hier richtig war. Meine Arbeiten passten in keinster Weise zu diesen Häschen und Piraten. Und schon gar nicht zu den rosa gekleideten Prinzessinnen, die mich von vielen Covern anglitzerten.

Das ist nicht meine Welt. Hier gehöre ich nicht hin!

Suchend ging ich weiter umher, in der Hoffnung auf einen Verlag mit Geschenkbuchprogramm zu stoßen. Schließlich hatte ich in den Buchhandlungen in München einige entdeckt und wunderte mich, dass Titel dieser Art hier gar nicht vertreten waren. Hatte ich mich so getäuscht? Hätte ich mich besser informieren müssen?

Ich war nicht die Einzige, die orientierungslos umherirrte. Auch andere Besucher sahen sich das Angebot unsicher an. Doch im Gegensatz zu mir waren sie unendlich jung. Hatte die Bezeichnung ›senior‹ in der Agenturwelt etwas mit Berufserfahrung und Einfluss zu tun, schien ich hier zum alten Eisen zu gehören.

Ich versuchte, diese Tatsache so gut es ging zu ignorieren, und machte mich auf den Weg zu meinem ersten Termin.

Als ich die lange Schlange am Verlagsstand sah, glaubte ich zuerst, mich geirrt zu haben. Doch meinem Terminplaner zufolge war ich genau hier verabredet. Nachdem ich um die Wartenden herumgegangen war, entdeckte ich ein Schild: Illustratorendienst. Dabei schien es sich um ein Speeddating für Zeichner zu handeln. Eine Verlagsangestellte saß an einem Tisch und schaute sich in schneller Folge die Arbeiten der Bewerber an.

»It's rather boring«, sagte sie gerade zu der Japanerin, die ihr gegenübersaß. »I think you have to work hard!«

Ein Blick auf die Arbeiten zeigte mir, dass sie Recht hatte. Die Figuren hatten auf allen Bildern eine identische, nichtssagende Mimik, die Hintergründe waren blass und ohne jegliche Perspektive. Eine Szene glich der anderen.

»He! Hinten anstellen«, sagte eine junge Frau, die es fast geschafft hatte. »Wir warten alle.«

Ich entschuldigte mich und ging zum Ende der Schlange zurück. Waren im allgemeinen Messegewimmel durchaus Anzugträger unterwegs, fühlte ich mich in meiner Agenturuniform zwischen den bunt gekleideten Illustratoren buchstäblich wie das schwarze Schaf.

Lange blieb ich nicht das Schlusslicht. Immer mehr Leute stellten sich an. Zwei Studenten vor mir unterhielten sich über einen Empfang, der an diesem Abend im Zentrum stattfinden würde. Während ich ihnen mit einem Ohr zuhörte, überlegte ich, ob ich bei diesem Zirkus wirklich mitmachen wollte. Mir war klar gewesen, dass man in der Verlagsszene nicht auf mich wartete, aber dass die Konkurrenz so groß war, hatte ich nicht geahnt.

Langsam bewegte sich die Schlange vorwärts.

»Warst du schon am Stand der IO?«, fragte der Typ seinen Freund, der eine riesige Mappe neben sich stehen hatte. »Die machen Beratungen.«

»Die was?« Der Freund stellte die Frage, die auch mir auf der Zunge lag.

»Die Illustratorenorganisation.« Er zeigte zum Ende der Halle. »Gleich neben dem deutschen Gemeinschaftsstand. Die haben mir richtig gute Tipps geben können.«

»Wenn ich das hier überlebe, mache ich mich dort mal schlau«, antwortete der Student mit der Mappe. Wieder ging es ein wenig vorwärts.

»Tote hat es hier meines Wissens noch nie gegeben.« Der andere zog eine Grimasse. »Nur viele geknickte Seelen. Aber die werden abends mit Prosecco wiederbelebt.«

Links neben mir lagen Bilderbücher zur Ansicht aus. Kleine, tapfere Ritter verteidigten Burgen im Sandkasten, direkt daneben schlossen drei Schäfchen Freundschaft nach einem Streit.

Einen Meter weiter stand ich neben den Büchern für die ganz Kleinen. Zögerlich fuhr ich mit der Hand über den Plüschbauch eines Entchens. Das weiche Plastik des Covers verströmte einen Geruch, der an Vanille erinnerte. Wie der Geruch, den ich bei meiner Freundin Katrin wahrgenommen hatte, als ich sie zum ersten Mal nach der Geburt ihres Kindes besuchte. Ein Treffen, das ich nie mehr vergessen werde.

Kaum habe ich unten geklingelt, steht Stefan in der Haustür, einen vollen Windeleimer in der Hand. »Hallo! Die Mama ist oben!« Ohne weitere Begrüßung eilt er hinaus.

Ich gehe durch das Treppenhaus in den ersten Stock, die Tür ist angelehnt. Im Flur riecht es nach Vanille und Babyöl. Während ich meine Jacke aufhänge, klingelt das Telefon. Der AB springt sofort an: »Katrin, Stefan und die kleine Mia sind grad beim Stillen, Windelnwechseln, Trösten oder holen den fehlenden Schlaf von heute Nacht nach. Wenn wir wieder Zeit haben, rufen wir gern zurück. Das kann aber dauern.«

In einem Zimmer hinten höre ich Stimmen. Als ich hineingehe, verstummt das Gespräch. Ich fühle mich wie ein Eindringling.

Mama Katrin strahlt, als sie mich sieht. Sie sitzt in einem Schaukelstuhl, das kleine Wesen an ihrer Brust trinkt mit geschlossenen Augen. Vorsichtig umarme ich sie.

»Schön, dass du da bist«, sagt sie. »Es gibt Kräutertee. Wenn du aber lieber Kaffee möchtest, macht der Papa dir sicher welchen.«

Enttäuscht, Katrin nicht für mich zu haben, setze ich mich zu den beiden anderen Frauen und ihren Säuglingen in die Sitzgruppe. Während das Gespräch langsam wieder in Gang kommt, sehe ich mich im Wohnzimmer um. Die Vorhänge sind neu, auch die Bücherregale. Auf dem alten Vertiko, das wir vor Jahren vom Flohmarkt nach Hause geschleppt haben, liegen jetzt Windeln.

Katrin stellt mich ihren Gästen vor. Susanne mit dem kleinen Max, Diana mit der schreienden Anna scannen mich mit kritischem Blick. Ich bin keine von ihnen. Ich bin *allein*.

Da ein Aufenthalt in ihrer Mitte ohne Visum unzulässig ist, werden meine Personalien gewissenhaft überprüft.

Ja, ich habe einen Mann, nein, ich bin weder verheiratet, noch heißen wir Papa und Mama. Nein, wir haben kein Haus und auch keine große Wohnung. Ja, obwohl schon 38, arbeite ich immer noch in der Werbung. Ja, richtig viel, und ja, ich weiß, dass mir nicht mehr viel Zeit bleibt, die nächste, höhere Lebensstufe zu erreichen: den Mutterstatus.

Dennoch gewährt man mir eine Kostprobe ihres Glücks. Katrin legt mir plötzlich das Baby auf den Schoß. »Ich glaube, Mia möchte dich kennenlernen.«

Bevor ich mich innerlich wappnen kann, liegt sie weich und schwer in meinen Armen, spüre ich die Wärme des kleinen Körpers. Zwei große Augen mit langen Wimpern fixieren mich. Ich muss mich beherrschen, meine Nase nicht in ihre Halsbeuge zu stecken, um den betörenden Babyduft tief in mich aufzusaugen.

Verstohlen streiche ich über den weichen Flaum auf ihrem Köpfchen und betrachte die zarte Haut, die perfekt geformten Ohrmuscheln.

»Das habt ihr gut hinbekommen!«

Ich würde ja auch gern, möchte ich rufen. Aber versteht denn niemand, dass es unmöglich ist? Kann keine von euch nachvollziehen, wie groß meine Angst ist, ein solch hilfloses Wesen ins Unglück zu stürzen? Dass ich keinen Plan habe, falls sich Fehler wiederholen und ich in die Fußstapfen meiner Eltern trete?

Ich gebe das Kind der Mama zurück, verabschiede mich überstürzt und renne mit klappernden Absätzen die Treppe hinunter. Erst als die U-Bahn sich in Bewegung setzt, beruhigt sich mein Herzschlag.

Wenn ich wieder Zeit habe, komme ich gern zurück. Aber das kann …

»He, dauert es noch lange?« Die forsche Mittzwanzigerin, die hinter mir stand, zeigte auf die Schlange, die sich längst weiterbewegt hatte.

»Sorry!« Als wäre es glühend heiß, ließ ich das Buch zurückfallen. Nur noch die beiden Studenten vor mir, dann war ich an der Reihe. Noch war Zeit zu fliehen.

Nein. Ich würde die Sache durchziehen. Genauso meine Frau stehen wie bei schwierigen Kundenpräsentationen. Und schon war es so weit.

Die Mappensichterin schüttelte mir kurz die Hand und kam sofort zur Sache. »Sie haben einen ganz netten Strich«, sagte sie, während sie Fragmente heranzoomte. »Entstehen Ihre Arbeiten am PC?«

»Unterschiedlich.« Ich zeigte auf die Darstellung einer schwarzweißen Katze, die zusammengerollt auf einer Bank in der Sonne lag. »Die Katze hier ist gezeichnet, Teile der Collage habe ich am PC erstellt.«

Ich hatte mit Katzen nicht viel am Hut, und die Arbeit war eher zufällig entstanden. Aber die Szene gefiel mir, weil das Tier eine solche Ruhe ausstrahlte.

»Haben Sie schon mal für einen Verlag illustriert?«

»Ich bin Designerin in einer großen Agentur. Da zeichne ich viel.«

»Ja, man sieht gleich, dass Sie aus der Werbung kommen«, sagte sie, als sie bei den letzten Arbeiten angekommen war. »Tut mir leid, aber ich sehe Sie überhaupt nicht im Kinderbuch. Vielleicht … bei den Geschenkbüchern.« Sie reichte mir das iPad zurück. »Wenn ich Ihnen noch einen Rat geben darf: Katzen sind zwar im Internet der letzte Schrei, aber im Buchsektor meiner Meinung nach ziemlich out. Nicht, dass sie Ihnen am Ende noch einen Strich durch die Rechnung machen.«

»Apropos Geschenkbuch«, sagte ich im Aufstehen. »Wo finde ich denn diese Verlage?«

»Hier gar nicht«, sagte sie spitz, »dies ist eine Messe für *Kinder*buchverlage«, und begrüßte die nächste Bewerberin. Ich war entlassen.

Der Schweiß brach mir aus, und mit schnellen Schritten eilte ich auf einen der Ausgänge zu.

Das hier ist nicht meine Welt. Hier gehöre ich nicht hin!

Erst als ich draußen an der Hallenwand lehnte, frische Luft einatmete, wurde ich ruhiger.

Während ich erneut eine Flucht zurück in die Innenstadt erwog, vibrierte mein Handy. Eine Nachricht von Robert, meinem Chef, seines Zeichens Creative Director der Werbeagentur.

Brauche deinen Support! Welches Motiv ist denn jetzt durch und wo hast du das auf dem Server abgelegt? Melde dich! asap!

Wütend ging ich zwischen den Hallen hin und her und dachte an die vergangenen Wochen. Alles hatte sich um den Etat eines wichtigen Kunden gedreht, wir waren Tag und Nacht zugange gewesen.

Robert hatte alles abgeschossen, was ich ihm präsentierte. Mal war die von mir ausgewählte Schrift *unentschlossen* gewesen, mal hatten ihn meine Ideen *nicht gerockt*. Ich war ruhig geblieben, hatte tief durchgeatmet und weitergemacht. Nach neuen Ideen gesucht, bis ich am späten Abend zufällig mitbekam, wie er mit der Geschäftsleitung telefonierte. Ein Gespräch, in dem er *meine* Ideen als seine verkauft hatte. Der Idiot hatte sogar meine Wortwahl benutzt!

Ich hatte ihn umgehend zur Rede gestellt. Langsam hatte er sich im ergodynamischen Designerstuhl zu mir umgedreht und mich angesehen, als wäre ich die Putzfrau, die ihn in seinen heiligen Gedankengängen störte.

»Ich habe gerade zugehört«, sagte ich.

»So?« Mit seiner üblichen affigen Geste strich er sich das Haar aus der Stirn. »Die Chefs fanden meine Idee rund. Wir können weitermachen.«

»*Deine* Idee?!«

»Jetzt mach mal kein Theater, Karla. Deine Eitelkeiten stehen jetzt nicht auf der Strategie. Mach es einfach fertig, okay? *Asap*. Die Präsi ist morgen gegen zehn. Bis dahin muss die Sache sitzen.«

Damit war meine Audienz beendet gewesen, und ich war wütend an meinen Schreibtisch zurückgekehrt.

Verbittert trat ich gegen eine leere Coladose und verfolgte, wie sie scheppernd unter einem Rollcontainer verschwand. Besser hätte er seine Nachricht nicht timen können. Nun wusste ich wieder, warum ich hier war. Warum ich jede freie Minute in diese Illustrationen investiert hatte. Weil ich es satt hatte, mich verheizen zu lassen. Weil ich nicht mehr rund um die Uhr, möglichst auch noch im Urlaub, nach der Pfeife eines eingebildeten Schnösels tanzen wollte. Weil ich etwas völlig anderes machen wollte.

»Fahr zur Hölle!« Ich löschte die Nachricht und schaltete mein Handy aus.

Jetzt stand bei mir anderes *auf der Strategie*.

Mein nächstes Gespräch fand mitten in der Halle statt. Der große Stand war nach drei Seiten offen und das Angebot perfekt präsentiert. Zu meiner großen Erleichterung gab es hier keine Warteschlange, und ich meldete mich bei einer pink gekleideten Frau am Empfang.

»Herr Klingenbach wird gleich für Sie da sein.« Sie

zeigte auf einen Bistrotisch am Rande der Ausstellungsfläche. »Wenn Sie dort bitte so lange warten würden? Kann ich Ihnen etwas zu trinken anbieten?«

Überrascht von diesem Kontrastprogramm nickte ich. Einen Augenblick später brachte mir ein spindeldürres Mädchen Kaffee und Kekse.

Um mich herum wurden Gespräche geführt, Verkaufszahlen diskutiert, und immer wieder fielen sich Leute begeistert in die Arme. Anscheinend war die Branche klein. Man kannte sich.

Zwei Kekse später tauchte Herr Klingenbach auf. Ein hochgewachsener Mann mit gegeltem Haar und Dreitagebart. Sein grünbraun karierter Anzug hätte bei meinen Kollegen Lachsalven hervorgerufen, doch er schien sich sehr wohl darin zu fühlen. Wiederholt strich er über den glänzenden Stoff und zupfte am Revers.

»Entschuldigen Sie, dass ich Sie habe warten lassen. Die Koreaner finden immer kein Ende!« Er nahm sich mit spitzen Fingern ein Plätzchen vom Teller. »Na, dann zeigen Sie mal, was Sie für mich haben.«

Bei den ersten Illustrationen war Klingenbach ganz bei der Sache. Er fragte nach und sah sich die Arbeiten in Ruhe an. Das freute mich, und ich erläuterte ihm bestimmte Techniken näher. Bis ich irritiert aufsah. Er antwortete mittlerweile nur noch mit »Mm-mmh« und »Aha ...«, und nun sah ich auch, wo sein Blick weilte. Nicht auf meinen Arbeiten. Er hielt regen Blickkontakt mit einer Frau am Stand gegenüber und rollte genervt mit den Augen.

Ich räusperte mich und sagte: »Ganz schön was los hier.«

»Pardon, ich war kurz abgelenkt.« Im Schnelldurchlauf scrollte er sich durch die restlichen Arbeiten. »Alles sehr, sehr schön. Aber leider nichts für unser Programm dabei. Wenn Sie mich jetzt entschuldigen?« Er verzog die Mundwinkel zu einem Lächeln. »Weiterhin viel Glück!«

Während Klingenbach vor der Frau gegenüber einen regelrechten Balztanz hinlegte, trank ich meinen Kaffee aus. Dann erhob ich mich. Auch für mich war hier nichts dabei. Schließlich wollte ich nicht vom Regen in die Traufe kommen.

Trotz Keksen knurrte mir der Magen, und ich folgte den Pfeilen zu einer Snackbar. Ich kaufte mir ein Sandwich und ging ins Freie. Das improvisierte Café, das dort aufgebaut war, hatte den Charme eines Imbisses im Industriegebiet. Nur ein paar weiße und gelbe Bodenmarkierungen durchbrachen das Grau des Asphalts, italienisches Flair war Mangelware.

Das tat der Laune vieler anderer keinen Abbruch. Fast alle schienen sich zu kennen, riefen sich Grüße zu oder umarmten sich überschwänglich. Je fröhlicher die Stimmung um mich herum wurde, umso einsamer fühlte ich mich.

Das ist nicht meine Welt. Hier gehöre ich nicht hin!

Schnell aß ich mein Brötchen und kehrte zurück in die Halle. Lieber schlechte Luft als diese Begeisterung.

Während ich im Toilettenraum vor den Kabinen wartete, schaltete ich mein Handy ein. Um mich von meinen Niederlagen abzulenken, klickte ich mich durch diverse Facebook-Beiträge. Die Mappenfrau hatte recht: Es wurden Unmengen von Katzenbildern gepostet. Aber sollte ich die Arbeiten deshalb aus der Datei entfernen? Nein. Ich mochte sie gern.

Eine Nachricht kam herein. Sofort war mein Magen in

Aufruhr. War es wieder Robert? Nein, Marius bat um Rückruf. Ich ging rasch wieder hinaus, um ihn anzurufen.

»Du errätst *nie*, wen ich im Hotel getroffen habe«, fiel mein Freund mit der Tür ins Haus.

»Erzähl!« Seine fröhliche Stimme gab mir das Gefühl, hier auch jemanden zu kennen und nicht ganz so einsam zu sein.

»Meinen alten Freund Daniel! Wir hatten uns völlig aus den Augen verloren, und plötzlich stand er neben mir in der Lobby. Ich wollte nur Bescheid sagen, dass wir eine kleine Wanderung in den Apenninen machen. Mit dem Auto ist das ein Katzensprung von hier.«

Ich sah sein strahlendes Gesicht vor mir. Marius wanderte gern und hatte nur selten Zeit dafür. »Mach das. Viel Spaß!«

»Haben wir sicher. Und wie läuft es bei dir?«

»Na ja«, sagte ich. »Ob es mit den Illustrationen was wird, weiß ich nicht.«

»Bleib locker. Morgen fahren wir erst mal in Urlaub. Dann schauen wir in Ruhe weiter«, sagte er. »Zur Not bewirbst du dich einfach bei einer anderen Agentur.«

Einfach. Was als Trost gemeint war, rief unerwartet große Widerstände in mir hervor. Ich wollte keine andere Agentur, ich wollte ein anderes Leben.

Mein Leben.

Die Illustratorenorganisation hatte ich schnell gefunden. Da vor dem Schild *Mappenberatung* keine Warteschlange war, sah ich mich unsicher um.

»Kann ich dir helfen?« Eine junge Frau mit kurzen braunen Haaren setzte sich an den Tisch neben dem Schild.

»Wenn hier die Mappenberatung ist, ja.«

»Du bist richtig. Setz dich doch.« Sie zeigte auf einen Stuhl. »Du hast Glück, der große Ansturm ist gerade vorbei.« Sie reichte mir die Hand. »Ich bin Anna Karina.«

»Ich heiße Karla.«

Anna Karina schaute sich meine Arbeiten in aller Ruhe an. »Wo siehst du dich denn selbst?«, fragte sie nach einer Weile.

»Geschenkbuch würde mir gefallen«, sagte ich. »Blöderweise bin ich davon ausgegangen, dass diese Verlage hier auch vertreten sein würden.«

»Da wirst du hier keine Ansprechpartner finden. Aber deine Arbeiten eignen sich gut für dieses Segment.«

»Ich war mir sicher, dass einige Kinderbuchverlage auch Geschenkbücher im Programm haben. Oder täusche ich mich da?«

»Das stimmt, aber es sind wirklich nur Ausnahmen.« Sie zoomte ein paar Details heran. »Aber auch wenn Kinderbuch nicht dein Ding ist, hör dir ruhig mal an, was die Verlage hier zu deinen Illus sagen. Unterschiedliche Meinungen sind immer interessant. Das Schlimmste, was dir dabei passieren kann, ist der Satz –«

»Passt nicht in unser Programm!«, ergänzte ich.

Anna Karina lachte. »Bingo!« Sie schrieb mir einige Verlagsnamen auf. »In Deutschland würde ich es auf jeden Fall bei diesen Adressen versuchen. Deine Collagenart finde ich übrigens super. Da würde ich weiter dran arbeiten. Das ist etwas ganz Besonderes.« Sie überlegte kurz. »Außerdem wäre es in deinem Fall sinnvoll, zwei Mappen zu machen. Eine für die Brot-und-Butter-Arbeiten und eine für die eher künstlerischen Illus.« Sie drückte mir die Hand. »Ich wünsche dir viel Erfolg!«

Nach diesem Gespräch fühlte ich mich ein wenig besser und beschloss, mich bis zum letzten Termin um vier Uhr bei den Verlagen aus Fernost umzusehen. Schließlich hatte es wenig Sinn, in die Stadt zurückzufahren. Im Hotel wartete niemand auf mich.

Der Rundgang führte mir vor Augen, wie verschieden die Geschmäcker waren. Ging es bei den deutschen Verlagen farblich eher gediegen zu, waren die Sachen, die hier präsentiert wurden, zum Teil so grell, dass mir die Augen wehtaten. Dabei stellte ich zu meiner großen Erleichterung fest, dass ich tatsächlich nicht schlecht zeichnete.

Als ich zur nächsten Halle abbog, um meinem Selbstbewusstsein weiter auf die Sprünge zu helfen, entdeckte ich den Hinweis zu einer Illustratorenausstellung. Minuten später fand ich mich zwischen weiß gestrichenen Trennwänden wieder.

In diesem improvisierten Raum umfing mich eine Stille, die mich überraschte. Als hätte der Messetrubel Respekt vor den Illustrationen, die hier hingen. Manche waren ganz filigran gearbeitet, andere bestanden aus kraftvoll gemalten Pinselstrichen, doch jede von ihnen zog mich in ihren Bann.

Bedächtig ging ich an den Arbeiten entlang, als wäre ich in einem Museum oder in einer alten Kirche. Nach dem zweiten Rundgang stellte ich fest, dass meine Zuversicht sich verabschiedet und Platz für meine Zweifel gemacht hatte. Ich hatte noch einen letzten Termin. Sollte ich überhaupt hingehen? Dieses Niveau würde ich im Leben nicht erreichen!

Ich dachte an die Nachricht, die Robert geschickt hatte, hörte seine hämische Stimme: »Du glaubst doch nicht ernsthaft, dass du so was jemals hinkriegst, oder? Okay, du hast manchmal ganz nette Ideen, aber um in der Liga mitspielen zu können, musst du schon …«

Verdammt, was wenn er Recht hatte? Was, wenn ich im Geschenkbuch ebenfalls scheiterte? Was, wenn alles nur eine Schnapsidee war?

Ich zog mein Handy aus der Tasche. Ich konnte meine Existenz, meinen Job nicht wegen eines unrealistischen Traums aufs Spiel setzen. Ich musste Robert eine Antwort schicken. *Asap.*

Mit zitternden Händen schrieb ich ihm, wo er die gewünschten Dateien fand. Bevor ich die Zeilen abschickte, hielt ich inne. Ich brauchte einen Grund für diese Verzögerung. Am besten eine, die mich gleichzeitig in den kommenden Wochen vor ihm schützen würde.

Sorry, habe nur selten Empfang, fügte ich der Nachricht hinzu. Vielleicht würde es so funktionieren.

Bei meinem letzten Termin knallten die Korken. Nicht, weil ich auftauchte, sondern weil man einen Titel nach England verkauft hatte, wie eine Angestellte mir strahlend erklärte. Bevor ich bis drei zählen konnte, hatte ich ein Sektglas in der Hand und stieß mit wildfremden Menschen auf ein unbekanntes Buch und dessen Erfolg an. Der Einstieg hätte schlimmer sein können.

Als die erste Euphorie abgeebbt war, kam eine Lektorin auf mich zu. »Entschuldigen Sie, dass ich Sie habe warten lassen, Frau Becker. Aber auf diese Nachricht haben wir wochenlang hingefiebert.«

»Keine Ursache«, sagte ich. »Mir ist schon klar, dass Ihr Job nicht aus Trinkorgien besteht.«

Sie lachte. »An manchen Tagen wünscht man sich das

durchaus. Aber jetzt zeigen Sie mir bitte Ihre Arbeiten. Ich bin sehr gespannt.«

»Darf ich mitgucken?« Eine Frau in meinem Alter setzte sich zu uns. Sie war mir vorher schon aufgefallen, weil sie so farbenfroh gekleidet war und tolle rote Schuhe trug. Nun sah sie mich durch ihre rotschwarze Brille freundlich an. »Ich bin Pauline Brinkmann. Quasi eine Kollegin.«

»Noch gehöre ich nicht zur Zunft«, sagte ich und überlegte, woher ich ihren Namen kannte. »Hast du nicht dieses schöne Geschenkbuch gemacht? Irgendwas mit Kakao ...«

»Sind die Tage grau, brauche ich Kakao«, sagte Pauline. »Danke für das Kompliment.«

Die beiden nahmen sich viel Zeit für meine Illustrationen. Vor allem Pauline machte die Lektorin immer wieder auf Details aufmerksam und zoomte Einzelheiten heran.

Doch das Ergebnis war genauso niederschmetternd wie bei den vorherigen Terminen: Die Illustrationen passte beim besten Willen nicht ins Programm.

Mit einem Mal spürte ich eine Trauer. Die Würfel waren gefallen und die Karte, die ich gezogen hatte, war eindeutig: *Gehe direkt zurück in die Agentur, gehe nicht über Los, ziehe kein neues Leben.*

Ich schob das iPad in meine Tasche und verabschiedete mich rasch von den beiden. Der Kloß in meinem Hals wurde immer größer und die aufsteigenden Tränen stachen in meinen Augen.

Mit bleischweren Beinen schlich ich auf den Ausgang zu.

Das ist nicht meine Welt. Hier gehöre ich nicht hin ...

Plötzlich war ich so müde, dass ich mich am liebsten auf der Stelle hingelegt und geschlafen hätte. Einfach nur schlafen und alles vergessen.

Ich hatte das Ende der Halle fast erreicht, als ich hörte, wie jemand meinen Namen rief. Überrascht sah ich Pauline auf mich zukommen.

»Nicht so schnell!« Sie stieß die Tür auf und begleitete mich hinaus.

»Deine Arbeiten gefallen mir richtig gut. Ich würde dir gern irgendwie helfen.«

»Im Ernst?«

»Aber ja! Was hältst du davon, wenn wir uns auf der Piazza zusammensetzen und überlegen, welche Verlage für dich in Frage kämen?«

Überrascht von so viel Freundlichkeit kämpfte ich erneut mit den Tränen. »Würdest du das wirklich tun?«

»Na klar. Ich warte nur auf eine Freundin, dann können wir los.«

In diesem Moment kam die aus der Halle auf uns zugerannt. »Rate mal, was passiert ist?!« Sie umarmte Pauline stürmisch. »Die machen mein Buch! Text *und* Illus. Ist das nicht großartig?«

Die freudige Energie der beiden Frauen war ansteckend und schickte meine Zweifel in die Wüste.

»Dann haben wir echt was zu feiern«, sagte Pauline. »Das ist übrigens Karla. Karla, das ist Jeannette.«

Die große, dunkelblonde Frau drückte mir strahlend die Hand. »Freut mich. Jetzt brauche ich aber erst mal einen eiskalten Aperol Sprizz und einen Platz in der Sonne. Danach bin ich zu jeder Schandtat bereit.«

2

Die Piazza Maggiore leuchtete in der Abendsonne. Touristen fotografierten alles, was ihnen vor die Nase kam, die Händler machten mit Selfie-Sticks gute Geschäfte. Im Straßencafé vor den Arkaden waren viele Tische besetzt.

»Da hinten ist was frei!« Schnell bahnte Pauline sich einen Weg. Wir folgten ihr, wobei Jeannette mit einem höflichen »Scusa!« zwei unbesetzte Stühle aus einer anderen Runde mitnahm. »Nimm du die da drüben, bitte!«

Rasch schob Pauline zwei Tische aneinander. »So. Jetzt machen wir es uns gemütlich.«

»Wird das was Größeres?« Mir war nicht klar, warum wir zu dritt acht Stühle brauchten.

»Es kommen noch ein paar Kollegen«, erklärte sie. »Später gehen wir zusammen zum Empfang der niederländischen Verlage. Der findet in einem alten Palazzo statt. Kommst du mit?«

Das Angebot war verlockend, aber ich dachte an unsere Pläne, heute Abend schön essen zu gehen. Marius und ich hatten im Alltag nur wenig Zeit für ungestörte Zweisamkeit. »Ich schau mal, wo mein Freund steckt.«

In der Zwischenzeit war eine Nachricht von ihm eingegangen: *Haben uns verlaufen.* Kurz darauf lauschte ich lachend seiner wirren Geschichte. »Tut mir leid, aber mit dem Essen wird es heute Abend wohl nichts«, sagte Marius geknickt.

»Wir holen das in der Toskana nach. Ich habe ein paar nette Frauen kennengelernt und gehe mit ihnen zu einem Empfang. Wir treffen uns im Hotel.«

Jeannette war es inzwischen gelungen, bei einem gehetzten Kellner eine Bestellung aufzugeben. Entspannt ließ sie sich mit einem wohligen Seufzer zurückfallen. »Kinder, was für ein Tag. Ich könnte die ganze Welt umarmen!«

»Tu dir keinen Zwang an, Süße«, sagte Pauline. »Aber jetzt erzähl du mal, Karla. Was machst du denn sonst so? Du kommst ja nicht direkt aus dem Studium.«

»Ich arbeite seit mehr als zehn Jahren in einer großen Werbeagentur. An sich gefällt es mir dort auch. Ich habe nette Kollegen, verdiene gut, bin somit unabhängig, aber ...«

»Aperol Sprizz?« Der Kellner stellte drei große Gläser und Schälchen mit Chips und Oliven auf den Tisch. Paulines Handy meldete sich. Sie schaute grinsend auf das Display. »Jonas will wissen, ob er seine Kumpels zum Pizza essen nach Hause einladen darf.«

Jeannette lachte. »Viel Spaß beim Renovieren der Küche. Ich habe nächste Woche leider keine Zeit.«

Als Pauline meinen fragenden Blick auffing, erzählte sie von ihrem sechzehnjährigen Sohn, der gerade sturmfreie Bude hatte, weil ihr Freund heute ebenfalls unterwegs war.

»Und wie schaffst du es, all das unter einen Hut zu kriegen?«

»Manchmal klappt das gar nicht«, gab Pauline zu. »Aber ich habe gelernt oder, besser gesagt, lernen müssen, entspannt damit umzugehen.« Sie nahm sich eine Olive aus dem Schälchen. »Aber zurück zu dir. Was gefällt dir an deinem Leben nicht? Bisher klingt das alles ziemlich gut.«

»Es gibt noch eine andere Seite: Beim Aufstieg zum Creative Director wurde ich schon zweimal übergangen. Jetzt habe ich einen eingebildeten Schnösel vor der Nase, der alles besser weiß. Er hat sogar meine Entwürfe als seine eigenen verkauft. Abgesehen davon habe ich es satt, unter dem Wahnsinnsdruck der Deadlines für die Mülltonne zu arbeiten, und möchte mal wieder vor zehn zu Hause sein und ein freies Wochenende genießen.«

»Ich fürchte, das kann dir in unserer Branche auch blühen«, sagte Jeannette mit geschlossenen Augen. »Ich weiß nicht, wie viele Nächte ich schon durchgearbeitet habe.«

»Normalerweise haben wir einen sehr eng gesteckten Zeitrahmen. Wenn man Pech hat, kommt nach der Abgabe ein Rattenschwanz an Korrekturen, obwohl der nächste Auftrag bereits auf dem Tisch liegt.«

»Irgendwie ist mir der Wald viel zu grün, Frau Hammerschmidt«, sagte Jeannette mit piepsiger Stimme. »Und diese Hasen … ich weiß nicht. Auf Anhieb sympathisch sind sie nicht …«

»Ja, so einen Mist bekommen wir oft zu hören.« Pauline seufzte. »Trotzdem werden wir nicht reich dabei.«

Ich dachte an Robert. »Unser sogenannter *Creative* Director hat auch so seine Lieblingssprüche. *Das rockt mich kein bisschen* oder *Das ist total oldschool* stehen ganz oben in der Hitliste.« Ich fischte den Orangenschnitz aus meinem Glas. »Oder *Die Schrift ist irgendwie unentschlossen* ... Sein Alles-Killer lautet aber *Das gab es schon.*«

Pauline grinste. »Der scheint universell zu sein. Weiß der Typ, dass du dich umorientieren willst?«

»Um Himmels willen. Dann hätte er mir in puncto Urlaub noch mehr Steine in den Weg gelegt. Nein, es ist mir wirklich ernst mit dem Wechsel. Darum habe ich jede freie Minute in diese Arbeiten investiert.«

»Wenn das so ist.« Jeannette prostete mir zu. »Ohne Leidenschaft kannst du den Beruf nämlich vergessen. Auch wir arbeiten oft für die Mülltonne und müssen uns mit Besserwissern herumärgern. Außerdem arbeiten die meisten von uns im stillen Kämmerchen und müssen sich jeden Tag selber motivieren. Darf ich deine Mappe mal sehen?«

Auch Jeannette gefielen die Arbeiten. »Dafür findest du einen passenden Verlag«, sagte sie zuversichtlich. »Ganz sicher.«

»Ihr könnt euch gar nicht vorstellen, wie glücklich ich bin, euch getroffen zu haben.«

»Gleich lernst du noch mehr von unserer Zunft kennen.« Pauline zeigte auf ein Grüppchen, das fröhlich winkend auf uns zusteuerte. Immer mehr Leute gesellten sich zu uns, und die Stimmung war ausgelassen. Es wurden Anekdoten erzählt, Neuigkeiten ausgetauscht, und bald schwirrte mir der Kopf vor lauter Namen.

Als wir gegen sieben aufbrachen, fühlte ich mich hoffnungsvoll wie lange nicht mehr. Hinter den *Due Torri*, dem Wahrzeichen von Bologna, bogen wir in eine enge, stark befahrene Straße ein, gingen an zahlreichen kleinen Bars vorbei, in denen Touristen und Einheimische ihren Aperitif tranken. Die Lampen unter den Arkaden brannten bereits und verbreiteten ein diffuses Licht auf die bunten Mosaiken unter unseren Füßen. Je mehr Leute sich unserer Gruppe anschlossen, umso mehrsprachiger wurde die Unterhaltung.

»Da vorn ist es.« Pauline zeigte auf ein historisches Gebäude. Hohe Bögen stützten die rötliche Fassade. Dahinter gelangten wir in einen Innenhof, der mit Terracottagefäßen bestückt war. Raucher standen in Grüppchen zusammen.

»Verdammter Mist, wo habe ich diese Einladungskarte ...« Hektisch durchwühlte Pauline ihren Lederrucksack. Als sie nicht fündig wurde, leerte sie ihn kurzerhand auf eine der steinernen Bänke aus.

»Typisch«, grinste Jeannette.

»Nix typisch.« Triumphierend zog sie eine bunte Karte aus einem Sammelsurium von Stiften, Skizzenbüchern, Tüchern und Tempo-Packungen. »Da ist sie schon. Jetzt schnell zum Buffet, ihr Lieben. Mir hängt der Magen in den Kniekehlen!«

Ich folgte ihnen durch eine große Flügeltür. In einer magentafarbenen Nische, die von einem aufwendigen Goldrelief eingefasst wurde, standen Kellner vor einem großen Spiegel und schenkten Prosecco und Wein aus.

Jeannette lachte, als sie sah, wie ich mich staunend um die eigene Achse drehte. »Hübsche Hütte, gell? Komm mit, es wird noch besser.«

Ich nahm mir ein Glas Rotwein und folgte ihr in den nächsten Raum. Auch hier waren die Wände mit roten Damasttapeten und alten Gemälden dekoriert, die Decken reich mit Fresken bemalt. Antike Möbel vermittelten die Atmosphäre eines Privathauses. Nur die Kleidung der Besucher ließ darauf schließen, dass wir uns nicht im 18. Jahrhundert befanden. Überall an den Buffets standen kleinere Grüppchen zusammen und unterhielten sich angeregt.

»Dieser Empfang ist eine wichtige Kontaktbörse«, sagte Pauline, als sie sich mit einem voll beladenen Teller neben mich stellte. »Vieles, das nach fröhlicher Unterhaltung aussieht, ist Geschäft.« Sie zeigte auf die Berge von Häppchen. »Hast du keinen Hunger?«

»Doch.« Ich schnitt etwas von einem riesigen Parmesanlaib ab und ließ mir den Brocken im Mund zergehen. Immer mehr Gäste plünderten das Essensangebot, und ich nahm mir zwei Tramezzini von einer großen Platte.

Als ich mich umdrehte, waren Pauline und Jeannette in der Menge verschwunden. Ich sah mich suchend um. Anscheinend war ich hier die Einzige, die niemanden kannte. Plötzlich fühlte ich mich wie ein belangloser Fremdkörper, ein Verlierer unter lauter wichtigen Leuten und ich wich zurück, bis ich die Wand im Rücken spürte.

Während ich das fröhliche Treiben, die Wiedersehensumarmungen weiter beobachtete, schob sich ein Filter vor mein Blickfeld, spulte sich mein Lebensfilm um dreißig Jahre zurück. Die Menschen werden jünger, die Stimmen höher, die Farben bekommen einen Stich, wie bei einem alten Foto, das zu lange in der Sonne gelegen hat.

Das große Gemälde vis-à-vis verwandelt sich in eine

bunt bemalte Schulwand, die Ornamente der Bodenfliesen werden zu Kreidestrichen, zu *Himmel und Hölle*.

Wieder muss ich mitten im Jahr die Schule wechseln. Vor dem Moment, in dem der Rektor mich der neuen Klasse vorstellt, fürchte ich mich jedes Mal mehr. Doch das ist kein Vergleich zur ersten Pause. Auf dem Schulhof bin ich den anderen schutzlos ausgeliefert. Sie kennen sich und stehen in Grüppchen zusammen, tuscheln und kichern, zeigen auf mich. Ich würde alles dafür geben, um zu ihnen zu gehören.

Ich umklammere mein Pausenbrot, die Verbindung nach Hause, als wäre es ein Rettungsanker. Doch was heißt schon Zuhause? Im Augenblick gibt es nur eine leere Wohnung voller unausgepackter Kartons …

»He, da bist du ja! Ein Glück, dass ich dich gleich finde.«

Erschrocken sah ich auf. Vor mir stand keine Achtjährige, sondern Pauline, die mich besorgt musterte. »Geht es dir nicht gut, Karla?«

Die Erinnerungen verblassten im Licht der Wandstrahler. »Doch, doch!« Ich versuchte ein Lächeln. »Ich war nur in Gedanken.«

Pauline starrte auf meine rechte Hand. Ich folgte ihrem Blick und stellte fest, dass ich ein zerquetschtes Stück Weißbrot in der Faust hielt.

Schnell säuberte ich mir die Hand mit einer Serviette und folgte ihr in den benachbarten Raum.

»Wir müssen die Gunst der Stunde nutzen!«

»Was heißt das?«

»Ich habe Frau Lindenberg entdeckt!«

Der Lärmpegel wurde immer höher, und ich hatte Schwierigkeiten, sie zu verstehen. »Wen?«

»Eine Verlegerin mit einem anspruchsvollen Geschenkbuchprogramm!«

Im nächsten Moment standen wir neben Jeannette, die von einer Nische aus alles im Blick hatte. »Da drüben steht sie. Die Frau mit den grauen Haaren«, sagte sie mir ins Ohr. »Neben dem Typen, der mit seiner Brille herumfuchtelt.«

»Sobald der verschwunden ist, geht es los«, rief Pauline. »Ich gebe euch ein Zeichen, wenn ihr dazukommen könnt.«

Als hätten sie die Choreografie einstudiert, verlief alles wie am Schnürchen. Kaum hatte die Verlegerin sich von dem Mann verabschiedet, glitt Pauline durch die Menge und sprach sie an. Frau Lindenberg schien aufrichtig erfreut, sie zu sehen.

Sobald Pauline in unsere Richtung zeigte, setzten Jeannette und ich uns in Bewegung.

»Frau Hammerschmidt, wie geht es Ihnen?« Frau Lindenberg strahlte Jeannette an.

»Sehr gut, danke«, sagte Jeannette. »Darf ich Ihnen Karla Becker vorstellen?«

»Gerne.« Die Verlegerin schüttelte mir die Hand. »Dorothea Lindenberg.«

Bevor ich etwas sagen konnte, ergriff Pauline das Wort. »Wir haben eine große Bitte. Wäre es möglich, dass Sie sich Karlas Arbeiten anschauen? Sie hat einen Stil, der sich gut für Ihr Programm eignen würde.«

Mir wurde warm und kalt zugleich, als Frau Lindenberg mich interessiert musterte. »Wenn das so ist … Haben Sie was dabei?«

»Ja, auf dem iPad.«

»Sehr schön«, sagte Frau Lindenberg. »Ich wollte

ohnehin mal zum Rauchen vor die Tür. Kommen Sie mit?«

Wie in Trance folgte ich ihr zum Ausgang. Immer wieder blieb sie stehen, um mit jemandem ein paar Worte zu wechseln, jedes Mal bekämpfte ich den Impuls, unauffällig in der Menge zu verschwinden, aus Angst vor einer weiteren Zurückweisung. Doch dann hatten wir die Tür erreicht, und es gab kein Zurück mehr.

Überall im Hof glühten Zigaretten auf. Frau Lindenberg zündete sich eine an und inhalierte tief. »Jetzt zeigen Sie mal, was Sie für mich haben.«

Wir setzten uns abseits auf eine Bank. »Ist Ihnen das jetzt wirklich recht?« Ich spürte, wie meine Hände feucht wurden.

»Aber ja. Wir sind schließlich auf der Messe, um neue Kontakte zu knüpfen. Erholen kann ich mich zu Hause.« Sie setzte ihre Lesebrille auf. »Ein Glück, dass Sie alles digital haben. Bei diesen Funzeln hätte ich sonst nur raten können, was Sie mir zeigen wollen.«

Im Schein des Bildschirms beobachtete ich nervös, wie sie meine Zeichnungen betrachtete.

»Illustrieren Sie schon lange?«

»Bisher nur nebenbei«, sagte ich. »Ich arbeite in einer Werbeagentur, aber dort fühle ich mich nicht mehr wohl.«

»Wenn es Zeit ist für etwas anderes, sollte man seinem Bauchgefühl folgen.« Ihre Hand wischte langsam über den Schirm. »Ich bin auch auf Umwegen in dieser Branche gelandet und finde …«

Plötzlich starrte Frau Lindenberg auf eine der Katzenzeichnungen. »Das gibt es nicht!« Sie vergrößerte die Darstellung einer Katze auf einer blauen Bank und betrachtete sie lange. Dann sah sie mich an. »Sie haben unsere Zazie gezeichnet. Dabei können Sie sie unmöglich kennen!«

»Wurde sie nach *Zazie in der Metro* genannt?«

Frau Lindenberg sah überrascht auf. »Ja. Kennen Sie das Buch?«

»Nur die Verfilmung.« In Gedanken bedankte ich mich bei dem Freund, der mich vor Jahren deswegen ins Kino geschleppt hatte.

»Dann können Sie sich ja vorstellen, wie sie war.« Sie nahm ihre Lesebrille ab und ließ sie an der feinen Kette baumeln. »Zazie machte, was sie wollte. Manchmal kam sie erst nach einem Tag nach Hause und setzte sich laut schreiend in die Küche. Nach dem Motto ›Wo ist das Personal?‹«

»Lebt sie nicht mehr?«

Traurig schüttelte Frau Lindenberg den Kopf. »Vor drei Wochen fand ich sie morgens tot an der Straße. Wahrscheinlich wurde sie angefahren.«

»Wie schrecklich!«

»Ja, die ganze Familie trauert.« Sie zündete sich eine weitere Zigarette an und starrte auf die Zeichnung. »Jeden Morgen höre ich im Geist die Katzenklappe. Immer wieder sehe ich sie im Augenwinkel ins Zimmer kommen und warte darauf, dass sie mir um die Beine streicht.« Gedankenverloren strich sie mit dem Zeigefinger über das Display. »Kleine Zazie. Du warst eine richtige Persönlichkeit.«

Eine Weile sprach keine von uns. Bis Frau Lindenberg sich zu mir drehte. »Ich würde Ihnen gern eine Chance geben. Hätten Sie Lust, einige Probeillustrationen für einen Band mit Katzengeschichten zu machen?«

Dieses Angebot kam so überraschend, dass es mir die Sprache verschlug. »Im ... im Ernst?«

Sie lächelte. »Aber ja. Sind Sie morgen noch auf der Messe?«

»Nein. Ich meine, ja. Ja klar!«

»Dann lassen Sie mich mal sehen, wann ich noch eine Lücke habe ...« Sie griff nach ihrem Smartphone und scrollte durch den Terminkalender. »Diesen Termin könnte ich schieben ... Könnten Sie um elf Uhr am Stand sein?«

»Natürlich!« Wenn sie es gewünscht hätte, wäre ich auch um drei Uhr nachts bei ihr aufgetaucht.

»Wunderbar.« Sie gab mir ihre Visitenkarte und schüttelte mir fest die Hand. »Halle 30, D 45. Dort besprechen wir alles in Ruhe.«

Verwirrt sah ich ihr nach und fragte mich, ob ich träumte. Doch die Visitenkarte in meiner Hand war der Beweis, dass dem nicht so war. Diesmal war mir die Tür nicht vor der Nase zugeschlagen worden. Sie wollte mir eine Chance geben!

Halle 30, D45, 11 Uhr. Die Koordinaten zu meinem Neuanfang. Obwohl ich genau wusste, dass ich sie niemals vergessen würde, notierte ich sie auf die Rückseite der Karte. Dann packte ich meine Sachen zusammen und kehrte in den Palazzo zurück.

Pauline und Jeannette hielten bereits Ausschau nach mir und bombardierten mich mit Fragen. »Ich habe die Lindenberg gerade getroffen«, rief Pauline mir ins Ohr. »Sie ist total begeistert und hat sich ausdrücklich für meinen Tipp bedankt!«

Ich erzählte ihnen alles. Ein schwieriges Unterfangen, denn meine Gedanken fuhren Achterbahn vor Glück, die

Geräuschkulisse wurde immer lauter. Jeannette holte zur Feier des Tages Prosecco.

»Auf deine Zukunft!«, rief sie ausgelassen. »Und auf uns!«

Kurz nach neun begannen die Räume sich zu leeren. Auch wir begaben uns zur Garderobe. Auf dem kleinen Platz vor dem Palazzo tauschten wir unsere Mailadressen aus und versprachen, miteinander in Kontakt zu bleiben.

»Und wehe, du mailst uns nicht sofort, wie der Termin ausgegangen ist«, sagte Jeannette. »Ich werde ganz fest an dich denken.«

»Auf Facebook sollten wir uns auch vernetzen«, sagte Pauline. »Und nach deinem Urlaub treffen wir uns. Bis München haben wir es nicht weit.«

Zuerst umarmte ich Jeannette, dann schloss ich Pauline fest in die Arme. Rosenduft kitzelte mir in der Nase. »Ich weiß gar nicht, wie ich euch danken soll.«

»Arbeiten wirst du schon selber müssen«, sagte Jeannette lakonisch. »Aber ich bin mir sicher, dass du es schaffst!«

Verträumt schlenderte ich zur *Piazza* zurück. Die angestrahlten *Due Torri* hoben sich scharf vom nachtblauen Himmel ab. Am liebsten wäre ich hinaufgestiegen und hätte allen zugerufen, wie glücklich ich war.

Auf der *Piazza Maggiore* waren noch viele Menschen unterwegs. In der Mitte des Platzes hatte sich ein großer Kreis formiert, aus einem Radiorekorder ertönte Musik. Eine Gruppe aus Männern und Frauen, Jung und Alt, tanzte dort ausgelassen.

Ich stellte mich dazu und spürte, wie sich die Stimmung auf mich übertrug. Leise summte ich die Melodie mit. Da vibrierte mein Handy. *Bin wieder da*, schrieb Marius. Voller Vorfreude, ihm die Neuigkeiten zu erzählen, ging ich mit federnden Schritten Richtung Hotel.

An den Geschäften hatte man bereits die Rollläden heruntergelassen. Auch die Tür zum *Tabacchi*-Laden war fest verrammelt. Ein Glück, dass ich den Fahrschein zu meiner ersten Chance bereits in der Tasche hatte.

3

Am nächsten Morgen lag Bologna unter einer dicken Nebeldecke, doch meine Stimmung war sonnig wie selten zuvor. Das Treffen mit Frau Lindenberg war erfreulich gewesen, eine Datei mit den Texten wartete auf meinem iPad.

»Das Leben ist so schön!« Glücklich ließ ich mich auf den Beifahrersitz in Marius' Kombi fallen. »Eine Chance, mich zu beweisen, und drei Wochen Urlaub.« Ich zeigte auf den Zettel, den Marius in der Hand hielt. »Und worüber grinst du so breit?«

»Über die Bedienungsanleitung eines Diktaphons, die von einem begnadeten Programm ins Deutsche übertragen wurde. Sehr poetisch: ›Obachtheit vor der Beginnung: Drücken auf Knopf A für Anzeigen Zeit und Stundenschlag. Wenn Zeit nicht geht, Drücken A, bis das falsch blinkt.«

Ich lachte. »Ein typischer Fall von ›Anschalt und Faier!‹«

Marius sah mich groß an. »Schon Prosecco getrunken?«

»Nein. Aber in der Agenturküche hängt ein ähnlicher Text, den ich fast auswendig kenne. Darin geht es um eine Lichterkette. Mein Lieblingssatz lautet: ›Fuer freue Weinachterung Klipse A biege auf und mache fest auf Zweige Tann. Jetzt anschalt und faier!‹«

»Kein Wunder, dass Weihnachterungen bei uns immer so trostlos verlaufen.« Gut gelaunt startete Marius den Wagen. »In diesem Sinne: Losdüs und freu!« Er folgte den Wegweisern zur Autobahn nach Florenz. »Jetzt erzähl mal. Was habt ihr vereinbart?«

»Ich habe ein Manuskript mit Katzengeschichten bekommen. Ich soll mir zwei auswählen und dazu Probeillus anfertigen. Die schicke ich dem Verlag zu und danach wird entschieden, ob ich den Auftrag bekomme.«

»Sind die Konditionen okay?«, fragte er.

»Soweit ich das beurteilen kann, schon. Ich zeige sie dir später. Jetzt muss ich aber erst mal eine Zusage bekommen.«

»Und bis wann müssen die Sachen fertig sein?«

»Da werde ich etwas Gas geben müssen. Spätestens in sechs Wochen.« Ich drehte mich zu ihm hin. »Weißt du was? Wenn es nach mir ginge, würde ich gleich loslegen.«

»Denk daran. Du hast seit zwei Jahren keinen richtigen Urlaub gehabt.« Er nahm meine Hand und drückte sie kurz. »Schau lieber, dass du dich mal richtig erholst. So wie du in den letzten Monaten gearbeitet hast ...«

»Ein paar Skizzen werden nicht schaden. Aber wenn Robert was von mir will, werde ich mich tot stellen.« Ich erzählte ihm von der Nachricht meines Chefs.

»Unverschämter Typ. Du hast dir diese Zeit mühsam verdient.«

»Allerdings.« Während Marius auf die Autobahn fuhr, schrieb ich Pauline und Jeannette in Telegrammstil, wie das Treffen verlaufen war. Innerhalb von Minuten bekam ich begeisterte Rückmeldungen. Diese Frauen hatte mir der Himmel geschickt!

Kaum hatten wir Bologna hinter uns gelassen, kam die Sonne zum Vorschein. Über hohe Autobahnbrücken fuhren wir immer weiter in die Apenninen und verschwanden bald in einem langen Tunnel.

Erschöpft von den vielen Emotionen fielen mir die Augen zu. Erst als Marius kurz vor Florenz auf einen Parkplatz fuhr, erwachte ich wieder. Wir stiegen aus und staunten, wie weit die Natur hier schon war.

»Ich freue mich schon riesig aufs Wandern.« Marius streckte sich.

»Aber bitte ohne Abkürzungen«, sagte ich. »Sonst reicht meine Kondition nicht.«

Marius legte mir den Arm um die Taille. »Keine Bange, wir machen uns keinen Stress.«

»Genau. *Calma e gesso.*« Ich lehnte mich an ihn. »Immer mit der Ruhe.«

»Du sprichst ja Italienisch. Das hatte ich schon wieder vergessen.«

»Nicht der Rede wert. Während des Studiums war ich mehrmals in der Toskana und auf Sardinien. Später habe ich einen Volkshochschulkurs belegt, aber das meiste ist längst vergessen.«

»Wenn wir mal nicht weiterwissen, können wir ja im Netz nachschauen, was es bedeutet«, sagte Marius.

»Um dir dort die neueste Fassung von ›Schreikrampf und heul‹ präsentieren zu lassen?«

»Das war früher so. Diese Übersetzungsprogramme

sind mittlerweile viel besser. Warum hast du damals eigentlich nicht weitergemacht?«

»Der Hauptgrund dafür war ein gewisser Marius«, sagte ich. »Als ich ihn kennenlernte, war es um mich geschehen, und ich verbrachte meine Freizeit lieber mit ihm.«

»Klingt ganz so, als hättest du damals die Entscheidung getroffen.« Marius zog mich in seine Arme, als ein lauter Kuckucksruf erklang.

»Geht das *jetzt* schon los?«

»Sorry.« Er holte sein Smartphone hervor und machte den Vogel mundtot. »Leo? Was gibt's?«

Ich wusste nicht, aus welchem Grund Marius seinem Geschäftspartner diesen Klingelton zugeordnet hatte, aber er passte. Leo legte uns zwar keine Eier ins Nest, war aber ungewollt zu einem festen Bestandteil unserer Beziehung geworden. Wann immer eine Entscheidung anstand, rief er an und wollte sich mit Marius abstimmen. Doch im Urlaub wollte ich ihn nicht dabeihaben.

Ich ging zum Ende des Parkplatzes. Im Dunst konnte ich die ersten Hügelketten der Toskana erkennen. Ich freute mich auf das gute Essen in den kleinen Trattorien, auf die schönen Städte und Dörfer. Auf romantische Sonnenuntergänge und kuschelige Abende vor dem Kamin.

Während Marius mit ernstem Gesicht auf und ab ging, schaute ich nach, ob meine neuen Kolleginnen sich noch mal gemeldet hatten. Jeannette und Pauline hatten mir bei Facebook eine Freundschaftsanfrage geschickt und schrieben, sie drücken mir die Daumen für die Probeillus.

»Schönen Gruß von Leo.« Auf Marius' Stirn hatte sich eine tiefe Falte gebildet.

»Gibt es Probleme?«

»Das ist noch nicht klar. Uns ist ein Großkunde abgesprungen, und wir verstehen nicht, warum. Aber Leo kümmert sich darum.«

Da war ich mal gespannt ...

Südlich von Florenz verließen wir die Autobahn. Die Straße ähnelte einer Schlaglochpiste, doch sie führte nach Süden, die Sonne schien, und wir waren bester Laune.

Begeistert wie Kinder zeigten wir auf jeden blühenden Obstbaum, auf jede Blumenwiese. Die Farbpalette war überwältigend. Das Silber der Olivenhaine, das zarte Rosa der Mandelbäume, dazwischen leuchtend grünes Gras, ich konnte mich gar nicht sattsehen.

»Ich glaube, ich kaufe mir ein Skizzenbuch und Farben. Es juckt mir in den Fingern, mal wieder richtig zu zeichnen.«

»Ganz ohne Computerprogramm?«, fragte Marius.

»Ganz 1.0«, sagte ich. »Ich kann die Sachen später immer noch am Bildschirm bearbeiten.«

Marius zeigte auf ein Schild, das auf einen Supermarkt hinwies. »Vielleicht haben die dort so was, und wir könnten bei der Gelegenheit gleich für die kommenden Tage einkaufen. Ich hätte große Lust, mal wieder in Ruhe was Gutes zu kochen.«

Nach einer Supermarktrunde und einem Picknick mit Panoramablick setzten wir den Weg zum Ferienhaus fort. Wir fuhren durch winzige Dörfer, an Weinbergen entlang und hielten immer wieder an, um die Aussicht zu genießen.

»Ich frage mich, ob wir hier richtig sind«, sagte Marius. »Das Navi will uns in die Wildnis schicken.« Der schmale Weg, der rechts von der Hauptstraße abging, sah aus, als wäre er nach vielen misslungenen Operationen vernarbt zurückgeblieben. Lebensfähig, doch ohne jegliche Schönheit.

Ein windschiefes Straßenschild verkündete *Via San Antonio.* »Laut Anfahrtsbeschreibung stimmt das. Jetzt müssen wir nur noch die Nummer 30 finden.«

Wir holperten an verlassenen Häusern und einer Kapellenruine vorbei. Einige Kurven später erreichten wir ein bewohntes Haus. Eine junge Frau hängte Wäsche im Garten auf.

»Vielleicht kann die uns weiterhelfen.« Ich stieg aus und fragte sie nach der *Numero trento.* »*Casa Giulia.*«

Die Frau zuckte die Schultern. »*Uno momento.*« Sie ging zur Haustür und rief etwas hinein. Kurz darauf erschien eine grauhaarige Dame am Stock. Meine Frage löste einen Redeschwall aus, von dem ich kaum etwas verstand. Ich nickte immer wieder, dann bedankte ich mich höflich und setzte mich wieder ins Auto.

»Wenn ich es richtig verstanden habe, ist es links am Ende der Straße.«

Noch einen weiteren Hügel hinunter, dann erreichten wir tatsächlich ein großes, ockerfarbenen Haus, das von Pinien umrahmt war. Auf einem Schild stand *Casa Giulia.* Wir waren am Ziel.

Wir parkten vor dem schmiedeeisernen Tor. Wie beim Nachbarhaus waren die Fensterläden geschlossen.

»Ich rufe den Hausverwalter mal an«, sagte Marius. »Vielleicht kann er früher herkommen.« Er wählte eine Nummer, doch dann fluchte er leise. »Kein Netz.«

»Ist auch nicht so wichtig, oder? Er wollte um drei hier sein. Die halbe Stunde können wir warten.« »Kein Netz« würde bedeuten, dass weder Robert noch Leo uns stören konnten.

Neugierig öffnete ich das Tor und ging über einen gepflasterten Weg zum Haus. Überall standen bepflanzte Terracottatöpfe. Von den Kabeln, die zwischen Masten verliefen, zwitscherten Vögel, und der Geruch von Lagerfeuer lag in der Luft.

Hinter einer Holzliege entdeckte ich einen schmalen Weg, der um das Haus herumführte. Wir passierten einen dichten Heckenkorridor und gelangten in den Garten. Ein Garten mit Katzen!

In einem Terracottatopf auf der überdachten Terrasse lag eine Elefantgraue mit weißer Brust, die uns interessiert musterte. Im Kräuterbeet vor einem niedrigen Schuppen entdeckte ich eine rot getigerte Katze. Als sie uns bemerkte, versteckte sie sich hinter einem üppigen Salbeistrauch.

»Gleich zwei Models«, sagte ich. »Als hätte ich sie bestellt.«

»Drei.« Marius zeigte auf eine niedrige Mauer, die den Garten von einem Olivenhain trennte. Dort schritt eine kleine getigerte Katze mit weißen Tatzen auf und ab.

Langsam, um die Tiere nicht zu verschrecken, gingen wir über den Rasen und setzten uns auf das Mäuerchen. Die Getigerte musterte uns kurz, dann ließ sie sich wenige Meter entfernt nieder und sah hinunter ins Tal.

Dort erstreckte sich eine Landschaft, die das Prädikat ›Toskana pur‹ verdiente. Hügelketten reihten sich in verschiedenen Grüntönen hintereinander, davor ein Mosaik aus Weinbergen und Olivenhainen, unterbrochen von schmalen Wegen und Zypressenreihen.

Ockerfarbene Häuser lagen vereinzelt zwischen den sanft ansteigenden Höhen, umgeben von Schirmpinien und blühenden Bäumen. Überall brannten kleine Feuer, deren Rauch sich in den Senken ausbreitete.

»So stelle ich mir das Paradies vor«, sagte ich leise.

Die Getigerte kam zögernd auf mich zu. In Zeitlupentempo hob ich die Hand und ließ sie daran schnuppern. Doch plötzlich spitzte sie die Ohren, und im nächsten Augenblick war sie zwischen den Olivenbäumen verschwunden.

»Was war das denn?« Auch die beiden anderen hatten das Weite gesucht. Jemand näherte sich fröhlich pfeifend.

»Aaah! Habbe gefunde schon die Garte!« Ein drahtiger Endfünfziger mit Halbglatze kam mit großen Schritten auf uns zu. »Buona sera! Come sta?« Er schüttelte uns die Hand. »Bin Fabio, die Hausverwalter. Habbe die Schlüssel!« Dann schaute er prüfend um sich. »Habbe gesehen die gatti?«

Gatti? »Sie meinen Katzen?«

»Sì. Katze. Iste verboten für Casa. Wenn ich sehe gatti, dann ...« Er lud ein imaginäres Gewehr durch und tat so, als würde er um sich ballern. »Und verschwunde subito.«

Nun war mir klar, warum sie so plötzlich abgehauen waren. Ich wechselte einen schnellen Blick mit Marius. »Also ... wir haben keine Katzen gesehen. Sind Haustiere hier verboten?«

»No. Hunde nix Problem. Solo gatti.« Fabio sah sich ein letztes Mal prüfend um. »Allora, jetze iche zeige die Casa.« Er zog einen Schlüsselbund aus einer der vielen Taschen seiner Jagdweste und deutete uns an, ihm zu folgen.

»Ein echter Tierfreund«, flüsterte Marius.

»Und Aftershavefanatiker.« Der Duft, den Fabio aufgelegt hatte, nahm mir regelrecht die Luft.

Fabio öffnete Haustür und Fensterläden, dann führte er uns durch das Haus. Gleich links von der Tür ging es in eine Waschküche mit Vorratsraum, geradeaus führten ein paar Stufen in ein weiträumiges Wohnzimmer.

Rechts, vor dem Kamin und einem bodentiefen Fenster, luden ein Ledersofa und Freischwinger zum Verweilen ein. In einem Regal befanden sich Bücher und eine Musikanlage mit CDs. Links stand ein alter Holztisch, an dem leicht zehn Personen Platz nehmen konnten. Die Terracottafliesen endeten vor einer hohen Flügeltür, die sich zum Garten hin öffnete. Zwischen beiden Fenstern thronte eine wuchtige Kommode. Fabio zog die oberste Schublade kurz auf, zeigte eine Mappe mit Bedienungsanleitungen und Landkarte und schloss sie wieder mit einem Knall.

»Sie hätten das Haus auch *Villa* Giulia nennen können«, sagte ich zu Marius, während ich die alten Stiche von Florenz bewunderte, die in einer langen Reihe an der Wand hingen. »Ist das hier nobel.«

Links von den Flügeltüren ging es eine Stufe hinauf. »Ecco, la cucina!« Fabio präsentierte eine gut eingerichtete Küche, von der man einen schönen Blick in den Garten hatte. Marius begutachtete Gasherd und Ofen und nickte zufrieden.

»Kann kochen die Frau gute Sache«, sagte Fabio kumpelhaft.

»Das ist meine Aufgabe«, sagte Marius. »Ich koche sehr gern.«

»Ah.« Fabio schien das Thema nicht vertiefen zu wollen. Er zeigte auf zwei weitere Türen, die vom Wohnzimmer abgingen. »Dorteda iste eine Abstellungszimmer und Toilette. Jetze wir gehen oben.«

Wir folgten dem pfeifenden Hausverwalter über eine Holztreppe in den ersten Stock. Auf der offenen Galerie stand ein breites Doppelbett, durch das Fenster am Kopfende schaute man auf den Parkplatz.

»Gehte Sonne auf«, erläuterte Fabio. »Una tenda.« Mit Schwung zog er einen schweren Vorhang vor das Fenster.

Auf der anderen Seite der Galerie war ebenfalls ein Fenster. Durch die Holztür daneben gelangte man über eine Steintreppe direkt in den Garten. Ein schmaler Flur führte zu einem weiteren Schlafzimmer und dem Badezimmer.

»Ecco tutto!« Fabio sah so stolz drein, als hätte er das Haus soeben mit bloßen Händen fertiggestellt. Dann zeigte er auf ein Kinderbett, das hinter dem Schrank stand. »Brauche un lettino? Oder ganz alleine?«

»Wir sind nicht allein, wir sind zu zweit.« Ich zog den Vorhang zurück und befestigte ihn umständlich an einem kleinen Haken.

»Kein bambino? Impossibile! Venire più tardi, ha? Komme noch später.«

»Nein, da sind wir uns einig. Wir wollen keine Kinder«, sagte Marius.

Ich spürte, wie Tränen in meinen Augen brannten. Schnell riss ich das Fenster auf und hielt das Gesicht hinaus. Das Aftershave von diesem Typ war unerträglich. Als es mir besser ging, wandte ich mich wieder den Männern zu.

Marius starrte auf das Display seines Handys. »Hier oben ist auch kein Empfang«, sagte er genervt.

»Iste Italia, ha?« Fabio hob beide Hände zum Himmel. »Wenn habbe wolle Internet, muss gehen zu Cappella.« Er zeigte in die Richtung, aus der wir gekommen waren. »Solo una rovina, aber gibte Internet.«

»Er meint, wie haben Empfang an der Ruine dieser Kapelle«, übersetzte ich für Marius.

»Sì«, bestätigte Fabio. »In Casa Giulia solo SMS. Manchemal.«

Marius stöhnte leise. Mir dagegen gefiel die Vorstellung, nicht erreichbar zu sein, immer besser. »Sie sprechen gut Deutsch«, sagte ich zu Fabio. »Haben Sie mal in Deutschland gelebt?«

»Sì! Inne Stuttekard. Bei Benz. Gute Autos. Habbe auch eine Benz. Ich zeige.«

Fabio trällerte nun einen Text zu seiner Lieblingsmelodie und ging die Stufen hinunter. Marius und ich folgten ihm.

Auf dem Parkplatz erläuterte Fabio Marius die Besonderheiten seines alten, orangefarbenen Mercedes. Ich nutzte eine Atempause und zeigte auf das Haus nebenan.

»Wohnt dort auch jemand?«

Fabio wollte nicht so recht mit der Sprache herausrücken. »Iste eine ... *Olala*-Problem.« Als er unsere verständnislosen Blicke bemerkte, holte er weiter aus. »Iste Casa von eine Geschäftmann. Manchemal kommt mitte Ehefrau. Manchemal kommt mitte Fraindin. Avventura amorosa, ha?«

»Eine Affäre?«, fragte Marius.

»Sì. Amore caldo.« Er schüttelte uns die Hand. »Allora. Wann habbe Probleme, rufe an.«

»Könnten Sie uns kurz zeigen, wo diese Kapelle ist?« Das Internetproblem hatte Marius fest im Griff. »Sonst können wir Sie ja auch nicht anrufen.«

»Sì.« Fabio forderte uns auf, ihm nachzufahren. Oben auf dem Hügel hielt er an und zeigte durch das offene Fenster auf die Ruine der alten Kapelle. Wir stiegen aus und bedankten uns bei ihm.

»Prego. Iste bene per cellulare. Normalerweise.«

»Wissen Sie etwas über die Geschichte dieser Kapelle?«, fragte ich.

»No. Aber habbe Foto von eine piccola replica. Un momento.« Er stieg aus und suchte das Bild auf seinem Smartphone. »Schaue hier. Kleine Kapelle von Holz. Un modelo.«

Wenn man dem Modell Glauben schenken konnte, hatte die kleine Kirche früher über einige Nebengebäude verfügt. »Sehr interessant.« Ich wollte mich verabschieden, aber der Hausverwalter war noch nicht fertig.

»Questa è la mia famiglia.« Stolz hielt er mir ein Gruppenbild unter die Nase. »Habbe vier bambini. Und fünfe kleine …«

»Enkelkinder?«

»Sì!« Er wischte über das Display. »Questo è Lorenzo, e …«

»Sehr süß!« Ich zeigte auf Marius, der bereits telefonierend umherging. »Ich müsste auch jemanden anrufen. Wir melden uns, wenn wir etwas brauchen.«

Fabio schien verstanden zu haben und stieg in seinen Benz. Dann winkte er ein letztes Mal und schaukelte davon.

Die Bauherren hatten für die Kapelle einen schönen Platz ausgesucht. Nach allen Seiten hatte man einen weiten Blick, doch ihre guten Zeiten waren längst vorbei. Lediglich ein Teil der Außenmauern stand noch, und über der ehemaligen Eingangstür war der Rundbogen erhalten geblieben. Innen wuchsen ein paar Bäumchen, alte Flaschen deuteten auf eine nächtliche Party hin.

»Hier bist du.« Marius kam herein.

»Und? Habt ihr alles klären können?«

»So weit ja. Morgen melde ich mich noch mal.« Auf dem Weg zum Auto entdeckte er ein verwittertes Schild mit den Worten *Immacolata concezione*. »Weißt du, was das bedeutet?«

»Ich glaube, das heißt so viel wie *Mariä Empfängnis*.«

»Wir sollte den Ort umtaufen«, lachte Marius. »In die *Kapelle des Ungestörten Empfangs*!«

Zurück im Ferienhaus, brachten wir unser Gepäck hinein und füllten den Kühlschrank. Als ich die Flügeltüren zum Lüften öffnete, sah ich, dass die rote Katze zurückgekehrt war. Sie lag langgestreckt auf dem Dach des Schuppens. Schon beim Anblick des Auf und Ab der runden Dachziegel unter ihrem Körper tat mir der Rücken weh.

»Ob das eine Leporello-Katze ist?« Marius sammelte diese ziehharmonikaartigen Faltbüchlein. »Oder sie hat ein Rückgrat aus Gummi.«

Die Katze beobachtete mich durch halb geschlossene Augen. Dann sprang sie hinunter und lief mit hoch erhobenem Schwanz über den Rasen. Ich riskierte einen Blick. »Sie ist übrigens ein Er.«

»Dann nennen wir ihn Leporello.« Marius stellte ein paar Liegestühle unter die Pergola. »Setz dich. Ich bin gleich wieder da.«

Ich ließ mich auf das weiche Polster sacken. Kurz darauf kam Marius zurück, stellte ein Tablett auf den Boden und reichte mir ein Glas eiskalten Weißwein. »Der stand im Kühlschrank, wahrscheinlich ein Willkommensgruß. Auf unseren Urlaub!«

Als wollten sie mit uns anstoßen, tauchten nun auch die anderen Katzen wieder auf. Leporello steuerte zielsicher auf die Getigerte zu. Obwohl wesentlich kleiner, wehrte sie sich energisch gegen seine Annäherungsversuche und hielt ihn mit einem gezielten Tatzenhieb auf Abstand.

»Die gibt ganz schön Paroli«, sagte Marius. Schon hatte diese Katze ebenfalls einen Namen.

Die Graue interessierte sich nicht für die Auseinandersetzung. Sie lag auf dem Rasen in der Sonne und schaute verträumt in die Ferne.

»Ich kann es noch gar nicht glauben. Wir hängen an einem Donnerstagnachmittag in der Sonne ab und keiner will was von uns.« Ich streckte mich. »Und weißt du was? Selbst wenn die Agentur morgen untergeht, ich werde keinen Tag eher nach Hause fahren.«

Ich zeigte auf ein paar Vögel, die sich um ein Weibchen zu kabbeln schienen. »Die Hormone scheinen hier ganz schön tief zu fliegen.« Mehrere Hummeln brummten an mir vorbei.

Marius setzte sich auf den Rand meiner Liege. »Du siehst selber schon wie eine Katze aus. Soll ich dich mal kraulen? Ich kenne da ein paar gute Stellen.« Seine Hand glitt langsam unter mein T-Shirt. »Mit *Olala* und allem Drum und Dran.«

»Klingt gut ... Wie wäre es mit ›Auszieh und freu‹?«

Als wir nach unserem Schäferstündchen zur Terrasse zurückkehrten, stand die Sonne ein ganzes Stück tiefer.

»Wolltest du heute nicht kochen?«, fragte ich. »So ein *avventura amorosa* macht hungrig.«

»Frauen sind einfach unersättlich«, seufzte Marius. »Was hältst du von Salbeibällchen in Tomatensoße und Gnocchi?«

»Sehr viel. Soll ich dir helfen?«

»Du könntest Salbei pflücken.«

Mitten im gewünschten Kraut fand ich Leporello, der sich den Kopf an den Stängeln rieb. Ich ging in die Hocke und sah ihn mir genauer an. Er hatte ein kupferrotes Fell, das samtweich aussah. Nur um Schnauze und Augen hatte es die Farbe von Sahne. Auch sein imposanter Schnurrbart und die feinen Härchen in den Ohren waren weiß.

»Nimm dich vor Marius in Acht«, sagte ich. »Nicht, dass du aus Versehen als Salbeibraten im Topf landest.«

Der Kater wälzte sich schnurrend auf den Rücken, doch sobald ich meine Hand nach ihm ausstreckte, sprang er auf.

Ich legte Marius den Salbei auf die Anrichte und setzte mich mit dem Supermarkt-Zeichenblock auf die Terrasse. Kaum hatte ich die erste Seite aufgeschlagen und einen Stift in der Hand, ließ Leporello sich wenige Meter von mir entfernt auf dem Rasen nieder.

Ich konnte gut erkennen, wie die Pfoten in die Schulter, der Hals in den Kopf überging, und fühlte mich in die Aktzeichenstunden während des Studiums zurückversetzt.

Gerade als ich mich daranmachen wollte, den Kopf genauer auszuarbeiten, ließ er sich zur Seite fallen und die elegante Katzenfigur verwandelte sich in einen unförmigen Fellsack.

Ich seufzte. Gab es eine Anleitung zum Zeichnen von

Katzen? Und wenn ja, wo konnte ich die herunterladen? Zum Einstieg auch gern eine, bei der ich nur die Zahlen von 1 bis 279 verbinden musste.

»Könntest du dich bitte wieder hinsetzen? Es dauert nicht mehr lange.«

Leporello dachte nicht daran. Er rollte sich wohlig herum und verfolgte, wie ein Schmetterling über ihn hinwegflog. Da waren die menschlichen Aktmodelle wesentlich kooperativer gewesen.

Ich legte das Blatt zur Seite und begann mit der nächsten Skizze. Leporello auf dem Rücken. Kopf und Schulterpartie gingen flott, bis der bekannte Kuckucksruf durch das Küchenfenster klang. Erschrocken sprang der Kater auf und verschwand.

»Mit den SMS scheint es zu klappen«, rief Marius glücklich. »Schaust du bitte nach dem Essen? Ich gehe noch mal telefonieren.«

Ich stellte mich samt Zeichenblock an den Herd und rührte die köstlich riechende Soße um. Hoffentlich war das der letzte Anruf aus München. Sonst müsste ich die Ruine in *Die Kapelle des nervigen Leo* umbenennen.

Ich verbannte den Störenfried aus meinen Gedanken und probierte die Tomatenmischung. Was für ein Unterschied zu dem, was wir uns abends in die Agentur liefern ließen und nebenbei am Schreibtisch aßen. Nichts gegen Sushi, aber ich war froh, wenn ich das Wort in nächster Zeit nicht mal lesen musste.

Die Küchengerüche riefen die Katzen auf den Plan. Die Graue beobachtete mich erwartungsvoll von der Flügeltür aus, und ich nutzte die Zeit, eine weitere Skizze zu machen. Doch das entsprach nicht ihren Erwartungen, und sie maunzte laut.

»Tut mir leid, aber die Nummer ›Aufjaul und motz‹ zieht nicht. Ich habe leider nichts für euch«, sagte ich.

Daraufhin protestierte sie so empört, als kenne sie den Inhalt des Kühlschranks.

»Okay, ihr bekommt etwas Schinken, aber dann ist Schluss.« Ich schnitt eine Scheibe in schmale Streifen. Als ich sie servierte, sah sie mich mit einem beleidigten *Warum-nicht-gleich-Blick* an. Um sofort weiter zu krakeelen, als der Teller leer war. »Tut mir leid, mehr gibt es nicht.«

Ich fragte mich, wo Marius abgeblieben war. Er war schon über eine halbe Stunde weg, und die Soße hatte eine perfekte Konsistenz erreicht. In diesem Moment hörte ich, wie eine Autotür zugeschlagen wurde, kurz darauf stand er mit einer Einkaufstüte in der Küche.

»Warst du im Supermarkt?«

»Na klar. Wenn deine Models uns schon die Bude einrennen …«, er stellte mehrere Packungen Katzenfutter auf die Anrichte, »müssen wir sie auch bei Laune halten, oder?«

4

Nach dem Aufwachen blieb ich mit geschlossenen Augen liegen. Müde überlegte ich, wann welches Meeting zu welchem Projekt geplant war, und was sonst noch auf meiner To-Do-Liste stand. Bis ich mich mit einem Ruck aufsetzte. »Ich habe Urlaub«, sagte ich in die Stille hinein.

Marius zog mich lachend in die Kissen zurück und küsste mich. »Du merkst wirklich alles.«

»Schon verrückt, in welchem Hamsterrad wir rennen, oder?« Ich hob den Kopf. »Hörst du das?«

»Was denn?«

»Dieses *Nichts*. Keine hupenden Autos, keine Busse, kein Flugzeug, nur Vögel in Frühlingslaune.« Ich zog den Vorhang zur Seite. Die Sonne schien von einem wolkenlosen Himmel. »Was hältst du von einem faulen Tag auf der Liege im Garten?«

Die letzten Worte meines Satzes gingen in Motorenlärm unter. Ich sprang aus dem Bett und öffnete die Tür, die in den Garten hinunterführte. Hinten im Olivenhain war jemand mit einer Motorsense zugange.

»Vielleicht doch lieber einen Ausflug.«

Als ich in die Küche kam, war es wieder ruhig. Ich trat auf die Terrasse. Benzingeruch hing in der Luft. Der Mann im Olivenhain hackte nun auf etwas ein. Wie ein Springteufelchen kam sein rotbemützter Kopf immer wieder über der Mauer zum Vorschein.

Ich wollte ihn schon fragen, ob er noch lange zu tun hatte, als mir etwas um die Beine strich. Leporello sah maunzend zu mir hoch.

»Das hat dir gestern geschmeckt, mh?« Ich schüttete Trockenfutter auf einen Teller. Sofort kam auch die Graue angeflitzt. Nur die getigerte Paroli war nirgends zu sehen. Ich stellte ihnen das Essen auf die Terrasse und sah zu, wie sie sich begeistert darüber hermachten.

»Setzen wir uns auch raus?«, fragte Marius.

Wieder ging meine Antwort im Motorlärm unter. Somit waren die Würfel für den heutigen Tag gefallen.

Nach dem Frühstück nahm ich mir den Hausordner vor. Er enthielt eine detaillierte Karte der Umgebung, die ich auf dem großen Tisch ausbreitete.

Radda, Strada, Castellina, Panzano, San Gimingnano, Volterra …

Während ich die Ortsnamen leise aussprach, hatte ich sofort Bilder von verwinkelten Gassen und blumengeschmückten Häusern vor Augen.

»Na, wo fahren wir hin?« Marius beugte sich ebenfalls über die Karte.

»Wir könnten nach Greve fahren.« Ich zeigte ihm, wo es lag. »Der Ort hat einen alten Marktplatz mit schönen Arkaden.«

»Okay. Dann geben wir das ins Navi ein.« Marius

wollte die Karte schon zusammenfalten, aber ich hielt ihn zurück.

»Nix Navi. Das bringt uns auf dem kürzesten Weg dorthin. Wir nehmen die Karte mit und fahren über die kleinen Straßen.«

»Dann sind wir ja ewig unterwegs«, rief Marius.

»Und wenn schon. Wir haben Urlaub. Schon vergessen?«

Wir holperten zur Hauptstraße und winkten der alten Dame, die in ihrem Garten in der Sonne stand. Zu unserer großen Freude hatten wir im Haus eine Eros-Ramazzotti-CD gefunden. Als unser Lieblingslied, *Se bastasse una canzone*, erklang, sangen wir die Titelzeile und das *Uhuuhuuhuu* des Backgroundchors gut gelaunt mit.

»Da vorn im Kreisverkehr musst du links abbiegen.« Ich hatte die Karte auf den Knien und suchte sie nach kleinen, grün gekennzeichneten Strecken ab. Heute waren nur die schönsten Straßen gut genug.

»Ist das nicht ein bisschen umständlich?«, fragte Marius zum wiederholten Mal. »Dinge wie Navis wurden nicht umsonst erfunden.«

»Aber man darf immer noch selber entscheiden, ob man sie verwendet oder nicht. Da vorn geht es unter der Autobahn durch und dann rechts weg.«

»Nach Greve geht es aber geradeaus.«

»Nicht auf meiner Route.« Wenn ich mich erdreistete, technische Errungenschaften zu ignorieren, konnte mein IT-Experte bockig werden. Doch als wir oben an einer Serpentinenstraße ausstiegen und die Aussicht genossen, hatte ich ihn bekehrt. »Das ist wirklich eine tolle Strecke. Kanntest du sie schon?«

»Ich habe dir doch erzählt, dass ich hier schon vor Jahren mit dem Rad herumgefahren bin.« Wann lernten Männer endlich zuzuhören? »Im Studium hatte ich einen Freund, der unruhig wurde, wenn er nicht täglich seine achtzig Kilometer radelte. Als er mir diese Tour vorschlug, wollte ich mir keine Blöße geben.« Ich zeigte auf ein Dorf auf dem gegenüberliegenden Plateau. »Obwohl ich mich geärgert habe, dass man jedes Mal ganz runter ins Tal fahren muss, um zum nächsten Ort zu kommen. Da strampelt man ganz schön was weg!«

»Du hättest ja schieben können«, sagte Marius.

Ich zeigte ihm einen Vogel. »Das machst du nicht, wenn zehn alte Männer am Ortseingang auf einer Mauer sitzen und dir *Forza, forza* zurufen. Da treibt dich dein Ehrgeiz jede Steigung hinauf.«

»Ein Glück, dass du mich kennengelernt hast«, sagte Marius. »Wenn Gnä nun so freundlich wären, wieder einzusteigen? Der Fahrer wäre bereit.«

Gegen Mittag kamen wir in Greve an und schlenderten zur Innenstadt. Sie war genauso schön, wie ich sie in Erinnerung hatte: der dreieckig angelegte Markt mit den Cafés und die kleinen Brücken über den Fluss.

Ich hakte mich bei Marius ein und steuerte auf die Arkaden zu. »Ich zeige dir eine ganz tolle Metzgerei.«

»Ob es die nach so langer Zeit noch gibt?«

»Das ist nicht irgendein Geschäft, sondern eine Institution. Da vorne ist sie!«

Marius war schwer beeindruckt, und auch ich war wieder begeistert von dem vielseitigen Angebot. Von der Decke hingen riesige Schinken, Salamis und Knoblauchzöpfe, andere Wurstwaren wurden in Körben angeboten. In einer Vitrine stapelten sich riesige Steaks, eine andere ließ das Herz von Käseliebhabern höher schlagen.

»Ob man sich hier einsperren lassen kann?«, fragte Marius. »Schau dir die Weine an. Und die vielen Olivenölsorten!«

»Wir könnten uns was aussuchen und Brotzeit machen. Draußen stehen Tische. Die Sache hat allerdings einen Haken: Man muss sich vorher entscheiden.«

Wir ließen es uns schmecken und leerten unsere Teller bis auf den letzten Krümel. »Jetzt fehlen mir nur noch ein guter Zeichenblock und Stifte zu meinem Glück«, sagte ich.

»Lass bloß Robert nicht hören, dass du völlig *oldschool* unterwegs bist«, sagte Marius. »Willst du wirklich nicht bis nach dem Urlaub warten?«

»So viele Katzen werde ich nie wieder vor der Nase haben. Schau, da ist schon wieder eine.« Ich zeigte auf ein schwarzes Tier, das an unserem Tisch vorbeischlich. »Es ist fast so, als wenn man glaubt, schwanger zu sein. Dann sieht man plötzlich überall schwangere Frauen und Kinderwägen.«

»Wie bitte?! Du bist schwanger?!« Entsetzt riss Marius die Augen auf.

»Um Himmels willen! Das hätte mir gerade noch gefehlt. Nein, ich meine das in Bezug auf Katzen. Seit ich weiß, dass ich sie zeichnen muss, laufen sie mir andauernd vor die Füße.«

Marius entspannte sich sichtlich. »Wir könnten morgen nach Florenz fahren. Dort findest du sicher alles, was du brauchst.«

»Stimmt … Aber der Gedanke, dort stundenlang mit Parkplatzsuche zu verbringen, reizt mich kein bisschen.«

»Soviel ich weiß, dürfen nur Einheimische mit dem Auto in die Stadt fahren.« Marius zog sein Smartphone aus der Tasche. »Aber wenn du der modernen Technik einen kurzen Auftritt gewährst, schau ich nach, wie es mit den Busverbindungen aussieht.«

Nach einem schönen Sightseeingtag wurden wir ungeduldig erwartet. Die Graue schien aufgebracht, dass wir ohne ihre Zustimmung so lange weggeblieben waren. Als wir dann auch noch die Frechheit besaßen, zuerst die Einkäufe einzuräumen, lief sie mir schimpfend hinterher und setzte sich mitten in die Küche. Leporello beobachtete ihre Protestaktion von der Terrassentür aus.

»Wir sollten für die Katzen einen anderen Fressplatz suchen«, sagte ich. »Wenn dieser Fabio sie entdeckt, hat es sich ausgemodelt.« Ich gab Trockenfutter auf den Teller und stellte ihn auf die Terrasse.

Anscheinend rief ihn schon die Erwähnung seines Namens auf den Plan, denn wir hörten sein typisches Pfeifen, das näher kam. Die Katzen flitzten davon. Doch wohin mit dem Futter? Spontan zog ich meine Strickjacke aus und warf sie über den Teller. Sekunden später stand der Hausverwalter vor mir.

»Buongiorno!« Ich lächelte krampfhaft. »Kommen Sie doch herein.«

Fabio hob den Zeigefinger. »Iste *buona sera* jetze«, berichtigte er mit ernster Miene. »Iste giorno vorbei.«

»Buona sera«, sagte ich artig. »Was können wir für Sie tun?«

»Nur wollte fragen, tutto bene?« Er sah sich prüfend um. »Attenzione!« Er zeigte auf meine Jacke, die den Teller verdeckte. »Habbe lassen gefallen.«

»Die liegt da gut«, plapperte ich nervös. »Und, äh, ja, alles molto bene. Wir waren heute in Greve.«

»Aah! Greve!« Ob wir wollten oder nicht, erfuhren wir nun alles über die Geschichte des Ortes, über den berühmten Seefahrer, der dort geboren worden war, über den Niedergang der Chiantiweine im Allgemeinen und den der guten Sitten im Besonderen. »Junge Leute nix wolle heirate. Andere …«, dabei sah er mich durchdringend an, »nix wolle habbe bambini.«

Er wollte das Thema schon vertiefen, doch Marius kam ihm zuvor. »Was ist das eigentlich für eine Melodie, die Sie immer pfeifen?«

»Aaah! Kenne nicht Belcanto?« Ungläubig sah Fabio uns an. Als wir den Kopf schüttelten, stellte er sich in Pose und schmetterte los. »*Vaga luna, che inargenti* …« Nach der ersten Strophe presste er beide Hände fest an die Brust. »Wenn Callas höre, iche musse weine.«

»Die Opernsängerin Maria Callas?«, fragte ich vorsichtshalber nach.

»Sì! Gebe solamente *una* Callas!« Als galt es Ungläubige für eine Religion zu gewinnen, erzählte er alles über ihr Leben und sang uns ihre größten Erfolge vor. Bis auf dem Parkplatz ein Auto hupte.

»Aaah, meine Bruder warte. Arrividerci!« Er hob die Hand zum Gruß, dann verschwand er.

Sofort setzte die Graue sich schreiend vor den abgedeckten Teller. »Jetzt mach hier mal nicht auf verhungernde Katze«, sagte ich. »Bei deinem Umfang stirbt man nicht sofort.« Doch sie krakeelte weiter, bis ich das Futter freigab.

»Vielleicht ist sie eine Belcanto-Katze«, überlegte Marius. »Stimme und Figur passen genau zu dem, was Fabio erzählt hat.«

So bekam die Graue ihren Namen.

Wir machten es der Callas nach und setzten uns an den gedeckten Tisch. Mit dem kleinen Unterschied, dass es für uns kein Trockenfutter gab, sondern Leckereien, die wir aus Greve mitgebracht hatten.

»An den Wildschweinschinken könnte ich mich gewöhnen«, sagte ich, während ich mir Salat und Tomaten nahm. »Aber dieses salzlose Brot ist auf Dauer nichts für mich. Ob wir mal gesalzene Butter kaufen?«

Marius nickte geistesabwesend.

»Gesehen habe ich sie aber noch nicht.«

Marius sah verwirrt auf. »Was hast du nicht gesehen?«

»Bist du mit den Gedanken wieder in München?«

»Ja, tut mir leid. Ich verstehe einfach nicht, warum uns die Kunden plötzlich davonlaufen.«

»Wie viele sind es denn schon? Gestern war es doch erst einer, oder?«

»Mittlerweile sind es drei.«

»Weißt du was? Wir machen einen Spaziergang zur Kapelle«, sagte ich. »Dann kannst du mit Leo sprechen und nebenbei kriegen wir etwas Bewegung. Aber mach ihm bei der Gelegenheit bitte klar, dass wir im Urlaub sind.«

Als wir die Haustür hinter uns zuzogen, sang eine einsame Amsel vom Dach, und die untergehende Sonne färbte die Landschaft in Rottönen. Bei der alten Dame waren die Fensterläden bereits geschlossen.

Während Marius telefonierte, umrundete ich die Ruine und setzte mich auf einen der Steinquader, die wie riesige Bauklötze im hohen Gras verstreut lagen.

Ich hatte mein Handy schon eingeschaltet, als ich innehielt. Was, wenn Robert sich gemeldet hatte? Wie sollte ich reagieren, wenn er wieder Druck ausübte oder gar von mir verlangte, in die Agentur zu kommen? Bei einer Kollegin hatte er das schon mal gebracht. Während ich darüber grübelte, wurde mir klar, wie viel Macht ich ihm mit diesen Ängsten über mich verlieh.

Zum Teufel mit dem Kerl! Ich öffnete das Mailprogramm und siehe da: keine Nachrichten. Weder von Robert noch von sonst jemandem. Die Welt kam gut ohne mich klar.

Erleichtert googelte ich Geschäfte für Künstlerbedarf in Florenz. Zu meiner großen Freude gab es eins mitten im Zentrum, und ich speicherte die Adresse.

Währenddessen lief Marius rastlos auf und ab. Seine Silhouette zeichnete sich wie ein Scherenschnitt vor dem dunkler werdenden Abendhimmel ab. So hatte ich ihn auch zum ersten Mal wahrgenommen, als er vor drei Jahren bei Freunden telefonierend auf der Dachterrasse stand. Erst im Hellen waren mir seine grünen Augen, seine hübschen Hände aufgefallen, hatten sein ansteckendes Lachen und seine ruhige Art mich verzaubert.

Nach dem Essen mit unseren Freunden saßen wir noch lange am Küchentisch, redeten über Gott und die Welt. Als er mir in den frühen Morgenstunden erzählte, dass er eine IT-Firma leitete, hatte ich das erst nicht glauben wollen. Er war so anders als die Nerds, die ich bis dahin kennengelernt hatte.

Marius hatte sein Gespräch beendet und setzte sich neben mich. »Leo hat mit einem dieser Kunden ein Gespräch vereinbart. Morgen wissen wir mehr.«

»Kann er das zur Abwechslung nicht mal alleine abwickeln? Wir haben Urlaub. Schon vergessen?«

»Du weißt doch, wie er ist.«

Ja. Ein nervöser, bindungsunfähiger Single, der nicht

verstehen konnte, dass es neben der Arbeit noch etwas anderes auf der Welt gab. »Mach ihm morgen bitte klar, dass du nicht dauernd als Gesprächspartner zur Verfügung stehst.«

»Ich verspreche es dir.«

Schweigend schauten wir hinunter ins Tal. Die vergangenen Jahre hatten uns zusammengeschweißt, und ich war voller Zuversicht, dass wir die Hürden, die vor uns lagen, meistern würden. Zur Bestätigung gingen in den Dörfern ringsumher die Straßenlaternen an. Wie kleine Orientierungshilfen in dunkler Nacht.

5

Am Bahnhof *Santa Maria Novella* war das Verkehrschaos enorm. Wir hatten für die kurze Strecke zwar eine Stunde gebraucht und sämtliche Dörfer südlich von Florenz kennengelernt, doch die Busfahrt war entspannt gewesen.

»Und jetzt?«, schrie Marius gegen den Lärm an.

»Fußgängerzone!« Ich zeigte auf eine große Kreuzung. Drei Zebrastreifen später konnten wir uns normal verständigen und ließen uns inmitten einer Horde Japaner in die Innenstadt treiben.

Die meisten von ihnen nahmen ihre Umgebung nur durch die Kamera wahr und blieben immer wieder stehen, um sich mit Hilfe eines Selfie-Sticks zu fotografieren. Je näher wir zum Dom kamen, desto enger wurde das Gedränge.

»Hier muss es irgendwo sein.« Ich hatte die Adresse des Geschäfts in mein Handy eingegeben. »In einer kleinen Seitenstraße.«

Wir umrundeten den imposanten Dom und bahnten

uns einen Weg an Touristengruppen und Pferdekutschen vorbei. Dann war ich am Ziel.

»Lass dir Zeit«, sagte Marius. »Ich schaue mich in der Straße ein bisschen um und komme wieder hierher.«

Ich drückte die Klinke hinunter und tauchte unter dem Bimmeln der Türglocke in eine andere Welt ein. Der Geruch von Farben und Papier versetzte mich in meine Studienzeit zurück. Langsam ging ich in den schmalen Gängen zwischen den Regalen entlang, die teilweise bis zur Decke hinaufreichten. Hinter der Holztheke saß ein alter Mann, der mir freundlich zunickte.

Abrupt blieb ich stehen. Wie kam denn mein Opa hierher? In diesem Moment stand der Mann auf, und mir wurde klar, dass meine Fantasie mir einen Streich gespielt hatte. Mein Großvater war bereits lange tot und nie in seinem Leben in Italien gewesen. War ich schon so überarbeitet?

Der Mann begann nun ein leidenschaftliches Gespräch mit einer Kundin. Wenn ich es richtig verstand, ging es um Pinsel, und ich machte mir eine geistige Notiz, selber welche zu kaufen.

Vor einer Auslage mit Buntstiften und Kreiden blieb ich stehen. Es gab sie lose, aber auch in schönen, mehrstöckigen Holzkästen. Meine Haut kribbelte, als ich einen von ihnen aufklappte und die vielen Farben sich vor mir ausbreiteten.

Es war alles da: das Callas-Grau, die rötlichen Fellfarben von Leporello und das Schwefelgelb der Flechte auf den Dachziegeln unseres Hauses. Auch die Grüntöne der Landschaft, das rauchige Blau der Hügelketten am Morgen, nach Gruppen sortiert lagen sie nebeneinander.

Phthaloblau, Grünerde, Kadmiumgelb, Zitron, Karmoisin … So klang die Zauberformel, die mir zu einem anderen Leben verhelfen konnte.

Als ich das Preisschild entdeckte, schluckte ich. Auch wenn ich gut verdiente, war Geld bis heute nichts Selbstverständliches für mich. Die Angst, wieder arm zu werden, hatte sich tief in mir verankert.

Meine Zweifel schienen auf dieses Stichwort nur gewartet zu haben. »Bist du verrückt geworden?«, flüsterten sie. »Planst du ernsthaft, deinen gutbezahlten Job an den Nagel zu hängen? Wer sagt denn, dass du diesen Wechsel schaffst? Hast du die vielen Absagen schon vergessen? Du gehörst hier nicht her!«

Neapelgelb, Wacholdergrün, Ocker gebrannt, Terracotta … Die Namen streckten lockend die Finger nach mir aus, zogen mich magisch in ihren Bann.

»Wer nicht gut genug ist, braucht auch keine teuren Stifte«, raunten sie weiter. »Bisher hast du noch nicht mal eine ordentliche Katze zu Papier gebracht. Und wer sagt denn, dass die Lindenberg es ernst meint?«

Ich ließ sie noch kurz gewähren, dann wischte ich die Bedenken beiseite und legte den Buntstiftkasten zusammen mit einer Auswahl an wasservermalbaren Kreiden auf die Theke. Fest entschlossen, es zu schaffen.

Als Nächstes waren die Zeichen- und Malblöcke an der Reihe. Auch dieses Sortiment war groß. Bedächtig strich ich mit der Hand über die verschiedenen Papiere, als ich merkte, dass der Verkäufer mich lächelnd beobachtete.

»Finden Sie alles, was Sie brauchen?«, fragte er auf Englisch.

»Nicht ganz.« Ich demonstrierte an einem normalen

Skizzenbuch, dass ich Blöcke mit vier geleimten Seiten suchte.

»Die sind hier.« Er führte mich in den nächsten Gang, wo sich das Gesuchte auf dem Boden stapelte.

Ich entschied mich für drei Größen, damit ich parallel an verschiedenen Motiven arbeiten konnte. Ich wollte sie zusammen mit einem Skizzenbuch und verschiedenen Pinseln zur Kasse bringen, als ich ein kleines Regal mit Fläschchen entdeckte. Es waren Firnissorten, wie ich sie früher bei meinen Radierungen verwendet hatte.

Sofort hatte ich den Geruch von Druckfarbe in der Nase und konnte das Glücksgefühl heraufbeschwören, meinem Elternhaus entronnen zu sein.

Ich sah mich neben Katrin an der Druckpresse stehen. Wir hatten uns schon im ersten Semester kennengelernt und viele Gemeinsamkeiten festgestellt. Wir hatten den gleichen Humor, ein Faible für handgebundene Künstlerbücher und lasen beide gern Gedichte.

Wir verbringen Woche um Woche in den Werkstätten der Hochschule. Dort sitzen wir uns an einem zerkratzten Tisch gegenüber, übertragen unsere Entwürfe auf Zinkplatten, frieren oder schwitzen je nach Jahreszeit und hören Musik aus einem alten Radio.

Beim Drucken werden unsere Hände und die Schürzen immer dreckiger. Dabei sprechen wir über Ideale, planen eine nächste Reise per Anhalter, lachen und weinen gemeinsam, über Männer, über das Leben. Bis es Abend wird, und der Hausmeister uns nötigt, zu gehen.

Wir träumen von Ausstellungen in einer angesagten Galerie und diskutieren die Getränke für die Vernissage. Während Katrin schon bald mit der Werbung liebäugelt, erwäge ich einen Wechsel an die Kunstakademie.

Doch letztendlich traue ich mich nicht. Ich brauche die Sicherheit eines festen Einkommens. So landen wir in derselben Werbeagentur. Arbeiten wieder Tisch an Tisch, diesmal ohne dreckig dabei zu werden. Nur Wochen nacheinander verlieben wir uns ernsthaft. Ich mich in Marius, sie sich in Stefan.

Es hätte alles ewig so weitergehen können. Doch eines Tages kommt sie freudestrahlend auf mich zu, schließt mich in die Arme und flüstert mir ins Ohr: »Stell dir vor, es hat geklappt ...«

»Brauchen Sie noch etwas?«, fragte der Verkäufer, der neben mir stehen geblieben war.

Mit Macht verdrängte ich die Erinnerung und konzentrierte mich auf die Auslage. Eines der Fläschchen zog meine Aufmerksamkeit auf sich. Es war mit einer grauen Emulsion gefüllt, und ich fragte den Mann, was es damit auf sich habe.

»Ich zeige es Ihnen«, sagte er, nachdem seine Erklärung an unserem begrenzten englischen Wortschatz gescheitert war. Staunend verfolgte ich, wie er die gummiartige Lösung mit einem Pinsel auf ein Papier strich und sie nach dem Trocknen übermalte.

»Jetzt kommt das Besondere!« Vorsichtig zog er die Gummischicht wieder ab. Dort war das Papier weiß geblieben und konnte weiterbearbeitet werden.

»Das ist großartig!« Mit Händen und Füßen erklärte ich, dass ich eine rotgetigerte Katze malen wollte, und fragte ihn, wie ich es da verwenden könnte.

»Ganz einfach.« Zuerst strich er das Papier mit einem rötlichen Orange ein. Als es trocken war, trug er mit einer Zeichenfeder feine Linien mit der Emulsion auf, so als würde er Haare zeichnen. Anschließend übermalte er die Fläche mit einem dunkleren Rot. Als alles getrocknet war, rubbelte er die Striche mit dem Zeigefinger weg. Die orangefarbenen Haare hoben sich scharf im Rot ab. Begeistert betrachtete ich das Ergebnis.

»Ich nehme zwei Flaschen« sagte ich. »Außerdem noch Zeichenfeder und einen breiten Pinsel.« Darüber hinaus deckte ich mich mit kleinen Klammern und einer Metallschnur samt winzigen Magneten ein. Perfekt, um die fertigen Arbeiten irgendwo hinzuhängen.

Als alles eingepackt vor mir lag, fiel mir ein, dass wir noch einen Stadtbummel machen wollten. »Ist es möglich, die Sachen später abzuholen?«

Der Verkäufer nickte. »Wir sind bis sieben da.«

Vor dem Geschäft wartete ein begeisterter Marius. »Schau mal, was ich gefunden habe!« Er zeigte mir zwei Leporello-Bücher aus den zwanziger Jahren. Bei dem einen kamen die Sehenswürdigkeiten von Rom zickzackgefalzt zum Vorschein, bei dem anderen waren es Oldtimer.

»Und du? Sag bloß, du hast nicht mal ein Skizzenbuch gekauft?«

»Keine Bange, ich habe es richtig krachen lassen«, sagte ich. »Aber ich hole die Sachen erst auf dem Rückweg ab.«

Wir wollten uns durch die Stadt treiben lassen, doch das war bei der Touristendichte nahezu unmöglich. Wo wir auch hingingen, überall waren wir von Menschenmassen umringt. Nur in den abgelegenen Sträßchen und Gassen konnten wir uns in Ruhe umschauen.

Nach einer letzten Eis-Pause am Arno holte ich meine Einkäufe ab, und wir schlenderten am späten Nachmittag zurück zum Bahnhof. Ich konnte es kaum erwarten, den Inhalt meiner schweren Tragetaschen auszupacken und loszulegen.

»Was gibt es denn dort?« Marius zeigte auf einen Wegweiser zur *Mercato Centrale*.

»Das sind die Markthallen. Ein Paradies für Genießer und Köche.« Mir taten die Arme bereits weh, doch diese Freude wollte ich ihm nicht vorenthalten.

Als wir das alte Gebäude betraten, kam Marius aus dem Stauen nicht mehr heraus. Gemächlich gingen wir an den vielen Ständen vorbei. Brot und Backwaren, Fische in allen Farben und Größen, Berge von Oliven, Käse, Antipasti, Gemüse, Fleisch- und Wurstwaren – das Angebot war überwältigend.

»Wenn ich wüsste, wie ich das alles nach Hause schaffen könnte, würde ich einen Großeinkauf machen«, seufzte er. »Versprich mir, dass wir unseren nächsten Urlaub hier um die Ecke verbringen.« Er zeigte auf einen Stand, wo frische Ravioli und Tortellini mit Steinpilzfüllung angeboten wurden. »Wäre das nicht was für heute Abend? Mit Olivenöl und Parmesan wird das eine Schlemmermahlzeit.«

Schon bei der Vorstellung lief mir das Wasser im Mund zusammen, und wir reihten uns geduldig in die lange Schlange vor der Theke ein.

»Zum ersten Mal kann ich die Bedeutung des Wortes *Foodporn* richtig verstehen«, sagte Marius, nachdem er bei einem letzten Rundgang Fotos gemacht hatte. »Vielleicht sollte ich Koch werden.«

Als wir Florenz' gut versteckten Busbahnhof endlich gefunden hatten, verstauten wir unsere Einkäufe unten im Bus und ließen uns erschöpft auf die Sitze fallen. Jetzt nichts wie nach Hause.

Der Fahrer erfüllte uns diesen Wunsch umgehend und

legte ein Tempo vor, bei dem der Begriff *brettern* eine neue Bedeutung bekam. Nach dem Prinzip ›Vorfahrt und flitz‹ raste er durch die stark befahrenen Straßen, und ich hoffte, dass keiner der Vespafahrer es mit dem Leben bezahlen musste. Erst als wir die Vororte erreichten, besann er sich und fuhr zivilisierter.

Während Marius seine Nachrichten checkte, sah ich aus dem Fenster. Überall am Wegrand blühten violette Lilien, und das schräge Abendlicht verwandelte die Schatten der Weinstöcke in grafische Muster auf Grün.

Mir wurde klar, dass ich Farben als solche hauptsächlich auf dem Bildschirm registrierte, wo sie Nummern in Farbtabellen waren. Doch während der Bus hupend durch die Dörfer fuhr, nahm ich sie endlich wieder in ihrem natürlichen Umfeld wahr.

In Tavarnelle verließen wir den Bus und gingen zum Auto, das wir dort abgestellt hatten. Beim Einladen sah ich die Tragetaschen durch. »Hast du die Cannelloni eingepackt?«

»Die müssten bei deinen Zeichensachen sein.«

»Sind sie aber nicht.« Ich leerte die Tüten auf der Ladefläche. »Nur Käse, Brot, Schinken und Tomaten.«

»Dann bleibt die Küche heute Abend kalt.«

Wir fuhren durch kleine Dörfer Richtung Ferienhaus. Bis Marius plötzlich auf die Bremse trat. »Schau mal. Das ist mir auf dem Hinweg gar nicht aufgefallen.« Am Straßenrand stand ein renoviertes Bauernhaus. Nur ein Schild mit der Aufschrift *Osteria* wies darauf hin, dass man dort essen konnte.

»Wollen wir hier einkehren?« Die Aussicht auf ein warmes Abendessen lockte mich sehr.

Ohne zu antworten, fuhr Marius in die Einfahrt und ergatterte einen der letzten Parkplätze.

In der Gaststube standen blank gescheuerte Holztische eng an eng, alle Plätze waren besetzt. Doch wir hatten Glück. Der Wirt bugsierte uns zu einem Tisch, an dem nur ein einzelner Gast saß. Der nickte kurz, dann aß er weiter. Wir vertieften uns in die Speisekarte.

»Weißt du, was *Guancialini di Maiale* ist?«, fragte Marius.

»Keine Ahnung.«

»Das haben wir gleich.« Marius gab den Begriff in sein Smartphone ein.

»Und was ist es?«

Ungläubig zeigte er mir das Ergebnis. »Was zum Teufel hat ein ›Kissen für den Kopf‹ in der italienischen Küche zu suchen?«

Ich kicherte. »Frag lieber, wie die Füllung aussieht. Ich bin in Paris mal böse hereingefallen. Auf der Speisekarte stand *Andouillette.* Laut Internetübersetzung eine kleine *Andouille.* Als ich dann das Wort *Andouille* eingab, kam die Erklärung ›Dummkopf‹. Damit war meine Neugier geweckt, und ich bestellte das Gericht. Der einzige Dummkopf bei der Sache war leider ich, denn ich bekam eine erbärmlich stinkende Innereienwurst serviert.«

Unser Tischgenosse, ein braungebrannter Mann mit grauer Wuschelfrisur, lachte schallend. »Eine schöne Geschichte«, sagte er mit einem weichen französischen Akzent. Er zeigte auf die Zeile, über die Marius gestolpert war. »Das hier heißt ›Schweinebäckchen mit Steinpilzen‹. Aber die gibt es nicht. Wie die meisten Sachen auf der Karte.«

»Wie bitte?«

»Sie liegt nur pro forma aus. Lassen Sie sich einfach überraschen.«

In diesem Moment tauchte ein dünner Kellner neben unserem Tisch auf. Stift und Notizblock gezückt, sah er uns abwartend an. »Prego?«

»Was bestellt man hier denn, wenn es nichts gibt?«, fragte ich unseren Tischnachbarn.

»Lassen Sie mich mal machen.« Er erkundigte sich nach unseren Vorlieben, dann bestellte er Antipasti, Pasta, Dolce, Rotwein und Wasser.

»Hoffentlich reicht das«, sagte Marius. »Ich habe Hunger für drei.«

»Wer hier nicht satt wird, dem ist nicht mehr zu helfen«, sagte der Mann.

Wein, Wasser und Brot wurden auf den Tisch gestellt, und Marius schenkte uns ein. Unser Nachbar hob das Glas. »Auf einen schönen Abend.«

Nach dem ersten Schluck zog ich den großen Stiftekasten hervor, den ich mit hineingenommen hatte, und zeigte ihn Marius.

»Sieht toll aus«, sagte er. »Aber ein bisschen ... *old school*?« Er imitierte den schleppenden Tonfall meines Chefs perfekt.

»Vorsicht! Wer mich an diesen *Andouille* erinnert, lebt gefährlich.« Ich nahm einen türkisfarbenen Stift heraus und zeichnete einige Striche auf dem Tischset aus Packpapier. »Wahnsinn, wie sich die Wirkung der Farbe auf diesem Papier verstärkt!« Beim Neapelgelb wiederholte sich der Effekt. »Abgefahren!«

»Eine sehr gute Wahl.« Der Mann neben mir setzte eine randlose Brille auf. »Diese Stifte lassen sich übrigens perfekt untereinander vermischen. Darf ich?«

Ich schob den Kasten zu ihm hin und beobachtete, wie er mehrere Farben auf seinem Set auftrug und strichelnd mischte. Das Resultat war verblüffend. »Sind Sie Künstler?«

»Ich bin Maler und heiße Lucien.«

Auch wir stellten uns nun vor. Zehn Minuten später waren wir beim Du angelangt, und ich erzählte ihm spontan von der Messe in Bologna, von meinem ersten Auftrag und den Models im Garten.

»Katzen zeichnen ist nicht leicht. Keine ist wie die andere«, sagte Lucien. »Aber wenn welche vor Ort sind, kannst du sie ja in Ruhe studieren.«

Der Kellner unterbrach unser Gespräch und stellte verschiedene Salamisorten, einen Salat mit Parmesanspänen sowie kleine Käseomeletts auf den Tisch. Schnell brachte ich meine Stifte in Sicherheit.

»Na, das schaffen wir locker«, sagte Marius, während er sich von allem etwas nahm. Doch kaum hatte er das gesagt, als weitere Vorspeisen hinzukamen. Der Kellner kommentierte im Eiltempo, was es im Einzelnen war, dann verschwand er wieder im Gewühl.

»Gefüllte Tomaten, gegrillte Auberginen und Ricotta mit Zwiebelmus«, übersetzte ich. »Was das ist, habe ich leider nicht verstanden.«

»Polenta mit Ragout«, sagte Lucien, der bereits bei Kaffee und Grappa angelangt war. »Bon appétit.«

Während wir weiteraßen, erzählte uns Lucien, dass er und seine Frau im Elsass lebten, er aber im Frühling und Sommer zum Malen herkam. »Wie lange hast du Zeit für diese Kurzgeschichten?«

»Spätestens in sechs Wochen müssen Probeillustrationen vorliegen«, sagte ich.

»Dann ist es sicher sinnvoll, die Zeit mit diesen Modellen zu nutzen«, sagte Lucien. »Die Konkurrenz ist groß. Eine Mappe kann noch so toll sein, die Verlage nehmen einen erst richtig wahr, wenn man illustrierte Bücher vorweisen kann. Das ist in der freien Kunst nicht anders. Hat man noch nie ausgestellt, kommt man schwer bei einer Galerie unter.« Er sah zu Marius. »Bist du auch vom Fach?«

Marius schüttelte den Kopf. »Ich habe mich mit einem Partner auf Dokumentenmanagement spezialisiert und vertreibe eine Software, mit der Unterlagen digitalisiert werden können.«

»Ein Buch mit sieben Siegeln für mich«, sagte Lucien höflich. »Aber ein Glück, dass es Leute gibt, die sich auch mit solchen Dingen auskennen.« Er wandte sich wieder mir zu. »Seid ihr lange in der Gegend?«

»Drei Wochen«, sagte ich mit vollem Mund. »Fühlt sich aber für mich gerade so an, als wären es drei Monate. Ich hatte seit Ewigkeiten nicht mehr so viel Freizeit.«

»Das ist genug Zeit, die Gegend kennenzulernen. Falls ihr mal in der Nähe seid, freue ich mich, wenn ihr mich besucht.« Lucien legte seine Visitenkarte auf den Tisch. »Vielleicht kann ich ein paar Tipps geben. Ich habe mir an diesen Fellnasen schon die Zähne ausgebissen.«

»Sehr gern.« Ich las die Adresse auf der Karte. »Wo ist das in etwa?«

»Zwei Orte hinter Montespertoli. Solltet ihr es nicht finden, fragt nach dem Haus mit dem blauen Baum im Garten. Das kennt fast jeder.«

Während Lucien das Lokal verließ, ging unser Abendessen in die nächste Runde. Beim Anblick der grünen Lasagne und der Nudeln mit frischen Artischocken gab

Marius kleinlaut zu, dass seine Befürchtungen wohl umsonst gewesen waren. Mit einem Ohr lauschte ich den angeregten Unterhaltungen an den Nachbartischen. Alle Gäste schienen guter Dinge zu sein, was bei dieser Küche kein Wunder war.

»Manchmal hat man Glück im Unglück«, sagte Marius. »Nudeln verloren, Gasthaus gefunden.«

»Und einen netten Menschen kennengelernt.« Ich hob mein Glas. »Auf den Urlaub und die Kunst!«

»Ob dieser Typ wirklich Künstler ist?« Marius sah skeptisch drein. »So nennt sich jeder, der in der Volkshochschule mal einen Malkurs belegt hat.«

»Sei nicht so negativ«, sagte ich. »Oh, da kommen die berühmten Dolce!« Der Kellner stellte zwei Teller vor uns hin und ratterte herunter: »Profiteroles mit Schokoladensoße, Mousse au Chocolat, Mandelbaiser, Vanilleeis, Apfelkuchen und Erdbeeren.«

»So klingt der Himmel«, seufzte Marius. »Genau so.«

Während ich mit dem Finger den letzten Rest Schokosoße vom Teller wischte, schallte Kuckucksrufen durch das Lokal. Einige der Gäste sahen lachend zu uns herüber. Eilends verließ Marius das Lokal, um zu telefonieren.

Ich schob die Teller beiseite und nahm ein paar Stifte aus dem Holzkasten. Heute würde ich nichts dazu sagen, aber wenn dieser Telefonzirkus so weiterging, sollten Marius und Leo sich warm anziehen.

Ich versuchte, Leporello auf dem Papierset zu skizzieren, musste aber feststellen, dass Lucien recht hatte: Katzen hatten es wirklich in sich.

Ich drehte den Bogen um und begann mit einem Stillleben. Das leere Weinglas gelang mir auf Anhieb, und ich spürte, wie mein Strich sicherer wurde. Als Nächstes nahm ich mir den Salzstreuer vor und schraffierte gerade die Schatten, als Marius zurückkam. Die tiefe Sorgenfalte auf seiner Stirn verhieß nichts Gutes.

»Der Kunde hat die Karten auf den Tisch gelegt. Unsere Software hat einen ernstzunehmenden Konkurrenten aus Fernost bekommen. Die vertreiben ein Programm, das günstiger ist und eine wesentlich längere Laufzeit hat als unser Produkt.«

»Kann man da was machen?«

»Wir müssen diese Software so schnell wie möglich nach Stärken und Schwächen analysieren, damit wir die verbliebenen Kunden retten und die abgesprungenen zurückgewinnen können.«

»Das heißt, du musst nach München zurück.«

Marius schüttelte den Kopf. »Leo kümmert sich darum und besteht darauf, dass wir unseren Urlaub genießen.« Er verzog den Mund zu einem Lächeln. »Wenn alle Stricke reißen, ziehe ich in die Kapelle und richte dort mein Büro ein.«

6

Die Nacht war die Hölle gewesen. Entweder hatte Marius sich schlaflos im Bett gewälzt oder Leo hatte eine Nachricht geschickt. Dann war Marius zu dieser verdammten Kapelle gefahren, um sich dort mit ihm zu unterhalten. Gegen vier hatten wir uns heftig gestritten und gegen fünf wieder versöhnt. Urlaub sah anders aus, so viel war sicher.

Ich fühlte mich wie gerädert, als ich um acht die Augen aufschlug. Marius lag neben mir und stierte an die Decke.

»Und jetzt?« Ich wusste, wie die Antwort lauten würde, aber ich wollte sie aus seinem Mund hören.

Er setzte sich auf, rieb sich die Augen und starrte zur Abwechslung geradeaus. »Ich denke mal, dass ich für ein paar Tage nach München muss.«

»Und was mache ich so lange?«

»Du könntest in der Zeit Katzen zeichnen.«

Ach.

»Tolle Idee. Vor einigen Tagen hast du noch behauptet, ich müsse mich dringend erholen. Aber jetzt, wo du plötzlich ...«

»Okay, es tut mir wahnsinnig leid!« Er sah mich verzweifelt an. »Glaub mir. Aber Leo schafft das nicht alleine. Auch nicht mit den Kollegen. Und solange ich nicht weiß, wie es weitergeht, bin ich ständig mit meinen Gedanken in München. Die Firma steht auf dem Spiel. Kannst du das denn nicht verstehen?«

»Doch. Ich frage mich nur, wann du dir mal so viel Zeit für mich nimmst? Ich werde den Gedanken nicht los, dass der Typ nur zu rufen braucht, und schon bist du für ihn da.«

Marius fuhr sich mit beiden Händen durchs Haar. »Das kann man so nicht vergleichen. Du bist eine selbstständige Frau und ...«

»Und dein Geschäftspartner ist ein unfähiger Trottel. Richtig. Aber wir haben schon so wenig Zeit für uns. Hast du eine Ahnung, wie viel Kraft mich die Kämpfe mit Robert gekostet haben, bis ich diese drei Wochen frei bekommen habe?«

Ich war den Tränen nahe. Die Aussicht auf diesen Urlaub hatte mich durch die verdammten Wahnsinnswochen, die hinter mir lagen, gerettet.

»Natürlich. Was denkst du denn?« Er rollte sich neben mich und nahm mich in die Arme. »Ich habe mich genauso auf diese Zeit gefreut. Bitte glaub mir das.« Der Rest ging in einem Kuss unter, doch ich befreite mich aus der Umarmung.

»Versprichst du mir, so schnell wie möglich zurückzukommen?«

»Versprochen.«

»Und bis dahin brauche ich ein Auto. Vielleicht kann

Fabio uns eine Vermietung empfehlen. Es muss ja kein Jaguar sein. Irgendwas Einfaches, damit ich mobil bin.«

»Ich muss sowieso gleich telefonieren. Dann rufe ich ihn an.«

»Wenn du zurück bist, machen wir mit dem Urlaub weiter, wo wir aufgehört haben. *Ohne* Leo und *ohne* Handy.« Ich hievte mich aus dem Bett. »Und jetzt wird erst mal gefrühstückt.«

Die Callas fand das eine hervorragende Idee. Sie veranstaltete eine Maunz-Arie, die jeden Belcantofan, Fabio ausgenommen, überzeugt hätte. Leporello unterstützte sie mit einer zweiten Stimme.

Ich warf die Kaffeemaschine an und füllte den Futterteller. Dann kümmerte ich mich um die Fütterung der Zweibeiner.

Während Marius an der Kapelle telefonierte, lief ich durch den Morgentau zum Ende des Gartens. Der rote Kater tapste hinter mir her. Wir setzten uns auf die Mauer und schauten ins Tal hinunter. Die Silhouetten der Hügelketten breiteten sich im kühlen Morgendunst vor mir aus, je weiter entfernt, desto heller. In den Olivenbäumen zwitscherten Vögel.

»So schnell kann ein Traum vorbei sein«, sagte ich leise. »Kennst du das?«

Leporello machte kehlige Töne.

»Hoffentlich ist Marius bald wieder da.«

Ein kräftiger Maunzer war die Antwort.

»Wenn dieser verdammte Leo eine Maus wäre und ich eine Katze, wüsste ich schon, was ich mit ihm anstellen würde. Ich würde ihn zuerst durch den Garten jagen und anschließend genüsslich verspeisen.«

Obwohl mich bei dem Gedanken gruselte, gefiel mir die Vorstellung. Auch Leporello schien nicht abgeneigt, denn er hörte mir aufmerksam zu.

»Andererseits ist es vielleicht gar nicht schlecht, ein paar Tage alleine hier zu sein und nach meinem eigenen Rhythmus zu leben.« Als Marius heute Nacht endlich eingeschlafen war, hatte ich über mein bisheriges Leben nachgedacht. Seit dem Studium war ich immer auf der Überholspur gewesen. Getrieben von der tief verwurzelten Angst, so zu enden wie meine Eltern. Eine Sorge, die andere Wünsche verdrängte.

»Hilfst du mir, Leporello?«

Der Kater musterte mich eingehend. Vorsichtig streckte ich die Hand aus und fuhr ihm sanft über den Rücken. Zum ersten Mal ließ er sich das gefallen. Als ich ihm den Nacken kraulte, begann er sogar zu schnurren. Dann maunzte er fordernd.

»Ist das ein Ja oder hast du noch Hunger?« Ich war unerfahren in der Katzensprache, doch meinem Gefühl nach ließ das langgezogene »Mau-wauw!« eher auf den Wunsch nach einem Nachschlag schließen. Schade, dass ich ihm Leo nicht servieren konnte.

Kurz darauf kam Marius zurück. »Die Nachbarn sind gerade eingetroffen.«

»Mit der *Olala*?«

»Es sieht eher nach der angetrauten Gattin aus. Fabio habe ich auch erreicht. Wenn ich ihn richtig verstanden habe, hat er eine Lösung.«

»Und was für eine?«

»Die möchte er uns persönlich zeigen.« Kaum hatte er es ausgesprochen, sausten die Katzen davon: Der Hausverwalter war schon zur Stelle.

»Buongiorno!« Überschwänglich schüttelte er uns die Hand und brachte sein Bedauern über Marius' Abfahrt zum Ausdruck. »Werde auf Signorina aufpassen, als meine eigene Bambino«, versprach er.

»Danke, das kann ich schon selbst.« Das Letzte, was ich brauchen konnte, war ein daueranwesender Hausverwalter, der meine Modelle in die Flucht trieb. »Welche Autovermietung können Sie uns denn empfehlen?«

»Habbe andere Lösung«, sagte Fabio. »Una Ape.«

»Eine was?«, fragte Marius.

Ich seufzte. »Keine Ahnung.«

Nach einer kurzen Fahrt in Marius' Auto erreichten wir eine alte Scheune. Gespannt verfolgten wir, wie Fabio sich an einem großen Vorhängeschloss zu schaffen machte. Dann riss er die Türen auf.

»Una Ape per la Signorina!« Stolz zeigte er auf einen dreirädrigen, hellblauen Bonsai-Transporter mit winziger Fahrkabine.

»Definitiv kein Jaguar«, flüsterte Marius. »Sieht sicher klasse aus, wenn du mit dem Ding durch die Gegend gurkst.«

»Sehr witzig.« Neugierig linste ich hinein. Statt eines Lenkrads gab es einen Lenker, wie bei einer Vespa. Die Sitzbank war extrem schmal, und am Rückspiegel baumelte eine schielende Plüschschildkröte, die schon bessere Zeiten gesehen hatte.

»Allora, va bene?«, wollte Fabio wissen.

»Molto bene!« Wenn es mir mit diesem Gefährt zu blöd wurde, konnte ich damit immer noch zu einer Autovermietung fahren.

»Gibte solo un piccolo problema.« Er zeigte auf den abgebrochenen Griff an der Heckklappe. »Musse öffnen mit Zangke.« Mit Hilfe einer Rohrzange öffnete er die Tür zur Ladefläche. »Molto facile!«

Fabios Anleitung war schnörkellos und gut verständlich. »Capito.«

»Bene. Jetze wir mache eine Test«, schlug Fabio vor. »Fahre nach *Casa Giulia*.«

»Sollte ich unterwegs sterben, vermache ich dir mein gesamtes Hab und Gut«, sagte ich zu Marius. »Und richte Robert bitte aus, er möge in der Hölle schmoren.« Dann stieg ich todesmutig ein.

Wir saßen eng nebeneinander. Da Fabio sich wie immer mit Aftershave eingenebelt hatte, versuchte ich, das Fahrerfenster zu öffnen. Sofort verschwand die ganze Scheibe in der Türverkleidung. ›Kurbel und versenk‹ sozusagen.

»Iste nix Problem«, rief Fabio fröhlich. Er griff nach einem Schraubenzieher, der neben der Rohrzange und anderem Werkzeug in einer Vertiefung zwischen Lenker und Frontscheibe lag, und ging um das Dreirad herum. »Iste nix Problem.« Mit wenigen Handgriffen hatte er die Scheibe wieder dort, wo sie hingehörte, und krabbelte zurück auf die Bank. »Jetze wir fahren.« Er zeigte mir, wo sich die wichtigsten Funktionen befanden, und wir knatterten davon.

Das Kleinstauto war einfach zu bedienen. Und selbst bei Vollgas fuhr man nie schneller als vierzig. Als wir von der Hauptstraße abbogen, bemerkte ich die wild blinkende Tankanzeige. »Das Benzin ist alle!«, rief ich gegen den Lärm an. »Komme ich mit dem Rest noch zur nächsten Tankstelle?«

Fabio machte eine wegwerfende Handbewegung. »Iste nix Problem. Benzina voll. Iste ... kaputt, capito?«

Vor dem Tor des Ferienhauses bremste ich. »Was muss ich tanken, wenn er wirklich leer ist?«

Fabio zuckte die Schultern. »Benzina normale.«

Marius war schon abreisebereit. »Passen Sie bitte gut auf meine Karla auf«, sagte er zu Fabio.

»Kaaaarla ...« Fabio sprach meinen Namen mit viel Wonne und einem langgezogenem A aus. »Schöne Name!«

»Das wird *nicht* nötig sein!« Ich umarmte Marius. »Tu mir einen Gefallen und ermuntere diesen Mann nicht noch einmal, auf mich aufzupassen, hörst du? Es sei denn, du möchtest, dass ich in der Zwischenzeit verrückt werde.«

»Entschuldige.« Er drückte mir ein Päckchen in die Hand. »Das hier habe ich vorhin unter einer Decke im Kofferraum gefunden. Ich hätte es dir längst geben wollen.«

»Von dir?« Es war in dunkelrotem, handgeschöpftem Papier eingeschlagen und mit bunten Papierbändern umwickelt.

»Von Katrin«, sagte Marius. »Nachträglich zu deinem Geburtstag.« Als er meinen erstaunten Blick sah, holte er weiter aus. »Sie hatte in der Nähe der Firma zu tun und es vorbeigebracht.«

»Hat sie noch was gesagt?«

»Nur, dass ich dich lieb grüßen soll. Alles andere ging im Kindergeschrei unter.« Er küsste mich zärtlich. »Ich melde mich, wenn ich angekommen bin. Pass auf dich auf.«

Fabio verabschiedete sich mit einem »Ciao, Kaaaarla!« Dann fuhren beide Männer davon.

Ich schloss die Haustür hinter mir und fühlte mich verloren. Das Wohnzimmer wirkte größer als in den vergangenen Tagen, und meine Schritte hallten unangenehm. Ich zog meine Sandalen aus und ging barfuß auf die Terrasse hinaus.

Die Callas lag im Terracottatopf, Leporello hatte es sich auf der gepolsterten Liege gemütlich gemacht. Nur Paroli war nach wie vor verschwunden.

Ich starrte auf das Päckchen in meiner Hand. Katrin. Seit meinem ersten und letzten Besuch nach Mias Geburt war ein halbes Jahr vergangen. Wieder sah ich sie freudestrahlend auf mich zukommen, hatte den Satz im Ohr: »Stell dir vor, es hat geklappt ...«

Ich tat begeistert, obwohl ich wusste, dass sie nun für mich verloren war. Bereits andere Freundschaften hatten sich von diesem Punkt an verflüchtigt. Schwangere Frauen hatten andere Prioritäten, waren mit dem Nestbau beschäftigt und zogen sich in eine andere Welt zurück. Waren die Kinder dann da, wurden die Reihen defensiv geschlossen.

Auch wir hatten uns bald aus den Augen verloren. Ich wusste nicht, wie ich es hätte verhindern können. Was hätte ich ihr schon sagen oder schreiben können? *Anyway, wenn du Support brauchst, bin ich für dich da?* Nein. Denn das war ich ja nicht mehr.

»So ist das nun mal im Leben.« Ich ging ins Wohnzimmer und legte das Geschenk auf einen der Freischwinger. Als ich mich umdrehte, bemerkte ich, dass Leporello mitten auf dem Esstisch saß.

Ich wollte schon »Da hast du nichts verloren!« rufen, überlegte es mir aber anders. Vielleicht war Zeichnen eine gute Medizin gegen dieses leere Gefühl, das sich gerade in mir breitmachte. So gesehen lag der Kater goldrichtig,

Leise auf ihn einredend nahm ich Skizzenblock und Bleistift in die Hand und setzte mich zu ihm. »Gut machst du das«, flüsterte ich. »Bleib schön so sitzen.«

Mit schnellen Strichen versuchte ich, ihn auf dem Papier festzuhalten, doch der Kater änderte seine Haltung rascher, als ich zeichnen konnte. Nach einer Stunde gab ich frustriert auf und betrachtete die vollgekritzelten Bögen.

Man konnte die Tiere zwar als Katzen identifizieren, aber als Probeillustration taugte das alles nicht. War es mit meinem Zeichentalent doch nicht so weit her, wie ich geglaubt hatte? Ich knüllte die Skizzen zusammen und warf sie in den Kamin. Zum Feuermachen konnte ich sie noch verwenden.

Vielleicht sollte ich mich zuerst auf katzenlose Szenen konzentrieren und mich langsam herantasten. Ich rief die Datei auf und legte mich mit dem iPad auf die Liege. Gleich in der ersten Geschichte entdeckte ich mehrere solche Stellen. Ich würde mich erst mal warm zeichnen, bevor ich den Rest in Angriff nahm. Doch die kurze Nacht forderte ihren Tribut, schon nach drei Seiten war ich eingeschlafen.

Beim Aufwachen streckte ich schlaftrunken die Hand aus. Etwas Raues leckte meine Hand, und ich zog sie erschrocken zurück. Für die Callas das Zeichen kundzutun, dass sie am Verhungern war.

Nachdem ich ihre Arien beendet hatte, breitete ich meine neuen Schätze auf dem großen Tisch aus. Ich würde einfach loslegen, ganz spielerisch, ohne jeglichen Druck.

Ich stellte Vase, Kerzenständer und Weinglas zu einem einfachen Stillleben zusammen und machte eine Skizze. Anschließend kolorierte ich die Gegenstände mit einem bläulichen Türkis. Als die Fläche trocken war, schraubte ich das Fläschchen mit der Gummilösung auf und trug sie mit Zeichenfeder und Pinsel überall dort auf, wo ich den Farbton so belassen wollte. Anschließend nahm ich einen breiten Pinsel und übermalte alles mit einem dunklen Delfter Blau. Jetzt hieß es abwarten.

Mir fiel ein, dass ich die Ape noch abschließen sollte, und ich ging zum Parkplatz. Dort hörte ich die Nachbarn in einem aggressiven Tonfall diskutieren. Leise schloss ich die Tür meines Dreirads und versuchte zu verstehen, worüber sie sich stritten.

Es ging um Spargel, von dem *sie* immer zu viel kaufte, was *ihn* maßlos ärgerte. Sätze wie »Ich schmeiß gleich alles in die Mülltonne« fielen.

Die Auseinandersetzung erinnerte mich an die Basilikum-Debatte zwischen Marius und mir. Obwohl ich nur selten kochte, brachte ich diese Pflanze mit großer Regelmäßigkeit nach Hause, um sie dann auf der Fensterbank vertrocknen zu lassen. Keine Ahnung, aus welchem Zwang heraus ich immer wieder eine neue kaufte, doch es nervte Marius seit langem.

Die Haustür wurde aufgerissen, und eine wütende Frau mittleren Alters trat heraus. Als sie mich entdeckte, fragte sie, ob ich gern Spargel esse.

Ich nickte. »Sehr gern sogar!«

Meine Antwort zauberte ein Lächeln auf ihr Gesicht. Sofort sah sie viel hübscher aus. Sie ging ins Haus zurück und kam Sekunden später mit grünem Spargel auf mich zu, schön drapiert in einem Körbchen. »Prego!«

Sie brummte noch etwas, das nach einer Verwünschung klang, und verschwand wieder ins Haus.

Ich legte den Spargel in die Küche und kontrollierte mein Stillleben. Die Farbe war trocken. Vorsichtig rubbelte ich die Gummimasse vom Papier. Es hatte funktioniert: Die hellen Stellen standen sauber in der dunklen Fläche.

Ich klappte den Buntstiftkasten auf und begann zu schraffieren. Für die Schattenseite der Gegenstände wählte ich ein Blau, das an ein aufziehendes Gewitter erinnerte, für die helle Seite ein schwefliges Grün.

Ich ging völlig in meiner Arbeit auf, bis Leporello neben mich auf den Tisch sprang. Neugierig schnupperte er an der Zeichnung. »Gleich gibt es was zu essen, Herr Kater. Nur noch die Holzmaserung vom Tisch, dann gehe ich mit dir in die …«

Das Wort *Küche* blieb mir im Halse stecken, denn draußen pfiff jemand eine bekannte Melodie. Leporello flitzte hinaus, und ich dachte mit Schrecken an den Futterteller, der auf der Terrasse stand.

Es war zu spät, ihn verschwinden zu lassen. Der Katzenjäger kam bereits herein, das Corpus Delicti in der Hand.

»Habbe stehe lasse!« Fabio stellte den blank geputzten Teller auf den Tisch. Ich dankte der Callas stumm für ihren gesegneten Appetit.

»Wie dumm von mir.« Ich nahm das Wasserglas, das ich zum Anrühren der Kreiden verwendet hatte, und wollte es mit dem Teller in der Küche verschwinden lassen, doch Fabio registrierte alles.

»Attenzione. Iste nur für Trinke!« Er schüttelte den Zeigefinger, als wäre ich ein Kleinkind. Dann beugte er sich über mein Stillleben und betrachtete es mit Kennermiene. »Kaaaarla è una artista ...« Er sah mir tief in die Augen. »Una *bella* artista ...«

Nun fiel mir siedend heiß ein, dass das Katzenfutter mitten auf der Anrichte stand. »Ja, ja, die schöne Kunst!« In drei Schritten war ich in der Küche, ließ die Packung hinter dem Treteimer verschwinden und stellte mich schützend davor.

Fabio sah misstrauisch durch die Küchentür. »Iste okay alles?«

»Iste nix Problem«, sagte ich nervös. »Kann ich irgendwas für Sie tun?«

»Biiite, Kaaaarla. Mich nenne Fabio, ha?«

»Gern. Brauchen Sie, brauchst du etwas aus dem Haus?«

»No, no.« Fabio schüttelte den Kopf. »Wollte nur gucke, iste alles bene.« Er zeigte auf den Spargel. »Esse asparagi?«

»Genau.« Hektisch überlegte ich, wie ich den Mann wieder loswerden konnte. Da zeigte Marius, dass auch in der Ferne auf ihn Verlass war; just in diesem Moment schickte er mir eine Nachricht. Minuten später hatte ich meinen Wächter vor die Tür gesetzt und war auf dem Weg zur Kapelle.

»Mit der Bitte, auf mich aufzupassen, hast du mir ganz schön was eingebrockt«, sagte ich. »Er entwickelt sich zu einem richtigen Casanova. Hättest du dich nicht gemeldet, würde er mir jetzt noch die Ohren vollsülzen.«

Marius kicherte. »Er hält eben Wort: ›Kümmer und betreu‹. Sonst alles okay?«

Ich erzählte ihm, dass der Spargelstreit der Nachbarn mir ein Abendessen beschert hatte.

»Lass es dir schmecken.« Er hielt kurz inne. »Aber kauf nicht gleich wieder Basilikum.«

7

Beflügelt von dem Stillleben, hatte ich nach dem Spargelessen einen neuen Versuch in puncto *Katze* gestartet. Doch die Ergebnisse, die ich am Abend als *befriedigend* eingestuft hatte, fielen am nächsten Morgen allesamt durch. Die Zeichnungen sahen aus, als hätte ich sie nach einer schlecht übersetzten Anleitung aus dem Koreanischen angefertigt. Die Körper waren zu lang oder zu kurz, und ich scheiterte an der Perspektive. Meine Hoffnung verabschiedete sich, die Laune rutschte in den Keller.

Meinen Models war das egal. Sie wollten ihre Gage.

»Ich brauche Plastikteller für euch«, sagte ich zu Leporello, der immer mutiger wurde und mir in die Küche gefolgt war. »Und wir müssen einen Platz finden, den dieser Casanova nicht kennt.« Als ich mich zu ihm umdrehte, fiel mir auf, dass er die linke Vorderpfote hochhielt. »Hast du dich verletzt?«

Langsam ging ich auf ihn zu. Als er sitzen blieb, nahm ich ihn vorsichtig auf den Arm. Wider Erwarten wehrte er sich nicht. Ich trug ihn ins Wohnzimmer und sah mir die Pfote näher an.

In einem der weichen Zehenballen steckte etwas, das wie ein Dorn aussah. Behutsam probierte ich den Fremdkörper zu entfernen. Das schien ihm wehzutun, denn er versuchte, die Pfote zurückzuziehen.

»Gleich habe ich es«, sagte ich leise und legte eine Kraulpause ein. Beim zweiten Mal erwischte ich den Stachel und zog ihn vorsichtig heraus. Der Ballen schien zum Glück nicht weiter verletzt zu sein, und ich setzte Leporello auf den Boden. Er blinzelte mir kurz zu, dann maunzte er.

»Danke für den Service«, sollte das wohl heißen. »Und jetzt bitte was zu essen!«

Mein eigenes Frühstück war eher karg. Es gab noch eine Kante ungesalzenes Weißbrot, etwas Butter und zwei Eier. Ich schlug sie in die Pfanne und sah auf die Uhr. Kurz nach neun.

Heute war Montag, und meine Kollegen in der Agentur trafen sich gleich zum Jour fix. Sie standen jetzt in der kleinen Küche, tranken Kaffee und tauschten den neuesten Agenturtratsch aus, bevor sie die Woche durchplanten und Aufgaben verteilt wurden. Es war ungewohnt, nicht dabei zu sein. Andererseits schön, die Woche ohne dämliche Sprüche meines Chefs beginnen zu können.

»Ich habe die Wahl«, sagte ich den Spiegeleiern. »Entweder beiße ich mich durch oder habe Robert wieder vor der Nase.«

Diese Vorstellung machte meinem Frust Beine. Mir fiel eine Lösung ein. Ich konnte die Katze mit dem iPad fotografieren und die Bilder anschließend als Vorlage verwenden.

Beflügelt von dieser Idee nahm ich mir die weiteren Kurzgeschichten vor und machte mir Notizen. Und siehe da, es flutschte! Ich bedauerte zwar, dass ich nicht am PC mit dem Layout experimentieren konnte, aber *das stand jetzt nicht auf der Agenda*. Mein Job war es, überzeugende Illustrationen zu liefern. Welche, die *rockten. Asap*.

Am Nachmittag hatte ich die Texte erneut gelesen, zwei von ihnen ausgewählt und erste Fotos von den Katzen gemacht. Anfangs waren sie neugierig auf mich zugekommen und hatten das iPad beschnuppert, doch bald hatten sie das Interesse verloren und waren liegen geblieben. Jetzt musste es mir nur noch gelingen, die Biester aufs Papier zu bannen.

Während ich über eine Lösung nachgrübelte, fiel mir ein, wen ich zu diesem Thema um Rat bitten konnte: Lucien!

Zum Glück fand ich seine Visitenkarte wieder. Ich breitete die Landkarte aus und sah, dass er gar nicht weit weg wohnte. Allerdings grauste mir vor der ersten Fahrt mit der Ape.

Doch der Kühlschrank war leer, das Brot gegessen, und auch die Katzen brauchten Futter. Mir blieb keine Wahl.

Auf der Hauptstraße war niemand unterwegs, und ich konnte mich in Ruhe an das neue Fahrzeug gewöhnen. Bergab fühlte ich mich wie ein Rennfahrer, obwohl ich laut Tacho nicht mal 40 Stundenkilometer fuhr. Dafür ging es bergauf schleichend voran, und ich verstand, warum die Plüschschildkröte am Rückspiegel baumelte.

Bedingt durch den Lärm, den ich verursachte, sah ich

jedes Mal in den Rückspiegel, wenn ich durch eine Siedlung fuhr. Doch keiner schien sich daran zu stören. Dafür bildete sich an einer langen Steigung eine Autokolonne hinter mir. Ich rechnete jede Sekunde mit einem Hupkonzert, doch nichts dergleichen passierte. Die Autofahrer schlichen gelassen hinter mir her, bis sie überholen konnten. Manche winkten mir sogar zu.

Schweißgebadet stieg ich auf der Kuppe aus und erholte mich bei einem Blick über die Landschaft. Überall blühten die Bäume, und zwischen den Weinstöcken wucherte ein dekoratives, gelbes Kraut. Ein großer Raubvogel drehte majestätisch seine Runden, ohne einen Flügelschlag zu machen, und ich überlegte, wie es wohl sein mochte, fliegen zu können.

In Bologna war ich diesem Gefühl schon sehr nahe gekommen. Doch bis zum nächsten Flug, sollten meine Probeillus den Test denn auch wirklich bestehen, gab es viel zu tun.

Ich stieg in die enge Kabine und fuhr weiter. Die Straße nach Montespertoli stieg zum Glück nur leicht an, und allmählich fand ich Gefallen an dieser langsamen Art der Fortbewegung. Ohne den lauten Motor wäre sie gar perfekt gewesen. Summend fuhr ich durch Zypressenalleen, an Olivenhainen und Weinbergen vorbei, bis der Ort in Sicht kam.

Eine Serpentine weiter hatte ich die Altstadt erreicht und fuhr durch die Gassen, bis ich einen Parkplatz gefunden hatte. Meine Nase wies mir den Weg zu einer kleinen Bäckerei, aus der es himmlisch duftete. Die vielen Kunden, die sich im Laden drängten, wertete ich als Indiz dafür, dass auch die Qualität stimmte.

Das Geschäft war in einem gemauerten Gewölbe untergebracht. Die Kundschaft hatte es nicht eilig. Die Frauen erzählten von Kindern und Verwandten und die weiß bemützte Bäckerin hatte für jede ein offenes Ohr.

Die Regale hinter meinem Rücken waren mit Marmelade, Nudeln, Soßen und Wein gefüllt. Ich entschied mich für einen Rotwein mit dem Wappen des Ortes und eine Nudelsoße *della casa* mit Basilikum. Vielleicht wirkte sie ja gegen den zwanghaften Pflanzenkauf.

Der Laden leerte sich allmählich. Ich stellte meine Einkäufe auf die Theke und prüfte das Angebot in den Vitrinen. In meinem Magen rumorte es. Neben Süßem gab es Käse, belegte Brote, Pizzen und Focaccia – wahlweise mit Oliven, Käse oder Sardellen und Zwiebeln.

»Prego?« Die Bäckerin war um die sechzig. In die dunklen Haare mischten sich erste graue Strähnen, und ihre braunen Augen waren umrahmt von feinen Fältchen.

»Es ist schwer, sich zu entscheiden«, sagte ich in meinem besten Italienisch. »Ich hätte gern ein Brot …« Wieder studierte ich die Auslage. »Ein Stück Provolone und ein Tramezzino mit Salami.«

Erfreut über mein Italienisch antwortete die Frau auf Deutsch. Sie vermietete Ferienwohnungen und hatte im Laufe der Jahre etliche Kurse besucht, damit sie sich besser mit ihren Mietern verständigen konnte. Es entspann sich ein lustiges Gespräch, und da wir alleine im Laden waren, hatte sie alle Zeit der Welt.

Da ich mir nicht sicher war, zeigte ich ihr Luciens Visitenkarte und fragte, wie ich am besten zu dieser Adresse kam. Da hatte ich die Richtige erwischt. Sie kannte den Maler gut und packte ihm ein Rosinenbrötchen ein. »Die liebt er.«

Nachdem ich meine Einkäufe bezahlt und verstaut

hatte, beugte sie sich über die Theke. »Mögen Sie Cantucci?«

»Und wie!«

»Morgen backen wir frische. Aber kommen Sie vor zwölf. Sie sind immer schnell ausverkauft.«

Ich fuhr die Strecke, die mir die Bäckerin empfohlen hatte: Am Supermarkt vorbei und von dort Richtung Montelupo. Nach wenigen Kilometern fiel mein Blick auf das Armaturenbrett: Die Tankanzeige blinkte wie verrückt, und mir rutschte das Herz in die Hose. Bis Fabios Worte mir wieder in den Sinn kamen: »Iste nix Problem!«

Ich klopfte fest mit dem Zeigefinger auf die Anzeige. Daraufhin leuchtete sie ständig auf, und ich beschloss, ihr keine Beachtung mehr zu schenken. Der Tank war schließlich voll.

Zwei Dörfer weiter hielt ich Ausschau nach einem Haus am Ende der Ortschaft. Zuerst glaubte ich, mich verfahren zu haben, doch dann entdeckte ich einen kahlen, kobaltblau gestrichenen Baum hinter einer Mauer. Ich bog auf die unbefestigte Straße neben dem Grundstück ein. Bald kam ein ockerfarbenes Haus in Sicht. Es war quadratisch, und aus der Mitte des Dachs erhob sich wie ein klobiger Turm ein weiterer Raum.

Ich parkte neben einem alten Kastenwagen im Hof und ging über einen Kiesweg zur Haustür, vorbei an unzähligen Gefäßen mit Pflanzen und Blumen. Neben dem Eingang stand ein großer Oleander, dessen Knospen kurz vor dem Aufplatzen waren.

Lucien kam ums Haus. »Alessandra, buongiorno!« Als er mich sah, hielt er inne. »O pardon. Du bist Karla, oder? Aus der Osteria. Ich habe dich mit meiner Nachbarin verwechselt. Der dunkle Pferdeschwanz, die schwarzen Klamotten und eine blaue Ape. Genau wie sie.«

»Kein Problem.« Ich reichte ihm die kleine Papiertüte. »Viele Grüße von der Bäckerin in Montespertoli.«

Lucien wischte sich die Hände an der Hose ab. »Danke. Ist der Laden von Isabella nicht ein Traum? Jetzt ist euer Urlaub kulinarisch perfekt.«

»Von *perfekt* ist der weit entfernt.« Ich schilderte ihm in wenigen Sätzen, was passiert war.

»O je … Fällt dir die Decke auf den Kopf?«

»Überhaupt nicht. Aber ich könnte deine Hilfe brauchen. Diese Katzen machen mich verrückt!«

»Darin sind sie Weltmeister.« Lucien hielt mir die Tür auf. »Entrée, Madame. Ich werde sehen, was ich machen kann.«

Er führte mich in einen großen, hellen Raum, der durch gemauerte Bogendurchgänge in vier Bereiche aufgeteilt war. Auf den Terracottafliesen lagen gewebte Läufer, die Balken an der Decke waren dunkel und alt. Vor einem großen Kamin standen Sofas und Stühle, im Nebenraum wartete ein langer Tisch auf Gäste. Von dort ging es in eine Küche, in der es intensiv nach Kräutern duftete.

Lucien zeigte auf einen Steinkrug. »Darf ich dir einen kalten Grüntee anbieten?«

»Gern.« Langsam ging ich an den Gemälden entlang, die an den weißgetünchten Wänden hingen. »Sind das alles Arbeiten von dir?«

»Die meisten«, sagte Lucien. »Die neuen Sachen sind oben. Komm mal mit.«

Über eine Steintreppe gelangten wir in den ersten Stock. Von dort ging es weiter hinauf in das Zimmer, das von unten wie ein Turm aussah. Als ich in der Tür stand, wusste ich nicht, wo ich zuerst hinschauen sollte. Das Atelier hatte Fenster nach zwei Seiten, auch das Dach war teilweise verglast. Eine Wand war mit Skizzen übersät. An der anderen lehnten halbfertige Gemälde in verschiedenen Stadien, auf einem der Tische stand ein großer Mac mit Scanner und Drucker. Es roch nach Farbe und Firnis.

Ehrfürchtig betrat ich den Raum und sah aus einem der Fenster. Der Ausblick auf die Hügel war atemberaubend. Hinter mir räumte Lucien einen Tisch frei und zeigte auf die Mappe, die ich unter dem Arm hielt. »Wenn du magst, kannst du deine Problemkatzen hier ausbreiten.«

Mit einem Mal fühlte ich mich klein und verletzlich. Es war eine verrückte Idee gewesen, herzukommen und einen Mann, der solche Bilder malte, mit meinen dilettantischen Zeichenversuchen zu nerven.

»Es ist alles nur Schrott«, sagte ich. »Schlimmes Anfängerzeug.«

»Ich weiß, wie schwer es ist, jemandem seine *Babys* zu zeigen«, sagte er leise. »Aber wenn man weiterkommen möchte, führt kein Weg daran vorbei.«

Ich holte tief Luft. »Da hast du wohl Recht.«

Lucien breitete die Blätter nebeneinander aus und betrachtete sie eingehend. »Das ist doch gar nicht schlecht«, sagte er nach einer gefühlten Ewigkeit. »Du hast Probleme mit dem Aufbau. Aber das lässt sich leicht ändern.«

Er nahm Papier und Bleistift. »Stark vereinfacht besteht ein Katzenkörper aus drei Kreisen. Da ist einmal der Kopf.« Er zeichnete einen Kreis. »Dann die Schulterpartie und das Hinterteil.« Zwei Kreise folgten, wobei sich der Schulterkreis zum Teil mit dem Kopf überschnitt. »Je nach Körperbau ist der hintere Kreis mal größer, mal sind sie gleich groß.«

»Und die Vorderpfoten sind mit dem Schulterkreis, die Hinterpfoten mit dem Dritten verbunden.«

»Genau.« Mit lockerem Strich verband er nun die Einzelteile zu einem Katzenkörper. »Und je nachdem, aus welchem Winkel du das Tier siehst, baust du dieses Gerüst auf.« Er legte einen Bogen Transparentpapier auf eine meiner Zeichnungen. »Schau, hier brauchst du Kreis zwei und drei nur etwas näher zusammenzuschieben und den dritten zu vergrößern. Schon stimmt es. Wenn du das Prinzip verstehst, kannst du die Tiere nach diesem Schema vorskizzieren und dann individuell verändern.«

»So, wie du das machst, sieht es ganz leicht aus«, sagte ich.

»Probiere es mal selber.« Lucien legte mir einen Skizzenblock hin und reichte mir den Bleistift. »Bleib locker. Hier werden keine Noten verteilt.«

Zaghaft machte ich erste Versuche, und als Lucien mit dem Tee zurückkam, lagen bereits drei Katzenskizzen vor mir.

»Siehst du?« Er stellte Becher auf den Tisch. »Ich mache dir auch ein paar Kopien aus einem Buch für Hobbyzeichner. Die Darstellungen sind hilfreich.«

»Danke«, sagte ich. »Wie lange arbeitest du denn so am Tag?«

»Im Augenblick viel. Im August habe ich eine Ausstellung in Straßburg, dafür muss ich noch einiges fertig machen.« Er zeigte auf die Leinwände an der Wand. »Glaube mir, ich verzweifle auch regelmäßig.«

»Sind das etwa Collagen?« Ich ging zu einer großen Leinwand und betrachtete sie genauer. Die farbigen Flächen wurden immer wieder von fotorealistischen Abbildungen unterbrochen. »Diese Taschenuhrmechanik ist nicht gemalt, oder?«

»Nein, das mache ich mit einer Transfertechnik. Ich zeige dir, wie das geht.«

Er strich die obere Seite eines verleimten Blocks mit einer beigen Paste ein und machte dasselbe mit der Bildseite einer Laserkopie. Dann legte er die eingestrichenen Flächen aufeinander und rieb sie mit einem Falzbein fest zusammen.

»Jetzt muss das vollständig austrocknen. Am schnellsten geht das, wenn man es föhnt.« Anschließend befeuchtete er die Rückseite der Laserkopie und rubbelte das Papier vorsichtig ab. »Die Farbschicht der Laserkopie klebt nun fest auf dem Papier. Ich entferne praktisch nur den Träger des Bildes.«

Ich war begeistert. »Das ist wie Photoshop ohne Computer. Kann man das Zeug hier irgendwo kaufen?«

»Ich glaube nicht«, sagte Lucien. »Aber ich gebe dir gern etwas davon mit. Ich habe mehr als genug.«

Als ich gegen fünf Uhr zurück zur *Casa Giulia* fuhr, war mir leicht ums Herz. Ich hatte alles, was ich für diese neue Technik brauchte, und eine Anleitung zum Katzenzeichnen. Zudem hatten wir vereinbart, dass ich jederzeit vorbeikommen konnte, um meine Arbeiten mit ihm durchzusprechen. Mut und Hoffnung hatten Zweifel und Angst in die Flucht geschlagen, und ich sang laut gegen den Motorenlärm an. Jetzt nur noch rasch einkaufen!

Im Supermarkt von Montespertoli schob ich meinen Einkaufswagen durch die Gemüseabteilung. Beim Anblick der Salatgurken entschied ich spontan, was es heute Abend geben würde: Bratkartoffeln mit Gurkensalat, eines meiner Lieblingsgerichte aus Kindertagen. Es war Ewigkeiten her, dass ich es gegessen hatte. Marius hasste Gurkensalat.

Einen Gang weiter fand ich Plastikgeschirr und nahm ein paar Teller und Schälchen mit. Jetzt brauchte ich nur noch Katzenfutter.

An der Wurst- und Käsetheke blieb ich stehen. Der Parmaschinken und die schwarzen Oliven sahen verlockend aus. Ich zog eine Nummer und wartete, bis ich an der Reihe war.

Zuerst verlief alles glatt, bis ich 200 Gramm Aufschnitt bestellte. »Due etti affetto, per favor.« Das sorgte sowohl bei den Wartenden als auch bei der Bedienung für große Heiterkeit.

»Ist das nicht ein bisschen wenig?«, fragte ein alter Herr neben mir.

Verwundert schüttelte ich den Kopf. »Ich bin alleine. Mehr brauche ich nicht.«

»Alora.« Elegant fasste der Mann mich an den Schultern und hauchte mir links und rechts ein Küsschen auf die Wange. »Due etti *affetto*«, sagte er lachend. Die umstehenden Leute applaudierten.

»Si dice *affettatto*«, sagte die Verkäuferin fröhlich. Dann bekam ich das Gewünschte.

Da ich zu gern wissen wollte, was die Leute so zum Lachen gebracht hatte, hielt ich bei der Kapelle an. Das Internet funktionierte, aber so schleichend langsam, dass ich bald aufgab. Ich glaubte im Haus ein Wörterbuch gesehen zu haben und gab Gas. Wenn schon *oldschool*, dann richtig.

Ich fand es im Regal und schlug den Begriff *Affetto*

nach. Nun verstand ich, warum ich geküsst worden war: Ich hatte 200 Gramm *Zuneigung* verlangt …

Das Kindheitsgericht kam mit einer kleinen Änderung auf den Teller: Ich bestreute die Bratkartoffeln mit frischem Basilikum. Aus einem unerklärlichen Drang heraus hatte ich wieder eine Pflanze gekauft.

Ich aß mit großem Genuss, bis Leporellos Geschrei mich aufhorchen ließ. Er stand vor der Terrassentür und führte sich auf, als ginge die Welt unter. Bei näherer Betrachtung war dies für ein anderes Lebewesen der Fall, denn vor ihm lag eine tote Maus. Mit einem gekonnten Tatzenwurf schlingerte er mir den leblosen Körper direkt vor die Füße. Als Zeichen seiner *Affetto* sozusagen.

»Vielen Dank, aber die Behandlung deiner Pfote war umsonst.« Ich hob die Maus mit einem Papiertuch auf und warf sie hinter das Kräuterbeet. »Und zu Bratkartoffeln passt sie leider nicht.«

Leporello gab keine Ruhe, bis mir klar wurde, dass es sich hier um ein Tauschgeschäft handelte. Als Entschädigung rückte ich eine Portion Katzenfutter heraus und dachte an Frau Linderbergs Katze. Mittlerweile bekam ich eine Ahnung davon, wie es war, mit pelzigen Exzentrikern zusammenzuleben.

Nach dem Essen breitete ich meine neuen Schätze auf dem Tisch aus. Es kribbelte mir in den Fingern, diese neue Technik auszuprobieren.

Lucien hatte mir eine Menge Laserkopien überlassen, die er nicht mehr brauchte. Es waren Abbildungen von Uhrwerken dabei, aber auch Landschaftsfotos, Stillleben und Strukturen. Für meine ersten Versuche schnitt ich ein uninteressantes Motiv in Stücke und machte mich ans Werk.

Doch was bei Lucien so einfach ausgesehen hatte, ging erst mal daneben. Vor lauter Ungeduld hatte ich die Blätter nicht richtig trocknen lassen, und das Bild wurde nicht vollständig übertragen.

Beim zweiten Anlauf föhnte ich das Papier ausgiebig. Dabei stieß ich das Wasserglas fast um, das ich zum Anfeuchten der Kopien benutzte. Vorsichtshalber brachte ich es in die Küche und ärgerte mich, dass ich keine Plastikbecher gekauft hatte. Aber vielleicht fand ich in der Waschküche etwas für diesen Zweck.

In dem gekachelten Raum roch es nach Weichspüler und Laub. Leporello, der mir gefolgt war, beschnupperte das Kaminholz, das in Obstkisten in der Ecke lagerte. In einem Kellerregal neben der Waschmaschine stand eine Schachtel mit Klammern und einem Bügeleisen. Daneben Bügelbrett und Wäscheständer. Nichts, was ich verwenden konnte.

Während der Kater sich die Krallen an einem Holzscheit schärfte, entdeckte ich eine weitere Tür. Sie öffnete sich quietschend. Als meine Augen sich an die Dunkelheit gewöhnt hatten, sah ich eine herunterhängende Lichtschnur und zog daran. Zwei Schalenlampen warfen schwaches Licht auf ein Sofa mit abgewetzter Sitzfläche sowie auf einen Stuhl mit passendem Tisch. Rechts an der Wand stand ein Schrank.

Ich stieg die wenigen Stufen hinunter und öffnete ihn. Der muffige Geruch von Mottenkugeln schlug mir entgegen. Auf den unteren Böden lagen vergilbte Wäschestücke, auf den anderen Brettern stand Geschirr. Hinter einer Terrine versteckten sich leere Weckgläser. Genau das, was ich suchte.

Plötzlich entdeckte ich eine goldglänzende Leiste an der Rückwand. Vorsichtig nahm ich die gerahmte Fotografie heraus. Es war die Aufnahme einer Familie.

Im Wohnzimmer betrachtete ich die Gesichter der Menschen, die ernst in die Kamera schauten. Die Gruppe umfasste drei Generationen. Die Großeltern saßen schwarz gekleidet im Vordergrund, die Großmutter hielt einen Säugling in einem hellen Kleidchen auf dem Schoß. Die anderen standen in einem Halbkreis um sie herum. Der Mode nach zu urteilen stammte die Aufnahme aus den zwanziger Jahren. Das Ambiente, eine bewachsene Mauer, ein grobes Steinmuster auf dem Boden und die große Agave im Topf, ließ darauf schließen, dass das Bild in einem Innenhof aufgenommen worden war.

Obwohl sie steif nebeneinanderstanden, spürte ich eine tiefe Verbundenheit. Mir fiel auf, wie der Mann die Schulter seiner Frau zärtlich umfasste; ich nahm das sanfte Lächeln auf den sepiagefärbten Lippen der Großmutter wahr.

Beim Betrachten der Gruppe wurde tief in mir eine Tür aufgestoßen. Fotos meiner Kindheit drängten an die Oberfläche. Auf ihnen gibt es keine drei Generationen, man sieht nur drei Personen: Vater, Mutter, Kind, die demonstrativ zeigen, wie gut es ihnen geht.

Fröhlich lachend winken wir in die Kamera. Doch die Leichtigkeit, die vermittelt werden soll, ist aufgesetzt. Es gibt keine Berührungen, keine liebevollen Blicke, nur hochgezogene Mundwinkel. Und das Gefühl von Einsamkeit wird in diesen Situationen nahezu unerträglich.

Bevor die Einzelbilder zu einem Film wurden, suchte

ich panisch die Stop-Taste, dachte mit aller Kraft an etwas anderes. Ein paar letzte Schnappschüsse ziehen verwackelt vorbei, eine Aufnahme im Zoo, ein Bild von mir mit Schwimmreifen, ein gebrauchtes Fahrrad mit Schleife am Lenker zum Geburtstag ...

Endlich gelang es mir, die durchlässige Stelle zur Vergangenheit zu schließen.

»Ich brauche keine Familie«, sagte ich in die Stille hinein. »Sie bringt nur Unglück.« Ich betrachtete das Bild ein letztes Mal, dann legte ich den Rahmen mit dem Glas nach unten auf den Tisch.

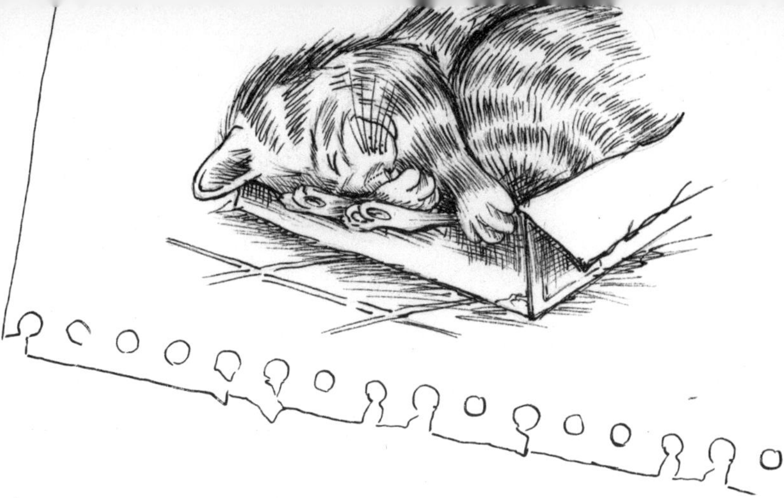

8

Über Nacht war es kühler geworden. Dicke Wolken spielten Fangen im böig auffrischenden Wind und überzogen die immer grüner werdende Natur mit schnell wandernden Schatten. Sosehr ich mit den Katzenskizzen haderte, so froh war ich, nicht diese Landschaft malen zu müssen. Schon die Vielfalt an Grüntönen hätte mich überfordert.

Auch wenn ich mit der Transfertechnik erste Erfolge erzielt hatte, standen zunächst die Katzen auf dem Programm.

Leporello war sich noch nicht darüber im Klaren, wo er sein Morgennickerchen machen wollte. Er hatte den Einkaufskarton aus dem Supermarkt entdeckt und umrundete ihn interessiert. Folgte er dabei einer speziellen Anleitung in Bezug auf Schachteln? Dem Ablauf nach zu urteilen, könnte sie folgendermaßen lauten:

1. Fur Erreichen Gluckseligkeit in Karton runde Karton mehrmals um.

2. Fur Sicherheit Beine vor und Beine hinten einzel in Schlaf Unterlage stellen.

3. Fur Gemutlichkeit und Erfolg zwei oder drei Mal drehen Kreis, bis Position sicher.

4. Absenk auf Unterlage, bis Viereck rund.

5. Einschlaf und träum!

Kurz bevor Leporello bei Punkt fünf angekommen war, streichelte ich ihm über den Kopf. Dann setzte ich mich hinaus auf die Terrasse und nahm die Callas ins Visier, die zufrieden im Gras saß.

Zuerst die drei Kreise: ihr ovaler Kopf, die schmale Schulterpartie und der breite Hintern. Mit leichtem Strich verband ich die Rundungen, und siehe da: es funktionierte! Die Callas war fertig mit ihrer Morgentoilette und legte sich hin. Dabei schlug sie, stets eine Diva, die Vorderpfoten elegant übereinander. Ich skizzierte konzentriert weiter.

Dank Luciens Anleitung wurde mein Strich mit jeder Zeichnung sicherer. Was für ein Glück, dass ich ihn getroffen hatte! In dem Zusammenhang fiel mir ein, dass es heute in der Bäckerei frische Cantuccini gab. Sollte ich hinfahren und welche kaufen? Ja. Ich hatte eine Belohnung verdient.

Auf den höhergelegenen Strecken zerrte der Wind so heftig an der Ape, dass ich befürchtete, umgeblasen zu werden. Fand ich die Vorstellung, fliegen zu können, gestern noch erstrebenswert, war ich heute froh, mit allen drei Rädern am Boden zu bleiben

In der Bäckerei reichte Isabella mir zwei frische Cantuccini über die Verkaufstheke. Sie waren perfekt: knusprig, aber nicht zu hart, mit vielen Mandeln und einem Hauch von Amaretto.

»Köstlich«, sagte ich, als ich an der Reihe war. »Ich

hätte gern 300 Gramm.« Dabei fiel mir die Geschichte mit der bestellten Zuneigung ein, und da keine weiteren Kunden im Laden waren, erzählte ich ihr von meinem Vokabelaussetzer im Supermarkt.

Isabella hatte großen Spaß. »Lucien war gestern noch hier. Er erzählte, dass Sie Künstlerin sind.«

»Nein, ich zeichne, mache Illustrationen«, sagte ich. »Von einer Künstlerin bin ich weit entfernt.«

Sie wollte etwas entgegnen, als das Telefon in der Ecke zu klingeln begann. »Pronto?«, meldete sie sich.

Im nächsten Moment wich das Lachen aus ihrem Gesicht. Sie legte die Hand auf die Brust und schloss die Augen. Eine Hiobsbotschaft, so viel war klar. Doch was genau passiert war, konnte ich nicht verstehen. Isabella sprach in einer Geschwindigkeit, die meine Sprachkenntnisse abhängte. Ich verstand nur, dass etwas *subito*, sofort, passieren sollte

Als sie auflegte, war sie blass. Ihre Tochter war ins Krankenhaus eingeliefert worden und ihre Anwesenheit notwendig. Die Ursache dafür begriff ich nicht, wohl aber, dass sie das Geschäft schließen musste und nicht wusste, wohin mit dem Enkelkind. Das konnte sie unter keinen Umständen mitnehmen.

»Ich könnte auf das Kind aufpassen«, bot ich spontan an.

Isabella überlegte. Verständlich. Schließlich kannten wir uns kaum. Doch dann nickte sie. »Sehr gerne. Sie sind ja eine Freundin von Lucien. Ich vertraue Ihnen. Ich komme auch so schnell wie möglich zurück.«

Während Isabella das Kind holte, schrieb ich ihr die Adresse des Ferienhauses auf und skizzierte die letzten Meter.

»Das ist Valentina!« Stolz präsentierte sie mir ein kleines Mädchen. Auf der Stelle brach mir der Schweiß aus. Ich war fest davon ausgegangen, dass es sich bei dem *Enkelkind* um einen sieben- oder achtjährigen Jungen handelte. Mit einem Mädchen von drei, höchstens vier Jahren hatte ich nicht gerechnet und keine Ahnung, was ich mit ihr anstellen sollte.

Meine ganze Kindheit hindurch hatte ich nur mit Jungs gespielt. Mädchen fand ich unberechenbar. Mal waren sie Freundinnen, mal verbündeten sie sich grundlos gegen mich. Sie gaben mir stets das Gefühl, ihren Anforderungen nicht zu genügen. In ihren Augen trug ich nicht die richtige Markenkleidung, war meine Mutter nicht modisch genug. Sie schwärmten für Popstars und hatten Angst vor Racker, meinem Hund.

Jungs war das alles völlig egal, und Racker durfte immer mit dabei sein. Wir gründeten Detektivklubs mit Namen, wie *Die geheimnisvollen fünf* und bastelten Mitgliedsausweise. In der Bibliothek liehen wir Bücher über Geheimcodes aus und schrieben einander verschlüsselte Botschaften, ließen unserer Fantasie freien Lauf und verfolgten erfundene Bösewichter, die uns immer einen Schritt voraus waren.

Das Kind im bunt gemusterten Kleidchen hatte mit alldem nichts gemeinsam, und meine Gedanken überschlugen sich. Brauchte die Kleine noch eine Windel? Und wenn ja, wie wechselte ich die? Was aßen Kinder in dem Alter? Und wann? Außerdem musste ich zeichnen, und es war bekannt, dass Arbeit und Kinder sich ausschlossen. Doch nun war es für einen Rückzieher zu spät.

»Valentina ist ein kleiner Engel«, sagte Isabella. »Und

das ist Giulietta, ihr bester Freund.« Sie zeigte auf einen Plüschhasen, den das Mädchen fest im Arm hielt.

Plötzlich fiel mir ein Fluchtweg ein. »Ich habe keinen Kindersitz im Auto. Ist das nicht viel zu gefährlich, sie einfach so mitzunehmen?«

»Einen Kindersitz habe ich da.« Isabella wollte ihn schon holen, als ich die nächste Trumpfkarte zog. »Aber die wird sicher nicht in meine Ape passen, oder?«

Isabella zuckte die Schultern. »In einer Ape ist das nicht so wichtig. Da fährt sie auch mit meinem Mann ohne. Es reicht, wenn sie angeschnallt ist.«

»Ja, wenn das so ist.« Ich betete, dass die Zeit, bis Isabella dieses Kind wieder abholte, schnell vergehen würde.

Langsam ging ich zum Auto. In der einen Hand die Einkaufstasche, in der anderen die Hand des kleinen Mädchens, das eisern schwieg. Trotz ihres seidenweich fallenden Haares entdeckte ich keine Spur eines Engels. Die Blicke, mit denen sie mich bedachte, glichen eher denen eines Mafiapaten.

Als ich sie auf den Beifahrersitz hievte, stellte ich fest, dass sie keine Windel mehr trug. Aber meldeten sich Kinder in diesem Alter, wenn sie auf Klo mussten? Und welche Rolle spielte ich dabei? Ich würde mein letztes Hemd hergeben für einen Ratgeber zum ›Umgang mit kleinen Mädchen‹.

Während wir durch die Landschaft tuckerten, versuchte ich, mich an nützliche Vokabeln zu erinnern. Schließlich konnten wir uns nicht immerzu anschweigen.

Doch alles, was mir einfiel, waren die ersten Zeilen des Ramazzotti-Songs, den Marius und ich so mochten. *Wenn ein schönes Lied ausreicht, um es Liebe regnen zu lassen, könnte man es eine Million Mal singen.*

Das war nicht sehr hilfreich, brachte mich aber auf die Idee. »Schönes Wetter, oder?« Ich zeigte aus dem Fenster. »Magst du die Sonne?«

Valentina warf mir einen Gewitterblick zu, und ich stellte die Kommunikation ein. Hoffentlich war dieser Albtraum bald vorbei.

Am Ferienhaus angekommen, zeigte ich auf das Schild am Tor. »Schau mal, *Casa Giulia*. Es heißt fast wie dein ...«

Himmel, was hieß Hase auf Italienisch? Ich zeigte auf das Plüschtier. »Wie sie.«

Valentina nahm es schweigend zur Kenntnis und folgte mir widerwillig ins Haus. Mitten im Wohnzimmer blieb sie stehen. Ihre kleine Hand fasste den Hasen fest um den Hals. Hoffentlich war diese Geste zufällig und ließ keine Schlüsse zu auf das, was sie am liebsten mit *mir* anstellen würde.

»Schau mal«, sagte ich betont fröhlich. »Hier ist das Wohnzimmer, dort ist die Küche.« Ich nahm sie an die Hand. »Und hier ist die Toilette!« Für diesen Raum nahm ich mir besonders viel Zeit. Ich zeigte, wo Lichtschalter und Klopapier waren. »*Toilette*«, wiederholte ich mit Nachdruck. Valentina sah unbeteiligt weg.

Zurück im Wohnzimmer, erwachten plötzlich ihre Lebensgeister, und sie rannte auf die Terrassentür zu. Dort spähten meine Models ungeduldig durch die Scheibe.

»Gatti!« Ein erstes Wort. Dazu eins, das sie lachend sagte. Wir waren auf dem richtigen Weg.

»Ja, die wohnen auch hier.« Ich öffnete die Tür, was die Callas sofort zum Anlass nahm, eine Hunger-Arie anzustimmen. Ich drückte Valentina die Schachtel mit Trockenfutter in die Hand und stellte den Plastikteller auf die Terrasse. Dann forderte ich sie pantomimisch auf, ihnen etwas zu geben.

Jetzt plapperte das Mädchen fröhlich vor sich hin. Weder die Katzen noch ich verstanden, worum es dabei ging, doch wir waren glücklich. Die Tiere über das Essen, ich über den Stimmungswechsel.

Als die Katzen ihre Mahlzeit beendet hatten und wieder ihrer Wege gingen, klappte ich den großen Buntstiftkasten auf. Mit leuchtenden Augen setzte Valentina sich zu mir an den Tisch. Ich legte ihr ein großes Blatt Papier hin und erklärte, dass ich Katzen entwerfen musste. Begeistert griff sie sich einen Farbstift und begann zu zeichnen, Giulietta auf dem Schoß. Das Eis war gebrochen.

Die Stimmung war harmonisch, fast vertraut. Valentina war ganz in ihr Tun versunken. Verstohlen betrachtete ich die hellen Härchen auf ihrer zarten Haut, entdeckte die fein geschwungene Linie ihres Halses, die kleinen Hände mit den transparenten Fingernägeln, die Falte an ihrer Stirn, während sie die Stifte konzentriert über das Blatt führte.

Ich nehme den Melonenduft ihres Shampoos wahr, ihre Gestalt löst sich auf, formt sich neu. Die hellen, halblangen Haare werden zu einem dunklen Pferdeschwanz mit bunter Schleife, die braunen Augen blau.

Ich sitze fünfjährig bei Opa am Tisch und zeichne. Er sieht mir von seinem Rollstuhl aus zu. Es ist still, nur wir beide sind im Zimmer. Nach einem Schlaganfall ist Opa fast taub und kann nur mit Mühe sprechen.

Doch wir sind uns so vertraut, haben unsere eigene Sprache und verstehen uns, obwohl ich klein bin. Ich registriere das Aufblitzen in seinen Augen, wenn ich ihm neue Zeichnungen schenke, das verzerrte Lächeln, wenn er sieht, dass ich verstanden habe, was er mir zu erklären versucht.

Mit zitternder Hand zeigt er mir, wie aus drei Grundfarben viele werden. Für so etwas braucht er lange, und ich spüre seine Ohmacht.

»Guarda qui!« Valentinas Stimme holte mich in die Gegenwart zurück. Stolz zeigte sie mir ihre Zeichnung und erklärte, was sie vorstellen sollte: die Katzen beim Essen. Das führte mich zum nächsten Problem: Was aß so ein kleines Mädchen gern?

Vielleicht lag es an meinen Erinnerungen, dass ich plötzlich den Geruch von Schinkennudeln in der Nase hatte. Ein Gericht, das Oma oft machte, wenn ich zu Besuch war. Oder sie backte Kartoffelpuffer. Spontan lief mir das Wasser im Mund zusammen.

Jetzt brauchte ich ein Wörterbuch. »Un momento!«, sagte ich und ging die Treppe hinauf. Ich hatte gestern vor dem Einschlafen darin geblättert.

Als ich zurückkam, war Valentina verschwunden. Ich suchte sie in der Küche, hinter dem Sofa und auf der Terrasse, doch ich fand sie nirgendwo. Mein Herz klopfte wie wild. Hatte sie sich auf den Weg nach Hause gemacht? Es war doch alles gut gewesen zwischen uns?

Ich wollte gerade zur Haustür hinaus, als ich die Klospülung hörte. Erleichtert lehnte ich mich an die Wand. Alles gut, Karla. Das kann sie immerhin schon alleine.

Auch meine anderen Sorgen waren umsonst. Valentina wünschte sich Spaghetti und hatte genaue Vorstellungen, was in der Soße drin sein sollte. Gemeinsam gingen wir das nächste Abenteuer an.

Während ich eine Zwiebel schnitt, pulte sie mit ihren kleinen Fingerchen Schinkenstückchen aus einer Packung und erzählte von ihrer Nonna. Ich verstand nicht alles, doch mit Hilfe des Wörterbuchs schlug ich mich tapfer.

Als ich sie etwas fragte und keine Antwort erhielt, stellte ich fest, dass sie wieder verschwunden war. Diesmal sah ich gleich auf der Toilette nach. Fehlanzeige.

Dann hörte ich Valentina kichern und entdeckte sie unter dem Tisch, wo sie die Callas mit Schinkenstückchen fütterte. »Un bellissimo gatto«, erklärte sie mir strahlend. »Ha fame!«

»Ja, diese Katze hat immer Hunger«, sagte ich und ging an den Herd zurück. Als ich die Spaghetti ins kochende Wasser geben wollte, kam Fabio mir in den Sinn. Was, wenn er plötzlich auftauchte und Valentina ihm begeistert von den hungrigen *gatti* erzählte? Katastrophe!

Mit Hilfe des Wörterbuchs stöpselte ich eine Erklärung zusammen und kroch unter den Tisch, wo die Callas und Valentina sich den Schinken mittlerweile teilten.

Für die Gründung eines Geheimklubs war sie noch zu jung, doch als ich ihr verriet, dass ich *un segreto*, ein Geheimnis hatte, war sie ganz Ohr. Mit Händen, Füßen und meinem besten Italienisch erklärte ich, was zu tun war, wenn ein gewisser Fabio hier aufkreuzte. Ein Mann, der immer vor sich hinpfiff. Valentina hörte mir ernst zu.

»Hast du das wirklich verstanden? Kein Wort über die Katzen zu Fabio!«

»Parola d'onore«, sagte sie feierlich. Ehrenwort, schloss ich daraus und hoffte, dass das Gedächtnis bei Mädchen in ihrem Alter gut entwickelt war.

Eine Stunde später stand Isabella vor der Tür. Valentina zog ihre Nonna ins Haus und erzählte aufgeregt, was sie alles erlebt hatte. Dann flüsterte sie ihr etwas ins Ohr.

Isabella schüttelte lachend den Kopf. »Nein, nein, das geht nicht.«

»Was geht nicht?«

»Sie fragt, ob sie morgen wiederkommen darf. Aber Sie müssen ja arbeiten.«

»Meinetwegen darf sie gerne wiederkommen. Wir hatten es sehr schön zusammen.«

»Ist das Ihr Ernst?« Isabella sah mich unsicher an.

Valentina hatte bereits verstanden, was Sache war, und strahlte. Dann musterte sie mich von Kopf bis Fuß und flüsterte ihrer Großmutter erneut etwas zu.

»Hat sie Sonderwünsche?«, fragte ich.

»Valentina fragt, ob jemand in Ihrer Familie gestorben ist. Weil Sie schwarze Kleidung tragen«, übersetzte Isabella. »Und sie möchte wissen, ob Sie selber auch Mama sind.«

Ich kam nicht dazu, über Valentinas Fragen nachzudenken. Kaum waren die beiden aus dem Haus, sah ich, dass Marius eine SMS geschickt hatte: *Anruf und plauder?*

An der Kapelle suchte ich ein windgeschütztes Eck. Der Himmel wurde immer grauer. Schwalben flogen schreiend über das hohe Gras.

»Ah, da bist du ja.« Marius klang gehetzt. »Sorry, inzwischen geht es wieder rund. Ich habe nicht mehr viel Zeit zum Quatschen.«

»Seid ihr schon weitergekommen?«

»Mit der Analyse der Konkurrenzsoftware kommen wir langsam voran«, sagte Marius. »Aber jetzt ist die nächste Bombe hochgegangen.«

»Wie bitte?«

»Ich hatte vor einiger Zeit Software für ein Shoppingportal programmiert. Die hat jetzt einen Bug. Die Seite liegt lahm, und es kann nichts verkauft werden. Du kannst dir vorstellen, wie die drauf sind.«

»Hast du eine Idee, wo der Fehler sein könnte?«

»Ich bin drüber«, sagte Marius müde. »Wie läuft es bei dir?«

»Abgesehen davon, dass ich dich vermisse, ganz gut. Ich habe gestern Lucien besucht. Diesen Maler, der in der Osteria bei uns am Tisch saß. Der hat mir richtig helfen können, und jetzt zeichne ich wie eine Wilde.« Ich berichtete ihm von meinen Fortschritten und von der Bäckerei, die ich entdeckt hatte.

»Es tut mir so leid, dass ich nicht bei dir sein kann.« Marius seufzte tief. »Ich hoffe, ich bin hier bald fertig.«

»Das wird schon«, sagte ich. »Wir haben ja noch zwei Wochen.«

Auf dem Weg nach Hause fiel mir ein, dass ich Valentina mit keiner Silbe erwähnt hatte.

Am späten Nachmittag begann es zu nieseln. Ich holte ein paar Scheite Holz aus dem Keller. Heute Abend würde ich es mir vor dem Kamin gemütlich machen.

Die Terrassentür öffnete ich einen Spalt breit. Sollten die Katzen bei dem Wetter ruhig hereinkommen. Nur komisch, dass die kleine Paroli nicht mehr aufgetaucht war. Ob sie sich irgendwo versteckt hielt? Für alle Fälle schaute ich in dem Schuppen im Garten nach.

Trotz der beiden Fenster war es innen fast dunkel. Den Strohhaufen nach zu urteilen hatte er früher als Stall gedient. Jetzt beherbergte er einen Rasenmäher, Spaten und Rechen, und auf einem wackligen Tisch lag Werkzeug. Nichts deutete auf die Anwesenheit einer Katze hin. Vielleicht hatte sie ja ein Zuhause und war an dem ersten Tag nur zufällig vorbeigekommen.

Ich rettete Leporellos Karton vor dem einsetzenden Regen und ging zurück ins Haus. Die Callas erwartete mich bereits und strich mir sofort um die Beine.

Leporello sah zögerlich herein. So ganz traute er dem Ganzen offenbar noch nicht. Doch als ich in die Küche ging, ließ er alle Vorsicht fahren und kam mir hinterher. Die kalten Spaghetti, die vom Mittagessen übrig waren, stellte ich in den Kühlschrank. Morgen würde ich Schinkennudeln machen. So, wie Oma sie immer zubereitet hatte.

Während die Katzen sich den Bauch vollschlugen, zündete ich mit Hilfe meiner ersten Skizzen ein Feuer im Kamin an und legte eine CD auf. Mit einem Käsebrot und einem Glas Rotwein machte ich es mir auf dem Sofa gemütlich und lauschte der sanften Stimme von Diana Krall, den perlend leichten Klaviertönen.

The look of love is in your eyes …

Die Musik stimmte mich melancholisch. Wie schön wäre es jetzt, mich in Marius' Arme zu kuscheln und mit ihm in die Flammen zu schauen.

I can hardly wait to hold you, feel your arms around me …

Als könnten sie meine Stimmung verstehen, sprangen die Callas und Leporello links und rechts von mir auf das Sofa. Leporello rieb den nach Salbei duftenden Kopf an meiner Schulter, während die Callas meine Hand mit ihrer rauen Zunge bearbeitete.

Nachdem sie ihre Wäsche beendet hatte, legte sie sich neben mich auf ein Kissen, Leporello sah verträumt ins Feuer. »Ich glaube, ich weiß, was dir gefallen könnte.« Kaum hatte ich seine Schachtel vor den Kamin gestellt, sprang er hinein.

Vielleicht bildete ich es mir ein, aber ich hätte schwören können, dass er mich kurz angrinste. Wieder drehte er sich mehrmals im Kreis, rollte sich zusammen und schlief ein.

Ich schenkte mir nach und betrachtete Valentinas Zeichnung. Zwei verschiedenfarbige Knäuel an einem Teller. Dazu schien die Sonne, bunte Blumen blühten im Gras.

In ihrem Alter war Donald Duck mein großes Idol gewesen. Immer wieder hatte ich ihn aus meinen Comic-Heftchen abgezeichnet. Genauso oft war ich an der richtigen Platzierung von Schnabel und Augen gescheitert. Auch da hatte Opa mir gezeigt, wie es geht:

»Du musst alles in seine Grundformen zerlegen, Karla. Denk daran: Ein Kopf ist rund! Zeichne zunächst eine Kugel, erst dann kommen Schnabel und Augen hinzu.«

Ich sah seinen schiefen Mund, die wachen Augen. Hörte seine Stimme, das Knarzen, wenn er erschöpft in seinen Rollstuhl zurückfiel und tief Luft holte.

Plötzlich begriff ich, dass ein Katzenkopf genauso funktionierte. Zuerst eine Kugel, erst dann kamen das Schnäuzchen, die Augen und Ohren hinzu. Ich griff nach meinem Skizzenbuch und setzte mich neben die Callas, deren Kopf entspannt auf der linken Vorderpfote ruhte.

Ich erfasste die ovale Kopfform, dann bestimmte ich die senkrechte Mittelachse und die waagrechte Mitte, auf deren Höhe die Augen lagen. Unterhalb der Mitte, dort, wo die Mund- und Nasenpartie ansetzte, zog ich einen weiteren Kreis. Erst danach ging ich in die Einzelheiten. Schritt für Schritt entstand ein Portrait der grauen Katze.

Am Tisch zeichnete ich weitere Varianten. Die Geschichten handelten von verschiedenen Charakteren, und ich brauchte mehrere Gesichter. Ein flauschig runder Kopf mit kleinen Ohren entstand und einer, der Leporellos sehr nahekam. Zufrieden legte ich die Skizzen nebeneinander. Morgen würde ich sie vervollständigen.

Ich beobachtete die beiden am Kamin und fragte mich, wie es wohl war, als Katze durchs Leben zu gehen. Noch interessanter wäre es zu wissen, wie sie *mich* wahrnahmen. Hatten sie Ratgeber für den Umgang mit Menschen? Oder ein Lexikon? Spaßeshalber schrieb ich dazu ein paar Stichworte auf:

Zweibeiner mit längerem, dunklem Fell auf dem Kopf, das er tagsüber zu einer Art Schwanz zusammenbindet. Versucht, streng zu sein, lässt sich aber leicht um den kleinen Finger wickeln.

Halt, hier hatte ich die Katzenperspektive verlassen. Aus ihrer Sicht ließ ich mich leicht um die kleine *Kralle* wickeln.

Während ich weitere Eigenschaften überlegte, war die Callas aufgewacht. Sie lief zur angelehnten Terrassentür, setzte sich dort hin und maunzte. Ich sah nach, was ihr fehlte. Es war alles in Ordnung. Sie stierte lediglich auf den Spalt zwischen Tür und Rahmen und gab klagende Töne von sich.

»Was ist denn? Du hast gesunde Tatzen. Du kannst die Tür selber aufmachen.«

Sie schrie lauter und bequemte sich erst hinauszugehen, als ich die Tür weiter öffnete. Nicht ohne mir einen

Blick zuzuwerfen, der besagte, dass meine Erziehung noch sehr zu wünschen übrig ließ.

Ich fügte meiner Beschreibung *schlecht erzogen* hinzu und überlegte, was ihr gerade durch den Kopf gegangen sein mochte. Ich notierte die nächste Idee:

Tür. Sowohl überflüssige als auch lästige Barriere zwischen Zimmer, Flur und Garten. Ist immer dann geschlossen bzw. nicht weit genug geöffnet, wenn man hinaus möchte.

Während ich die Zeilen aufschrieb, spürte ich, wie sich ein Glücksgefühl in mir ausbreitete. Wenn das keine tolle Idee war: ein Lexikon aus Katzenperspektive, in dem die Tiere uns Zweibeinern die Welt erklärten.

Während ich die Begriffe weiter ausformulierte, sah ich die Illustrationen genau vor mir: Eine gezeichnete, schwarzweiße Katze würde durch das Buch führen. Alle anderen Bildelemente würde ich mit der Transfertechnik darstellen, sodass ein interessanter Kontrast entstand. Wenn ich genug Material gesammelt hatte, konnte ich bei Lucien am Computer erste Musterseiten gestalten und das Projekt Frau Lindenberg anbieten.

Das Feuer im Kamin war längst erloschen, doch in mir glühten Tausende von Ideen. Ich würde diesen Neuanfang schaffen.

9

Obwohl ich spät ins Bett gegangen war, wachte ich bereits gegen sieben auf. Frisch und energiegeladen. Sofort kam mir die Buchidee wieder in den Sinn.

Was für ein Glück, dass es hier keinen cholerischen Robert gab, der meine Einfälle abschießen konnte, weil sie *nicht auf der Strategie standen*! Ich konnte sie ohne Bauchschmerzen weiterentwickeln, ohne sie bei einem *Pitchtermin rocken zu müssen*. Ohne mir vorwerfen zu lassen, *dass es so was schon gab*.

Wobei es interessant zu wissen wäre, ob ein Buch mit dieser Erzählperspektive bereits erschienen war. Es könnte eine Art Wörterbuch werden, ein ABC … Ich würde das bei Gelegenheit an der Kapelle googeln.

Voller Vorfreude stand ich auf. Doch es war nicht nur die Arbeit, die mich antrieb. Ich freute mich auch auf Valentina und durchforstete meine Garderobe nach etwas, das nicht wie Trauerkleidung aussah.

Eine Aktion, die man als ›Scheiter und Pech!‹ zusammenfassen konnte. Ein pflaumenfarbenes T-Shirt war das

Bunteste, das ich dabeihatte. Ich zog es an und nahm mir vor, mein Leben auch in dieser Hinsicht fröhlicher zu gestalten.

Leporello und die Callas warteten auf der Terrasse, und ich fragte mich zum wiederholten Male, wo die Katzen herkamen. Wurden sie von den Mietern dieses Hauses durchgefüttert oder hatten sie ein Zuhause und nahmen das Essen hier als willkommene Zusatzverpflegung? Ich hatte schon daran gedacht, die alte Dame zu fragen, doch das Risiko, dass Fabio etwas erfahren würde, war mir zu groß.

Zuerst versorgte ich meine vierbeinigen Gäste, dann setzte ich mich zum Frühstücken ins Wohnzimmer. Sofort ließen Leporello und die Callas ihr Futter links liegen und standen wie zwei Wächter neben meinem Stuhl.

»Okay, ihr bekommt ein kleines Stückchen Schinken, aber dann ist Schluss.« Eine Ansage, die auf große Begeisterung stieß. Offensichtlich hatten sie die letzten Worte überhört, und mir wurde klar, dass ich einen Fehler gemacht hatte. Ich buchte ihn unter *Recherche* ab und schrieb den Begriff *Betteln* auf die ABC-Liste.

Bis Isabella und Valentina kamen, blieb mir noch genügend Zeit, an den Katzenköpfen und deren Mimik weiterzuarbeiten. Die Zeichnung, die Valentina gestern gemacht hatte, legte ich zusammen mit einigen leeren Blättern für sie bereit.

Leporello sprang auf den Stuhl neben mir. Als ich mich zurücklehnte, stellte er vorsichtig eine Pfote auf meinen Oberschenkel, dann noch eine. Im Zeitlupentempo folgte der ganze Kater.

Ich sah mir seine Tatze an und stellte erleichtert fest, dass die Einstichstelle sich nicht entzündet hatte. Dann kam mir Valentinas zweite Frage in den Sinn: Würde ich eine gute Mutter abgeben?

»Sei froh, dass du dir um solche Dinge keine Gedanken machen musst.« Während ich ihn streichelte, machte er es sich schnurrend auf meinem Schoß bequem.

»Ich selber muss die Frage wohl mit einem Nein beantworten. Die Sache ist zu riskant, verstehst du? Abgesehen davon will ich meine Unabhängigkeit nicht missen und möchte mein eigenes Geld verdienen. Gerade jetzt, wo ich noch mal ganz neu anfangen und durchstarten möchte, muss ich den Rücken frei haben. Marius reicht mir da völlig.« Leporello schnurrte weiter und sah mich aufmerksam an.

»Aber es gibt weitere Gründe, keine Familie zu gründen«, erzählte ich ihm. »Am Anfang ist alles in bester Ordnung. Zwei Menschen lieben sich und bekommen ein Baby. Doch bald wird die Liebe schal, und sie streiten sich über alles Mögliche. Zuerst tun sie das im Geheimen. Aber Kinder sind nicht dumm. Die kriegen das mit und dann ...« Ich setzte Leporello auf den Boden und stand auf. Schluss mit den Grübeleien. Ich würde Valentina einfach von meinen Berufsplänen erzählen und damit basta.

Doch wie sich herausstellte, waren meine Monologe überflüssig gewesen. Isabella erschien alleine.

»Valentina hat ein Schwesterchen bekommen«, berichtete sie glücklich. »Sie heißt Maria Chiara.« Heute würde sie Valentina mit ins Krankenhaus nehmen und bat mich, dafür morgen für ein paar Stunden auf sie aufzupassen. Die Geburt war nicht unkompliziert verlaufen, und ihre Mutter brauchte Ruhe.

Nun hatte ich den ganzen Tag für mich. Doch anstatt mich über die geschenkte Zeit zu freuen, spürte ich eine große Leere. Ich setzte mich an den Tisch und nahm das Familienfoto in die Hand.

Wie oft hatte ich mir eine Schwester oder einen Bruder gewünscht. Die Tür zu meiner Kindheit fliegt wieder auf, die Erinnerungen kommen näher und reißen mich in die Tiefe.

Bilder flitzen in schneller Folge vorbei. Straßen, Schulhöfe, Gesichter, Wohnungen, immer wieder Wohnungen und Umzugskisten, unausgepackt in leeren Zimmern.

Mein Vater wechselt Arbeitsstellen wie andere Väter Hemden. Das ist nicht meine Schuld, sagt mein Vater – doch ich habe meine Zweifel.

»Wir können jetzt nicht wegziehen!«, möchte ich schreien. »Ich bin endlich zu einem Geburtstagsfest eingeladen und habe schon ein Geschenk gebastelt!«

Doch stattdessen höre ich Mama zu, die versucht, mir Mut zu machen. Sie kocht mir meine Lieblingsgerichte und zählt auf, was mich Tolles erwartet: ein schöneres Schwimmbad, ein richtiger Zoo, eine größere Bibliothek.

Wir packen unsere Sachen. Wieder eine neue Schule, wieder tuschelnde Kinder. Wieder eine lange, einsame Zeit, bis ich mit ihnen spielen, zu ihnen gehören darf. Wie sehr wünsche ich mir jemanden, der mir hilft, das alles durchzustehen.

Als mein Vater das nächste Mal seine Arbeit verliert, ziehen wir nicht um. Er macht jetzt eine Fortbildung und muss viel lesen. Da muss ich leise sein.

Jetzt geht Mama zur Arbeit. Nach Feierabend kauft sie ein und kocht. Mein Vater kann das nicht machen. Er sei zu müde vom vielen Lernen, sagt er.

Mindestens einmal die Woche ist auch Mama zu müde. Dann streiten sie und brüllen sich an. Ich liege in meinem Bett und höre alles, was sie sagen.

Sobald es im Wohnzimmer leiser wird, schließe ich Wetten mit mir ab, zähle bis fünf. Wenn es solange ruhig bleibt, haben sie sich versöhnt, wird alles gut. Doch spätestens bei vier brüllen sie wieder los. Weinend ziehe ich die Bettdecke über den Kopf, umfasse mich fest mit beiden Armen.

»All das darf sich niemals wiederholen.« Ich legte das Foto auf den Tisch zurück. Es war besser, wenn ich nur für mich verantwortlich war.

Nachdem ich mehrere Zeichnungen vermurkst hatte, wusste ich, dass es mit der Arbeit nichts werden würde und genehmigte mir einen freien Tag. Alles, was ich heute brauchte, waren Lebensmittel, Katzenfutter und eine große Portion Ablenkung. Vor allem Letzteres.

Ich beschloss, zum Markt nach San Casciano zu fahren. Mit der Ape würde ich eine Weile brauchen, aber ich hatte schließlich alle Zeit der Welt.

Der Regen hatte sich verzogen, die Sonne spitzte durch die Wolken. In den Tälern ringsumher dampfte es, und der Nebel hing wie ein Schleier über der Landschaft.

Im Ort angekommen, folgte ich den vielen Menschen und hatte den Markt bald gefunden. Während ich an den bunten Ständen entlangschlenderte und mich von den Gerüchen inspirieren ließ, stellte ich einen Speiseplan für die kommenden Tage zusammen. Was aßen italienische Kinder wohl am liebsten?

Ich ging an Bergen von Tomaten, Artischocken und Erdbeeren vorbei und lauschte den Händlern, die ihre

Ware laut feilboten. An jedem Käse- und an jedem Schinkenstand blieb ich stehen, betört von den unterschiedlichen Aromen. Ich fühlte mich, wie im Schlaraffenland. Das machte die Entscheidung nicht gerade leichter.

Trotz aller italienischen Delikatessen fiel meine Wahl auf zwei Lieblingsspeisen aus der Kindheit. Morgen würde es Schinkennudeln geben, übermorgen Reibekuchen. Valentina würde das sicher auch schmecken.

Auf einer Bank am Rande des Markts googelte ich vorsichtshalber nach dem Reibekuchenrezept. Es war so einfach, dass es sogar mir gelingen würde. Alles, was ich brauchte, waren Kartoffeln, Eier, Mehl, Salz und Muskat. Ich notierte mir die Zutaten auf einen alten Kassenzettel. Gleich darunter schrieb ich *Katzenfutter* und *Rotwein.*

Nachdem ich Eier, Kartoffeln und Erdbeeren gekauft hatte, bummelte ich an Kittelschürzen, Anglerwesten und neonfarbenen Minislips vorbei, bis ich eine Reihe bunte T-Shirts hängen sah. Sie waren von guter Qualität und hatten einen schönen Schnitt. Ich nahm ein türkisfarbenes vom Kleiderbügel und stellte mich vor einen hohen Spiegel. Was ich sah, war ungewohnt, gefiel mir aber ausnehmend gut.

»Sehr schön!« Eine mollige Frau musterte mich. »Was halten sie von diesem Grün?« Sie reichte mir ein weiteres Shirt.

Sie hatte einen guten Blick für Farben. Das Grün ließ meine blauen Augen leuchten und bildete einen schönen Kontrast zu den dunklen Haaren. »Ich nehme beide«, sagte ich spontan. »Und das hier auch!« Das türkise Baumwolltuch würde meiner Trauergarderobe etwas Pfiff verleihen.

Während die Verkäuferin die Sachen zusammenlegte, staunte ich über mich selbst: Karla Becker, die ihre Garderobe stets in teuren Boutiquen Schwarz in Schwarz zusammenstellte, kaufte ihre Klamotten neuerdings auf dem Markt.

Ich war schon am Gehen, als ich die Babysachen entdeckte. Winzige Schühchen und Mützchen, bunte Hemdchen, Bodys und Strampler.

Das ist nicht meine Welt. Hier gehöre ich nicht hin!

Mit Mühe überwand ich den Fluchtimpuls und strich zögernd über das weiche Material.

»Wie alt ist das Baby?«, fragte die Verkäuferin.

Ich dachte an Maria Chiara. »Sie ist gerade geboren.« Ein roter Strampelanzug mit weißen Tupfen fiel mir ins Auge. Hals, Ärmel und die rund geschwungene Knopfleiste vorn waren ebenfalls weiß eingefasst. Ich hielt ihn hoch, stellte mir einen weichen Babykörper darin vor, konnte ihn förmlich spüren.

Die Frau wühlte in einem Karton und legte mir ein eingepacktes Exemplar hin. »Nehmen Sie lieber diese Größe. Dann haben Sie im Sommer noch etwas davon.«

Mit meinen neuen Schätzen steuerte ich auf das nächste Café zu. Einen Cappuccino hatte ich jetzt mehr als verdient. Auf dem Gehsteig stand eine Gruppe von Männern, die sich lautstark unterhielten und rauchten. Unter ihnen entdeckte ich Fabio.

Ich wollte gerade den Rückzug antreten, da kam der Hausverwalter schon freudestrahlend auf mich zu. Mit einem langgedehnten »Kaaarla!« schloss er mich in die Arme, als wäre ich die verlorengeglaubte Tochter. »Wie gehte dir?«

Mit diesem Auftritt hatte er die Aufmerksamkeit seiner Kumpel. Sie pfiffen anerkennend und gratulierten ihm zu seiner Eroberung.

»Ich bin auf dem Weg nach Hause.« Ich sah demonstrativ auf die Uhr. »Ich habe viel zu tun.«

»Erste eine Café«, entschied Fabio. »Espresso? Cappuccino?« Es war klar, dass ich aus der Nummer nicht mehr herauskam, und ich fügte mich. Fabio stellte mich allen als große Künstlerin vor und lobte meine Zeichnungen. Die Situation wurde von Minute zu Minute unangenehmer, und ich trank meine Tasse in Rekordzeit leer.

»Jetzt muss ich wirklich los«, sagte ich. »Ich muss noch einkaufen.«

»Im Supermarkt?«, fragte Fabio.

Ich nickte.

»Du weißt, wo iste Supermarkt?«

Jetzt beging ich einen Fehler: Ich schüttelte den Kopf.

»Iste nix Problem«, rief er begeistert. »Fahren susamme in Supermarkt.«

Wenig später fuhren wir hintereinander auf den Parkplatz des örtlichen Coop. Fabio überließ mir den ersten freien Parkplatz und suchte nach dem nächsten. Als er aus meinem Blickfeld verschwunden war, witterte ich meine Chance und eilte zu den Einkaufswagen.

Mein Vorsprung hielt nicht lange. Kaum hatte ich die Gemüseabteilung erreicht, stand Fabio wieder neben mir und erklärte mir, wo ich was fand.

»Vielen Dank, jetzt komme ich gut zurecht.« Um dies zu unterstreichen, verschwand ich mit meinem Wagen in den ersten Gang. Ich stellte eine Tüte Mehl in den Wagen und machte mich auf die Suche nach dem Tierfutter, als Fabio mir entgegenkam.

Plötzlich wurde mir klar, dass ich kein Katzenfutter

kaufen konnte, solange er hier umhergeisterte. Ich konnte schlecht behaupten, dass die von mir gezeichneten Katzen nun so lebendig geworden waren, dass sie zu fressen haben wollten.

»Habe entdeckt gute Wein!«, rief Fabio. »Trinke Rotwein?« Da dieser Posten auf meinem Zettel stand, nickte ich und ließ mich von der fabelhaften Marke überzeugen.

»Mal di testa iste nix Problem«, versicherte er mir, ohne zu ahnen, dass meine aktuellen Kopfschmerzen eine andere Ursache hatten. »Cin cin!«

Ich musste die Taktik ändern, sonst würde ich den Einkaufswagen bis Ladenschluss hier durchschieben. Aber wie? Mir kam meine Geheimklubkarriere in den Sinn. Damals waren wir tagtäglich Leuten hinterhergeschlichen. Ob ich die alten Tricks noch beherrschte?

Im Sichtschatten eines korpulenten Mannes schob ich meinen Wagen in die Richtung, in der Fabio verschwunden war. Am Ende der Regalreihe spähte ich um die Ecke.

Ich entdeckte ihn bei den Kühltruhen, wo er sich angeregt mit einem Bekannten unterhielt. Flankiert von einigen Hausfrauen huschte ich über den nächsten Korridor und legte mich hinter einem Konserventurm auf die Lauer.

Das Gespräch zog sich in die Länge, und ich wurde ungeduldig. Vielleicht hatte er längst vergessen, dass ich hier war. Risiko ist die halbe Miete im Leben eines Detektivs, sagte ich mir und steuerte in die nächste Regalschlucht, direkt auf die *alimenti per animali* zu.

Dort legte ich ein paar Packungen Trockenfutter sowie mehrere Dosen *Häppchen in Gelee* in den Wagen. Schließlich hatten die Tiere mich auf eine tolle Buchidee gebracht. Das sollte ich honorieren.

Jetzt hatte ich alles, was ich brauchte, und kontrollierte von einem Sonderangebotsdisplay aus, die Lage an der Front.

Die Herren hatten das Gespräch endlich beendet, und Fabio machte sich auf den Weg zu den Kassen, die ich von hier aus gut im Blick hatte. Gleich konnte ich ungestört meiner Wege gehen.

Doch er blieb erneut stehen. Diesmal für einen Plausch mit einer alten Dame. Ihrem Gesichtsausdruck nach zu urteilen hatte sie eine Menge Kummer. Auch Fabio legte die Stirn in Falten und nickte mitfühlend.

Währenddessen herrschte an Kasse 3 gähnende Leere. Im Laufschritt eilte ich auf das Transportband zu und hatte das Mehl schon in der Hand, als ich eine bekannte Melodie hörte. Die Zielperson war mir auf den Fersen!

Ich nahm die Packung wieder vom Band und legte den Rückwärtsgang ein. Dabei kollidierte ich mit dem Zeitungsständer zwischen den Kassen. Als eine der Zeitungen in meinen Wagen fiel, erkannte ich die Lösung. Blitzschnell rupfte ich weitere Blätter aus der Halterung und verteilte sie über die Einkäufe.

Just als die Tarnung perfekt war, tauchte Fabio neben mir auf. Er starrte auf den Papierwust und zog fragend die Brauen hoch.

»Ich brauche Unterlagen für meine Malarbeit«, plapperte ich. »Wäre ja sonst schade um den schönen Tisch, nicht wahr? Ach, gerade fällt mir ein, dass ich *doch* noch was vergessen habe. Ciao!«

Ich flitzte in das Regallabyrinth zurück und betete, dass dieser Wahnsinn bald ein Ende haben würde.

Sosehr die Katzen das Geräusch von Fabios Auto fürchteten, so schnell fanden sie heraus, dass das Geknatter der Ape mein Kommen ankündigte. Kaum war ich ausgestiegen, strichen sie mir um die Beine.

»Gleich, ihr Lieben, gleich gibt es was zu essen.« Ich griff nach der Zange, doch ich griff ins Leere. In der Mulde hinter dem Steuer lagen nur Schraubenzieher und Hammer. Nichts, womit ich die Heckklappe öffnen konnte.

Verdammt! Ich hatte sie mit den Einkäufen zusammen auf die Ladefläche gelegt und dann in der Eile die Tür zugeschlagen. Das bedeutete eine weitere Runde Supermarkt.

Eine Rohrzange später konnte ich endlich alles ausladen. Die Callas machte ein Theater, als wäre sie kurz davor, die Hotline für bedrohte Katzen anzurufen, und auch Leporello war höchst ungeduldig.

»Ich hoffe, ihr wisst diese Mahlzeit zu schätzen«, sagte ich, während ich zusah, wie sie sich auf die Häppchen in Gelee stürzten. »Wenn ihr wüsstet, was ich alles für euch auf mich genommen habe.« Es interessierte die Herrschaften nicht sonderlich. Nur Leporello sah kurz zu mir auf, bevor er mit großer Wonne weiterfraß.

Währenddessen packte ich die Einkäufe aus und stellte zu meiner Verwunderung fest, dass ich Milchreis gekauft hatte. Ich verfeinerte ihn mit frischen Erdbeeren und einem Hauch Zimt und setzte mich mit dem Becher in die Sonne. Ein Gericht, das nach Trost, nach Geborgenheit roch.

Ich ließ mir den ersten Löffel auf der Zunge zergehen und dachte an das ABC. Die Perspektive hatte ich erklärt, aber wie drückte die erzählende Katze sich aus? Was für eine Persönlichkeit war sie?

Ich konnte mir einen süffisanten Ton vorstellen. Nach dem Motto ›Es ist höchste Zeit, hier ein paar Sachen klarzustellen, ihr Zweibeiner. Eure Sicht auf die Welt ist völlig daneben.‹

Leporello war dafür zu sehr Philosoph. Der Kater konnte regungslos im Kräuterbeet sitzen, ganz so, als würde er eingehend über das Weltgeschehen nachdenken. Doch das wäre Stoff für ein anderes Buch.

Mit einem Mal hatte ich die Stimme von Lady Violet aus *Downton Abbey* im Ohr. Sie schoss ihre Spitzen stets punktgenau ab, da saß jeder Satz. Dieser Ton wäre perfekt.

Die Callas hatte etwas von dieser Serienfigur. Sie mimte gern die Grande Dame und beobachtete mich manchmal, als fragte sie sich, wer zum Teufel mich zu dieser Dinnerparty eingeladen hatte. Nur wenn sie Hunger hatte, vergaß sie jegliche Etikette und jaulte ihre Arien.

Von Zeit zu Zeit gab sie auch leise Geräusche von sich, als führe sie Selbstgespräche. So, wie ich es tat, wenn ich eine Präsentation vorbereitete und den Kunden davon überzeugen musste, dass unsere Werbestrategie perfekt auf sein Produkt abgestimmt war.

Bei dem Gedanken an die Agentur verging mir der Appetit. Was, wenn ich den Sprung nicht schaffte und in diese Mühle zurückkehren musste?

Ich schluckte den letzten Löffel Trostreis hinunter. Schluss mit dem Gejammer. Ran an die Arbeit!

10

Ausgelöst von den Ideen zum ABC betrachtete ich die Katzen mit anderen Augen. Je öfter ich ihre Perspektive einnahm, umso bunter wurde meine eigene Welt. Zudem fielen mir immer weitere Stichpunkte zum Katzen-ABC ein. Auch heute Nacht hatte ich mehrmals das Licht angemacht, um sie mir zu notieren. Zwei von ihnen hatte ich gleich ausformuliert.

Haare: *Fell der Zweibeiner, das ihnen hauptsächlich auf dem Kopf wächst, beim männlichen Personal auch im Gesicht. Der Teil unter der Nase wird Schnurrbart genannt. Dafür, dass sie nicht mal schnurren können, eine überspitzte Bezeichnung.*

Maus: *Kleine, pelzige Zwischenmahlzeit mit Spieleffekt, die sich bei schlechtem Wetter bequem ins Haus oder in die Wohnung transportieren lässt.*

Andere Kritzeleien warfen jedoch Fragen auf. Was es zum Beispiel mit den hingeschmierten Worten ›heilig Ägypten‹ auf sich hatte, fiel mir beim besten Willen nicht mehr ein.

Es war erst halb sieben. Meine innere Uhr schien sich

allmählich gegen das Agenturlaufwerk durchzusetzen. Ging ich sonst frühestens gegen Mitternacht ins Bett und stand nie vor halb acht auf, pendelte sich nun mein eigener Rhythmus ein.

Die innere Uhr der Vierbeiner funktionierte wie immer perfekt. Doch als ich Trockenfutter zum Frühstück servierte, gab es lange Gesichter, und die Diva mimte den Weltuntergang. Ich verstand ihren Text nicht wörtlich, war mir aber sicher, dass sie Sätze enthielt wie ›*Rück sofort dieses Gelee-Zeugs heraus!*‹.

»Wir mischen, okay?« Schließlich sollten die neu angelegten Vorräte eine Weile reichen. Meine Models waren einverstanden. Die Callas beruhigte sich, und bald aßen die beiden einträchtig von einem Teller.

Ich trat auf die Terrasse hinaus. Alles deutete auf einen schönen Tag hin. Der Himmel war blau, und die Schwalben flogen hohe Kapriolen. Die Morgensonne ließ den Rasen glitzern. Tausende von kleinen Tropfen funkelten an den Spitzen der Grashalme. Die Landschaft breitete sich in einem silbrigen Licht vor mir aus.

Es war, als hätte ich seit kurzem eine magische Brille auf der Nase, mit der ich Farbnuancen, Kontraste und Verläufe ganz neu wahrnahm. Ich genoss diese neue Vielfalt und freute mich auf die Stunden mit Valentina.

Leporello kam mir aus der Küche entgegen. Er strich kurz um meine Beine und blinzelte in die Sonne. Gleich würde er mit seiner Morgentoilette beginnen und sich dann ein Plätzchen zum Dösen suchen.

Essen, kuscheln, schlafen. Keine schlechte Zeiteinteilung. Wobei *Zeit* in dem Sinne, wie wir sie definierten, für Katzen wohl keine Bedeutung hatte. Ein interessanter Begriff für das ABC.

Beim Frühstück hatte ich auch schon eine Vorstellung davon, wie die Illustration aussehen könnte: eine entspannt schlafende Katze, wie ich sie gestern gezeichnet hatte. Doch lag sie nicht auf einer Mauer, sondern auf der Rundung eines alten Uhrwerks. Mit einem Käsebrot in der einen Hand breitete ich Luciens Kopien für die Transfertechnik mit der anderen vor mir aus und pickte mir die Passende heraus.

Fehlte nur noch die Definition. Spontan fielen mir Begriffe wie *gehetzt sein* und *undefinierbar* ein. Ich dachte an die verschiedenen Uhren, von denen wir die Zeit ablasen, was sie bei uns bewirkten, und hatte bald eine erste Fassung:

Zeit: Etwas Undefinierbares, von dem Zweibeiner sich einerseits gehetzt fühlen, andererseits nie genug haben. Damit sie stets nachschauen können, wie wenig Zeit noch übrig ist, haben sie Portionen davon in Geräten eingefangen. Die Kleineren tragen sie am Handgelenk, Größere hängen an der Wand. Das Zeitgerät neben dem Bett heißt Wecker. Es sorgt dafür, dass der Stress gleich am Morgen losgeht.

Die Begriffe Zweibeiner, Bett, Wecker und Stress unterstrich ich. Die konnte ich als Querverweis markieren und an anderer Stelle erläutern.

Glücklich ließ ich mich in den Stuhl zurückfallen und schloss die Augen. Wenn das nichts werden würde, fraß ich einen Besen!

Mein eigenes Zeitgerät sagte mir, dass es besser wäre, in die Gänge zu kommen, falls ich noch etwas zustande bringen wollte, bevor Valentina kam. Außerdem sollte ich endlich den Tisch abdecken.

Ich hatte die Zeitungen aus dem Supermarkt auf das

Sofa gelegt, doch die Callas hatte es sich auf ihnen bequem gemacht. Ihrem Blick nach zu urteilen, war sie nicht willens, sie mir zu überlassen.

Ich nahm den kleinen Notizblock, den ich nun stets bei mir trug, aus der Gesäßtasche meiner Jeans und notierte das Stichwort *Zeitung*. Dann ging ich ins Schlafzimmer hinauf. Wenn ich mich recht entsann, lag neben dem Bett eine *Süddeutsche*, die wir aus München mitgebracht hatten. Die Zeitung fand ich dort nicht, wohl aber Leporello, der zusammengerollt auf der Decke lag. Das war neu.

Ich setzte mich zu ihm und streichelte ihm sanft über die Stirn. Die Callas mochte ich auch, aber dieser Kater wuchs mir von Tag zu Tag mehr ans Herz.

Nach einer Weile streckte sich Leporello und lag im nächsten Moment auf dem Rücken vor mir. Die Botschaft war klar: ›Hätschel und kraul!‹

»Wird erledigt!« Ich legte mich zu ihm und fuhr vorsichtig über das flauschige Fell. Den wonnigen Tönen nach zu urteilen, war die Ekstase vollkommen, und ich fragte mich, ob ich nun sein Zuhause war.

Einerseits gefiel mir dieser Gedanke, andererseits machte er mich hilflos. Schließlich konnten wir ihn schlecht mit nach Hause nehmen. Aber vielleicht war sein Aufenthalt hier nur eine willkommene Abwechslung zu seinem normalen Alltag?

Der Kater schnarchte mittlerweile leise. Ich holte meinen Block hervor und notierte das nächste Stichwort.

Bett: Möbelstück mit weichen Decken und Kissen, auf das Zweibeiner sich immer dann zum Schlafen legen, wenn wir gerade munter werden. Sollte prinzipiell so groß gewählt werden, dass auch wir dort Platz haben.

»Das heißt dann wohl, dass ich dich hier liegen lassen muss, du Schmuser.« Leporello streckte sich im Schlaf, als wollte er betonen, dass er ganz meiner Meinung war.

Um diese Einsicht reicher stand ich auf. Ich sollte mich lieber freuen, in diesem Haus überhaupt geduldet zu werden.

Valentina und Isabella standen pünktlich vor der Tür und waren begeistert von meinem grünen T-Shirt. Mehrmals betonte die Bäckerin, wie gut mir die Farbe stehe. Valentina hielt sich bei dem Thema nicht so lange auf. Sie nahm ihrer Nonna das Handy aus der Tasche und zeigte mir aufgeregt Fotos von ihrer kleinen Schwester. Dabei wischte sie wie eine Erwachsene über das Display.

Während das Baby mir aus allen erdenklichen Blickwinkeln vorgeführt wurde, fiel mir ein, dass ich ja ein Geschenk für sie hatte. Ich rannte die Treppe hinauf und nahm den roten Strampelanzug von der Kommode. Einen Augenblick starrte ich auf die Tupfen, dann drückte ich mein Gesicht in den weichen Stoff. *Viel Glück in diesem Leben, kleine Maria Chiara.*

Mein Geschenk wurde mit Freude aufgenommen, und Isabella bedankte sich überschwänglich. Doch dann schob Valentina ihre Nonna zur Tür. Sie müsse nun arbeiten.

Der Callas waren die Schinkenstückchen in guter Erinnerung geblieben, und sie bezog sofort Stellung neben Valentinas Stuhl. Ich nutzte die Gelegenheit und sicherte mir einen Teil der Zeitungen.

Während Valentina Babys in riesigen Wiegen zeichnete, skizzierte ich mit schwungvollen Strichen eine zusammengerollte Katze. Als ich damit fertig war, übertrug ich die neuen ABC-Begriffe vom Notizblock auf meine Liste, feilte an den Formulierungen und überlegte, welche Fotos mir noch von Nutzen sein könnten.

Valentina hatte ebenfalls Ideen, und so machten wir Bilder mit der Callas und Hase Giulietta unter dem Tisch. Anschließend verfremdeten wir mit Hilfe einer App einige Aufnahmen, was für sie ein großer Spaß war und mir weitere Einfälle bescherte.

Wir waren so vertieft in unsere Arbeit, dass mir fast das Herz stehenblieb, als ich Fabio vor dem Haus pfeifen hörte. Rasch wiederholte ich die wichtigsten Begriffe unseres Geheimnisses. Spätestens bei dem Wort *segreto* wusste Valentina wieder, was Sache war. Ich bat sie, Fabio hereinzulassen und ihm ganz viel vom Baby zu erzählen.

Während sie die Haustür öffnete, flitzte ich in die Küche, ließ Futter und Teller in der Spülmaschine verschwinden und öffnete ein Fenster. Das Geleezeug roch zwar nicht stark, doch wenn Fabios Nase nur halb so empfindlich wie meine war, würde er Witterung aufnehmen.

Ich linste um die Küchentür. Valentina leistete ganze Arbeit. Sie zeigte Fabio gerade ihren Stoffhasen und quatschte ihm die Ohren voll.

Schnell eilte ich zu Leporello hinauf. Nicht auszudenken, wenn der Kater in Panik die Treppe hinunter und diesem Katzenhasser direkt in die Arme rennen würde.

Leporello hatte die Gefahr bereits gewittert. Da der Bettkasten massiv war, hatte er sich hinter dem Nachtkästchen verschanzt und sah mich mit angsterfüllten Augen an.

Vorsichtig warf ich einen Blick über die Balustrade. Fabio hatte inzwischen den Tisch erreicht. Valentina und Giulietta gaben weiterhin alles, aber der Weg über die Wohnzimmertreppe war versperrt.

In diesem Moment fiel mein Blick auf die Holztür, die

vom Schlafraum zu der Außentreppe und von dort in den Garten führte. Vorsichtig drückte ich die Klinke. Die Tür öffnete sich quietschend, und Leporello schoss hinaus.

Jetzt war es an der Zeit, Fabio *zu rocken.* »Buongiorno! Ich habe dich gar nicht kommen hören.« Entspannt stieg ich die Stufen hinab.

Der Hausverwalter strahlte. »Kaaarla! Buongiorno! Musse sage, ich mache Rasemähen questa sera. Und habe gebracht giornali.« Er drückte mir einen Stapel alte Zeitungen in die Hand. »Iste su teuer, wenn kaufe in Coop.«

Er nahm mich kurz zur Seite. »Diese ragazza hatte molto fantasia, ha?«

»Ja, sie ist ein lustiges Mädchen.« Ich zwinkerte ihr zu. »Vielen Dank für die Zeitungen.«

Er zog sein Smartphone hervor. »Habbe neue Foto von meine ragazza.« Bevor ich wusste, wie mir geschah, zeigte er mir eine ganze Serie von Kleinkindbildern. »Dorteda iste Lara. È un dolce bambino, ha?« Ein kleiner Fratz lächelte mich zahnlos an.

»Sehr süß«, sagte ich. »Kann ich sonst noch behilflich sein?«

»Musse schaue in die Kammer dorteda.« Fabio steckte sein Smartphone ein und stand im nächsten Moment im Abstellraum neben der Küche. Ich schloss die Augen und wartete auf das, was unweigerlich kommen würde.

Fabio brauchte keine Minute, um das Katzenfutter zu entdecken. Entsetzt riss er die Arme hoch. »Cibo per gatti!« So, wie er die Worte betonte, könnte man glauben, er hätte eine Giftschlammanlage entdeckt.

»*Was* hast du gesagt?« Nun lief meine *fantasia* auf Hochtouren.

»Essen für Katze!« Mit angewidertem Gesicht zeigte er mir eine Schachtel Trockenfutter. »Iste … verbote!«

»Das stand *hier* in der Speisekammer?« Ich glotzte auf die Packung, als hätte ich nie zuvor so etwas gesehen. »Vielleicht von einem der Vormieter?«

Fabio schüttelte den Kopf. »Impossibile. Normalmente Putzfrau nehme mit.« Er stapelte den gesamten Vorrat auf den Tisch und stellte sich hin, wie ein Polizist, dem riesige Mengen Rauschgift ins Netz gegangen waren. Dabei sah er mit seiner Jagdweste und der überdimensionalen Gürtelschnalle so lächerlich aus, dass ich mich zusammenreißen musste, nicht loszulachen. Valentina verfolgte das Drama atemlos, ihren Hasen fest an die Brust gepresst.

»Und jetzt?«, fragte ich.

»Jetze bringe mit für Nachbargatto.« Skeptisch besah er meine Skizzen. »Sinte auch Katze.«

»Die zeichne ich oben an der Kapelle.« Mit kleinem Finger und Daumen machte ich eine Telefoniergeste. »Wenn ich meinen Freund anrufe.«

»Mh.« Er griff nach Leporellos Schlafkarton, um ihn für den Transport seiner Beute zu verwenden, doch dem schob ich einen Riegel vor.

»Tut mir leid, den brauche ich noch.« Ich ließ die Schachtel unter dem Tisch verschwinden. »Das bisschen kannst du doch sicher so mitnehmen, oder?«

Die Angelegenheit ließ ihm keine Ruhe. Auf dem Weg zur Haustür nahm er Valentina zur Seite und fragte sie etwas, in dem das Wort *gatti* mehrmals vorkam. Mit großen, unschuldigen Augen schüttelte sie den Kopf. Isabella hatte recht: Die Kleine war ein Engel.

Nachdem ich die Haustür hinter ihm geschlossen hatte, rannten wir hinauf und beobachteten Fabio vom Schlafzimmerfenster aus. Entgegen seiner Gewohnheit hatte er seinen Benz weiter vorn geparkt, und wir kicherten jedes Mal schadenfroh, wenn ihm eine Dose aus der Hand fiel.

Nach dieser Aufregung hatten alle Hunger. Während Valentina die letzten Futterreste an die Katzen verteilte, machte ich Schinkennudeln. Mit viel Basilikum. Die Welt war wieder in Ordnung.

Nachdem Isabella die Kleine abgeholt hatte, fühlte sich das Haus leer an. Keiner flüsterte der Callas kichernd was ins Ohr, niemand rief »Karla! Schau mal!«, der Stuhl mir gegenüber war verwaist. Anstatt mit der nächsten Geschichte weiterzumachen, schlich ich wie Falschgeld umher.

Nach der dritten Tasse Kaffee erinnerte ich mich daran, dass Fabio etwas von Rasenmähen erzählt hatte. Ich wollte ihm heute nicht noch mal begegnen und beschloss, einen Ausflug zu Lucien zu machen. Ich würde ihm meine neuesten Arbeiten zeigen, die ABC-Idee vorstellen und Fotos ausdrucken. Außerdem brauchte ich dringend Katzenfutter.

Kaum hatte ich geklingelt, öffnete er schon die Tür. »Eine Karla in Farbe«, sagte er erstaunt. »Was für ein schönes Türkis!«

»Die Ära der Agenturklamotten geht langsam zu Ende«, sagte ich. »Stör ich?«

»Nein. Heute ist jede Art von Ablenkung willkommen«, sagte er. »Ich habe gestern Abend erfahren, dass unser alter Hund Filou gestorben ist.«

Im Wohnzimmer zeigte er mir Fotos von einem großen

Labrador. »Er war dreizehn Jahre bei uns. Ich kann noch gar nicht begreifen, dass ich ihn nie wiedersehen werde.« Er wischte sich mit der Hand über die Augen.

»Ich kann deine Trauer gut nachvollziehen«, sagte ich leise. »Als Kind hatte ich einen Boxermischling. Objektiv gesehen sah das Tier zum Fürchten aus, aber für mich war er der schönste Hund der Welt.«

Racker war ein treuer Freund. Er kannte meine Stimmungen, spürte, wann ich ihn brauchte, und begleitete mich überallhin. Auch in die Bücherei, wo wir uns Detektivgeschichten ausliehen.

Inspiriert von diesen Erzählungen erkundeten wir die neuen, unbekannten Viertel. Richtig spannend war das vor allem in der kurzen Zeit, bevor es finster wurde, wenn die Schemen dunkler wurden, Menschen und Gegenstände an Schärfe verloren.

Wenn wir wieder Freunde gefunden hatten, gründeten wir einen neuen Detektivklub, verfolgten die Nachbarn und stellten uns vor, dass sie in böse Machenschaften verwickelt waren, führten Buch über alles, was uns verdächtig erschien.

Bis ich Notizbücher und Klubausweis wieder in einen Karton packen und ins Ungewisse aufbrechen musste. Zu neuen Freunden, zu einem neuen Detektivklub.

»Heute hat Fabios Katzenverfolgung einen Höhepunkt erreicht.« Ich erzählte Lucien, was passiert war und wie Valentina und ich Fabio observiert hatten.

Das brachte ihn zum Lachen. »Und jetzt?«

»Ich muss ihn besser austricksen«, sagte ich. »Schließlich habe ich endlich den Dreh raus und denke nicht daran, meine Models vor die Tür zu setzen.«

Es ermutigte mich, dass Lucien sowohl die Idee mit dem

ABC als auch das Konzept mit Illustration und Transfertechnik überzeugte.

»Es *muss* einfach klappen«, sagte ich, während ich die Fotos vom iPad ausdruckte. »Der bloße Gedanke, in dieses Hamsterrad zurückkehren zu müssen, macht mich krank.«

»Versuch, dich nicht zu sehr unter Druck zu setzen«, sagte Lucien ernst. »Mach zuerst den Auftrag fertig. Das ist die Eintrittskarte für dein nächstes Buch.«

»Ich weiß. Aber es ist sehr verlockend, an dem Lexikon zu arbeiten. Verstehst du das?«

»Natürlich. Du kannst es ja nebenbei vorantreiben und erste Skizzen beilegen. Aber so, dass der Verlag nicht den Eindruck bekommt, du ziehst dein eigenes Konzept vor.« Er zeigte auf ein Blatt, auf dem der rot getigerte Leporello auf einem bunten Kissen lag. »Du machst große Fortschritte und wirst immer sicherer in der Farbgebung.«

»Langsam bekomme ich wieder einen direkten Bezug zu Farben«, sagte ich. »In der Kindheit und im Studium waren sie ständige Begleiter, aber seit ich tagtäglich am Bildschirm arbeite und sie in Prozenten und Nummern definieren muss, haben sie schrittweise mein Leben verlassen. Oft ist ein gemischter Salat im Restaurant das Bunteste, das ich in natura sehe. Was würde ich dafür geben, wieder so unbefangen losmalen zu können wie ein Kind.«

Lucien zeigte auf eine große, leere Leinwand, die an der Wand lehnte. »Wäre das was für den Anfang?« Er stellte sie auf eine Staffelei.

»Wie meinst du das?«

»Mal. Einfach so, wie du es als Kind getan hast!«

»Um Himmels willen, du brauchst sie für deine Ausstellung und für …«

»Nein, sie gehört dir«, unterbrach er mich. »Dort stehen Pinsel und Farben. Mischen kannst du auf dieser Palette.« Er ging zur Tür. »Hol dir die Farben zurück. Wenn du mich brauchst, ich bin im Garten.«

Während seine Schritte sich über die Treppe entfernten, stellte ich mich an den Tisch, auf dem Tuben und Töpfen standen. Von wegen zurückholen. Ich war es gewohnt, nach Konzepten zu arbeiten. Da wusste ich, wo ich anfangen und enden sollte. Ich starrte auf die helle Leinwand, bis sie mich blendete.

»Wir brauchen das *asap*, Karla«, hörte ich Robert plötzlich sagen. »Das bedeutet *sofort*. Wie ist der Stand? Meinst du, der Kunde will ewig auf diese Präsi warten?« Die Stimme war so real, als würde er neben mir stehen.

In diesem Moment bahnte sich meine Wut ihren Weg. Ich nahm einen breiten Pinsel, tauchte ihn in den Topf mit Unwettergrau und malte einen großen, kraftvollen Kreis. Dicke Tropfen flogen aus dem verhassten Hamsterrad, das ich nun mit Hilfe von Explosionsrot und Funkenorange in schnellen Strichen in die Luft jagte. Hastig schraubte ich Tuben auf, drückte Farben auf die Palette und verwandelte das Zentrum meines Alltags mit einem Schwefelgelb in eine grell brennende Hölle.

Mit jedem Strich weitete sich meine Brust, lösten sich meine Muskeln etwas mehr, bis ich völlig erschöpft auf einen Hocker niedersank, Hände, Arme und Kleidung mit bunten Spritzern übersät.

Obwohl das Malen mich Kraft gekostet hatte, fühlte ich mich leicht und geerdet. Roberts Stimme schwieg, und ich wusste, ich würde ihn in Zukunft besser ausblenden können. Solange ich in meiner Mitte blieb und mein Ziel verfolgte, hatte er keine Gewalt mehr über mich.

Ich blieb noch eine Weile so sitzen, dann öffnete ich ein Fenster und bat Lucien hinauf. Beim Anblick der Leinwand nickte er. »Sieht aus, als hättest du klar Schiff gemacht.«

»Auf jeden Fall ist es ein Anfang.« Ich schaute lachend auf meine farbbekleckste Hose hinunter. »Wie du siehst, verliert das Schwarz in meinem Leben wirklich an Bedeutung.«

Als ich meine Sachen zusammenpackte, drückte Lucien mir einen Flyer in die Hand. »Hättest du Lust mitzukommen?«

Es war die Einladung zu einer Ausstellung in San Gimignano, in der unter anderem Katzenbilder gezeigt wurden. »Ja gern. Wann wolltest du fahren?«

»Vielleicht morgen?«

»Das würde auch Valentina gefallen. Ich könnte Isabella bitten, uns den Kindersitz zu überlassen, und wir bringen sie hinterher nach Hause.«

»Gute Idee«, sagte Lucien. »Am frühen Nachmittag?«

»Komm doch zum Essen. Es gibt Kartoffelpuffer. Magst du die?«

»Ich liebe sie«, sagte er. »Meine Oma hat oft welche gemacht, wenn ich sie besuchte.«

»Meine auch! Aber freu dich nicht zu früh, ich mache sie zum ersten Mal selber.«

»Das geht ganz einfach«, sagte Lucien. »Und sollten sie doch danebengehen, verarbeiten wir sie zu Katzenfutter«, sagte Lucien. »Apropos. Hast du eigentlich eine Ahnung, wo die Tiere herkommen?«

Diese Frage hatte ich mir auch schon gestellt.

Nach einem Zwischen-Tür-und-Angel-Telefonat mit Marius war ich fast wieder zu Hause, als ich die alte Dame um ihr Haus gehen sah. Sie rief nach jemandem. Ich hielt an und fragte sie, ob ich helfen könne.

Wie üblich verstand ich nicht allzu viel von ihrem Stakkato-Italienisch, doch mir wurde klar, dass sie ihre Katze suchte. Sie wollte verreisen und sie im Haus wissen, damit eine Bekannte sie füttern konnte.

»Wie sieht sie denn aus?« Ich glaubte die Antwort zwar zu kennen, doch nun wurde sie von offizieller Seite bestätigt. Ich erfuhr, dass die Callas auf den Namen Luna hörte.

»Lei ulula alla luna«, erklärte sie mir den Namen. Sie heult den Mond an. Dann imitierte sie das Jaulen treffend.

Ich erzählte, dass sie mich täglich im Ferienhaus besucht und ich gern bereit sei, auf sie aufzupassen.

»Aber Fabio!« Der Ruf des Hausverwalters schien allgemein bekannt zu sein.

»Il nostro segreto«, zitierte ich Valentina. Unser Geheimnis.

Kichernd bat sie mich ins Haus, und wenig später fuhr ich mit einem Karton Katzenfutter vom Feinsten nach Hause.

Dort roch es herrlich nach gemähtem Gras. Bevor ich die Naturalien ins Haus brachte, vergewisserte ich mich vorsichtshalber, ob Fabio irgendwo lauerte, um mich auf frischer Tat zu ertappen. Doch die Luft war rein. Ich brachte die neuen Vorräte ins Haus und suchte kreative Verstecke für das Futter.

»Ihr wisst gar nicht zu schätzen, was ich für euch alles auf mich nehme, ihr Fellnasen«, sagte ich den beiden, die mir ungeduldig folgten. »Und du, Frau Luna, brauchst dich gar nicht so aufzuführen. Ich weiß über alles Bescheid.« Ich schob die letzten Dosen und eine Packung Trockenfutter unter das alte Sofa im Raum neben der Waschküche. »So. Ich hoffe, ihr habt euch alle Geheimplätze gemerkt.«

Während sie sich die Mägen füllten, zog ich meine farbgesprenkelten Klamotten aus und warf sie zu der übrigen Schmutzwäsche in einen Korb. Dann stieg ich unter die Dusche.

Ich wusch mir die Farbspritzer von der Haut und überlegte, wie ich es den Katzen ermöglichen konnte, ein und aus zu gehen, ohne dass Fabio das sofort mitbekam. Am einfachsten ließ sich das wohl mit der Tür im Schlafzimmer bewerkstelligen.

Gesagt, getan. Noch im Bademantel legte ich einen Stein zwischen Tür und Rahmen und stellte einen schweren Terracottatopf so auf die Treppe, dass sie nicht aufschwang.

Anschließend rief ich die Katzen ins Haus, schloss die Tür und lockte sie mit Schinkenstückchen hinauf. Dort demonstrierte ich ihnen meine Lösung. Nach einigem Hin und Her hatte es beide verstanden.

Eine neue Ära des Zusammenlebens war angebrochen.

11

Im Gegensatz zur Callas, die meine Nähe hauptsächlich suchte, wenn sie Hunger hatte, wich Leporello mir nicht mehr von der Seite. Er saß auf dem Tisch, wenn ich zeichnete, und genoss es sichtlich, neben mir auf dem Sofa zu kuscheln. Auch jetzt lag er am Fußende meines Bettes und schlief tief und fest.

Für mich hingegen war die Nacht bereits zu Ende. Zu schwer wog die Verzweiflung, die sich aus meinem Traum mit in den Morgen geschlichen hatte. Ich verbarg mein Gesicht in Marius' Schlafshirt, sog den tröstenden Geruch seines Körpers in mich auf und versuchte, die Schwere, die mich wie eine Hülle umschloss, zu durchbrechen.

Ich konnte mich an Tränen erinnern, die niemand hatte sehen dürfen und an grenzenlose Verzweiflung. Ich bemühte mich, weitere Bilder heraufzubeschwören, doch sie entglitten mir immer wieder.

Bevor ich die Erinnerungen weiter ergründen konnte, stieg mir Salbeigeruch in die Nase. Etwas Weiches strich mir über die Wange. Als spürte er genau, wie es mir ging, setzte Leporello sich neben mich und sah mich mit seinen grünen Augen forschend an.

»Hast du auch manchmal schlimme Träume?« Sanft strich ich ihm über den Kopf.

Bevor wir unser Zwiegespräch fortsetzen konnten, sprang die Callas aufs Bett. Sie machte lautstark klar, dass sie von Unterhaltungen zu dieser Uhrzeit herzlich wenig hielt. Zuerst schubste sie Leporello zur Seite, dann setzte sie sich schimpfend auf meinen Bauch. Eine klare Aufforderung zu ›Aufsteh und mampf!‹

Als Kontrast zu den grauen Schemen der Nacht klappte ich den Buntstiftkasten auf und freute mich auf den Ausflug nach San Gimignano. Ein Portion Inspiration würde mir guttun.

Beim Lesen der Farbbezeichnungen auf den Stiften fiel mir ein, dass ich schon als Kind eine Vorliebe für neue Wortschöpfungen gehabt hatte. Diese Angewohnheit hatte viele Diskussionen mit Lehrern nach sich gezogen, denn es ging mir nicht in den Kopf, dass Alternativen nicht erlaubt waren. Nur, weil irgendwelche Leute festgelegt hatten, was *richtig* war, war ich nicht gewillt, das zu akzeptieren.

So ging beispielsweise eine Braut mit ihrem *Bräutling* zum Standesamt. Das Wort *Bräutigam* fühlte sich einfach nicht richtig an.

Auch gab es Ärger, als ich das Wort *Gewissengebisse* in einem Aufsatz verwendete. Ich erklärte der Lehrerin geduldig, dass *Gewissengebisse Gewissensbisse* verursachten, doch sie schüttelte nur irritiert den Kopf und strich das Wort rot durch. Doch solche Korrekturen hatten mich bis zum heutigen Tag nicht umstimmen können.

Bei den Namen einzelner Farben verhielt es sich ähnlich. Viele fand ich unzutreffend und hatte sie umbenannt. Das Fell der Callas war zum Beispiel nicht *Kaltgrau III*, sondern *Tantengrau*. Der Ton erinnerte mich an die Mantelfarbe von Großtante Gundel, die uns früher oft besucht hatte. Interessanterweise hatte auch sie einen gewissen Hang zu Dramen. Ob ihr Appetit ähnlich ausgeprägt gewesen war, wie Callas' wusste ich allerdings nicht.

Aus dem gleichen Grund war aus *Kobaltgrün tief* ein *Zypressengrün*, aus *Fleischfarbe hell* ein *Terrassenterracotta* und *Smalteblau* zu *Morgendunst* geworden.

Nach dem Tantengrau nahm ich einen rotvioletten Stift in die Hand, den ich in *Robert-Rosa* umbenannt hatte. Die Farbe erinnerte mich an eine affige Weste, die er lange getragen hatte. Automatisch schweiften meine Gedanken in die Agentur ab, und mir wurde bewusst, dass ich im Augenblick in einer Scheinwelt lebte.

Die Vorauszahlung, die man mir für das Buch in Aussicht gestellt hatte, war im Vergleich zu dem, was ich sonst verdiente, geradezu lächerlich. Ganz zu schweigen von der Vergütung für die Probeillus.

Und war ich überhaupt talentiert genug, mich mit dieser Arbeit über Wasser halten zu können? Die ABC-Idee war schön, aber hatte sie genug Potenzial? Würde ich einen Verlag finden? Würde es genug Leute geben, die bereit waren, dieses Buch zu kaufen?

Ich hatte eine Menge gespart, doch dieses Konto war für Notfälle bestimmt. Ich wollte nicht so enden wie meine Eltern, die sich ständig über Geld gestritten hatten und – plötzlich konnte ich mich wieder an die Einzelheiten des nächtlichen Traums erinnern.

Ich war etwa zehn, als mir klar wurde, wie wenig Geld

wir hatten. Zum ersten Mal fällt mir auf, dass die Eltern meiner Freunde ein Auto besitzen, dass sie regelmäßig in Urlaub fahren.

Die Bestätigung bekomme ich Anfang Dezember, als ich frage, wann wir den Weihnachtsbaum kaufen. Ich liebe den Trubel auf dem Markt, den durchdringenden Harzgeruch.

»Dieses Jahr machen wir an Weihnachten etwas ganz Besonderes«, sagte Mama. »Wir bekommen Tannenzweige geschenkt. Die schmücken wir und hängen sie in der Wohnung auf.« Sie sagt es in dem aufmunternden Ton, den sie auch wählt, wenn ein Umzug bevorsteht.

Ich will nichts Besonderes. Ich möchte, dass es bei uns so aussieht wie bei meinen Freunden, doch ich sage nichts. Die Zweige sind mickrig und duften nicht. Und ganz egal, wie viele Kerzen Mama in der Wohnung aufstellt und anzündet, es wird kein bisschen festlich.

»Ist es nicht schön geworden?«, fragt Mama immer wieder.

Ich nicke tapfer, aber wenn ich alleine bin, kann ich die Tränen nicht zurückhalten. Und jedes Mal, wenn ich mir das verweinte Gesicht wasche, verspreche ich meinem Spiegelbild, dass ich später dafür sorgen werde, stets genug Geld zu verdienen.

Als hätten sie auf diesen Moment gewartet, kehrten meine Ängste und Zweifel zurück.

»Mit diesen stümperhaften Arbeiten kommst du ohnehin nicht weit«, raunten sie. »Halte dich lieber von diesem Lucien fern. Der hat doch keine Ahnung, ob deine Illustrationen etwas taugen.«

»Er kann das beurteilen«, sagte ich in die Stille hinein. Schließlich hatte er meine Zeichnungen anfangs kritisiert, mir aber auch gezeigt, wie ich sie verbessern könnte, war immer ehrlich gewesen.

Um meiner Panik Einhalt zu gebieten, stellte ich mir vor, wie schön es wäre, jeden Tag am eigenen Schreibtisch zu arbeiten. Für meine eigenen Projekte geradezustehen, anstatt mich von einem Idioten tyrannisieren zu lassen.

Vielleicht konnte ich nebenbei irgendwo jobben. Das hatte ich während des Studiums schließlich auch getan. Vielleicht konnte ich Marius um Unterstützung bitten, obwohl der Gedanke mir missfiel. Ich wollte gleichberechtigt bleiben.

Ich machte mir eine Tasse Kaffee und schaute aus dem geöffneten Fenster. Die Vielzahl der Grüntöne hatte ihren Höhepunkt erreicht, und die Natur zog weitere Farbregister. Täglich brachen neue Knospen auf, wagten rote, blaue und gelbe Blumen einen Start ins Leben.

Lucien hatte recht. Ich durfte mich nicht verrückt machen, sondern sollte konsequent weiterzeichnen. Ob die Fahrkarte in die Selbstständigkeit ihre Gültigkeit behielt, würde sich herausstellen. Bis dahin musste ich alles geben.

Valentina war völlig aus dem Häuschen, als ich ihr von unserem geplanten Ausflug erzählte. Die Vorstellung, eine echte Ausstellung zu besuchen, begeisterte sie über alle Maßen. Mit ernster Miene erklärte sie mir, dass sie selber Bilder malen und diese dort zeigen wolle.

Sie nahm einen roten Stift aus dem Kasten und erzählte Leporello, dass sie nun eine schöne Zeichnung von ihm machen würde. Der Kater, der mitten auf dem mit Zeitungen ausgelegten Tisch saß, schnurrte, als hätte er jedes Wort verstanden. Bevor wir loslegten, zwinkerten Valentina und ich uns zu. Wir wussten, was gleich passieren würde.

Ich hatte Leporello mehrmals klargemacht, dass sein Platz auf den *giornali* von Fabio war. In der Regel hielt er sich auch daran. Doch sobald er sich unbeobachtet fühlte, startete er sein Spiel. Ganz langsam, wie auf unsichtbaren Rollen, schob er sich immer näher an mich heran. Bis er direkt auf dem Skizzenblatt vor mir saß.

Auch heute dauerte es nicht lang, bis er sein Ziel erreicht hatte. Er rieb seinen Kopf an meiner Wange und ließ sich kraulen. Dann holte er sich weitere Streicheleinheiten bei Valentina ab, bevor er sich zufrieden auf seinen Platz legte und einschlief.

Ich verfolgte Valentinas kraftvolle Striche und dachte an die große, leere Leinwand zurück, erinnerte mich an das befreiende Gefühl, das ich beim Malen verspürt hatte, und begann, in locker kreisenden Bewegungen zu zeichnen, als wäre es egal, was am Ende dabei herauskam.

Gegen Mittag war ich mit der Welt versöhnt. Die Skizzen hatten einen neuen Schwung bekommen, und ich legte den Stift zufrieden zur Seite.

Valentina hatte in der Zwischenzeit sieben Kunstwerke fertiggestellt. Sie breitete sie auf dem Boden aus und erklärte mir die wichtigsten Details. Währenddessen erwachte Leporello. Er sprang vom Tisch und beschnüffelte die Blätter interessiert. Eine Zeichnung, die hauptsächlich aus Grüntönen bestand, hatte es ihm besonders angetan.

»Ich schenke sie dir«, sagte Valentina zu dem Kater. »Du kannst sie dir aufhängen.«

Ich nahm eine Rolle Klebeband aus der Kommode und zeigte auf den flachen Heizkörper neben der Treppe. »Ob das ein guter Platz ist?« Valentina überlegte kurz, dann nickte sie.

Im nächsten Moment stürmte Valentina mit einem begeisterten »Lucio!« auf die Terrasse. Lucien hob sie hoch und trug sie ins Haus. »Na, ihr Künstler, wie sieht es aus?«

»Alles bestens. Ich wollte gerade in die Küche verschwinden.«

»Eine gute Idee. Ich habe großen Appetit auf Reibekuchen.« Er wirbelte Valentina umher, bis sie vor Wonne kreischte. »Ci sono frittelle di patate!«

In der Küche hantierten wir wie ... eine Familie? Nein, wie ein eingespieltes Team. Valentina stand auf einem Hocker vor der Spüle und wusch Salat, Lucien schnitt Tomaten und Gurke und spielte den Dolmetscher, während ich die Zutaten für die Puffer zusammenmatschte und Kräuterquark anrührte. Kommentiert wurde das Ganze von den Katzen, die von der Küchentür aus alles verfolgten.

Die Puffer wurden so, wie sie sein sollten: kross, saftig und fettig. Wir langten zu, bis Teller und Schüsseln leer waren, und lehnten uns dann zufrieden und satt zurück.

Valentina war die Erste, die aufstand. Sie zeigte Lucien ihre neuesten Kunstwerke und wollte wissen, ob wir sie in der Galerie zeigen könnten. Lucien war voll des Lobes. Doch als er fragte, ob wir die Zeichnung, die an der Heizung hing, auch mitnehmen wollten, schüttelte Valentina den Kopf. Nein, die gehörte Leporello und war unverkäuflich.

Eine Stunde später fuhren wir über kleine Straßen nach San Gimignano. Valentina saß in ihrem Kindersitz und erklärte Hase Giulietta, was wir vorhatten, während ich aus dem Fenster sah und die Landschaft an mir vorbeiziehen ließ.

Konnte *Familie* tatsächlich so aussehen? Ohne Streit und Verletzungen? Ich verdrängte den Gedanken. Ich hatte Marius. Das war Familie genug.

»Alles okay?«, fragte Lucien.

»Aber ja. Obwohl es ungewohnt ist, so leise unterwegs zu sein. Und ganz ohne Autoschlange, die hinter einem den Berg hochkriecht.«

»Bald sind wir da.«

Umgeben von sanften Hügeln und Weinbergen erhob sich die berühmte Silhouette der mittelalterlichen Kleinstadt, deren Geschlechtertürme hoch in den azurblauen Himmel ragten. Die Straße wurde steiler, und wir näherten uns in Serpentinen der Altstadt.

Lucien stellte das Auto auf einem der Parkplätze ab, und wir gingen das letzte Stück zu Fuß über schmale Treppen. Valentina drückte uns die Rolle mit den Zeichnungen in die Hand und sauste mit Giulietta die Stufen hinauf. Lucien und ich folgten etwas langsamer.

Der Ort hatte sich seit meinem letzten Besuch vor fünfzehn Jahren kaum verändert. Enge Gassen führten hinauf ins Zentrum, vorbei an mittelalterlichen Häusern und Souvenirläden. Eine Infotafel verriet uns, dass nur noch dreizehn der berühmten Türme erhalten waren, und ich versuchte mir vorzustellen, wie es hier wohl ausgesehen haben mag, als über siebzig auf engstem Raum gestanden hatten.

Wir folgten den gepflasterten Straßen, bis zur Piazza della Cisterna. Valentina liebäugelte mit einer Eisdiele, doch Lucien schüttelte den Kopf. »Zuerst gehen wir in die Galerie. Danach gibt es Eis«, sagte er. »Du willst dort doch nicht als verschmierte Malerin ankommen, oder?«

»Nein.« Valentina stopfte Giulietta so in ihren Rucksack, dass sie herausgucken konnte, und nahm uns links und rechts an der Hand. Die Selbstverständlichkeit, mit der sie das tat, brachte mich ins Stolpern. Während ich mit meinem Gleichgewicht kämpfte, erzählte uns Valentina, wie sie sich ihr Leben als Künstlerin vorstellte.

»Sie wird in einem großen Haus mit vielen Katzen wohnen«, übersetzte Lucien lachend. »Ihre Kunstwerke wird sie den Freunden schenken, die sie besuchen. Und sie wird reich werden. Ich glaube, wir machen etwas falsch.«

Die Galerie war in einem großen, alten Gewölbe untergebracht. Nichts Überflüssiges lenkte von den Bildern ab, die an Backsteinwänden hingen und von Strahlern in Szene gesetzt wurden.

Die Galeristin begrüßte Lucien herzlich. Er stellte mich als eine Kollegin vor und erzählte, dass wir eine Nachwuchskünstlerin dabeihatten, die gern ihre neuesten Werke zeigen möchte.

Die Frau nahm sich alle Zeit für Valentina, die ihr mit ernster Miene verschiedene Details erklärte und von ihren pelzigen Models berichtete.

»Jetzt schauen wir uns erst mal die Ausstellung an«, sagte Lucien, als Valentinas Geschichten immer mehr ausuferten. »Da können wir bestimmt noch eine Menge lernen.«

Mich interessierten vor allem die Katzenbilder. Nicht jede Darstellung gefiel mir, doch es war interessant zu sehen, wie andere Künstler sich diesem Tier genähert hatten. Manchen gelang es mit wenigen kraftvollen Strichen einen ganzen Charakter darzustellen, andere schafften mit einer feinen Struktur eine ganz besondere Atmosphäre.

»Ich kann das nicht gut sehen.« Valentina streckte mir beide Arme entgegen. Ich nahm sie hoch. »So besser?« Sie nickte zufrieden.

Während wir langsam an den Bildern entlanggingen, flüsterte sie mir ihre Kommentare ins Ohr.

»Interessant, oder?«, fragte Lucien, der neben uns auftauchte. »Habt ihr diese dicken Katzen dahinten schon gesehen?«

Mit einem Mal wurde mir schwindlig. Der Melonenduft von Valentinas Haaren und der vertraute Geruch ihrer Haut wurden mir zu viel. »Könntest du sie mir bitte mal abnehmen? Sie ist ganz schön schwer.«

»Na klar.« Lucien hob sie behände auf die Hüfte und setzte den Rundgang mit ihr fort. Ich entfernte mich rasch.

Vor dem erwähnten Gemälde setzte ich mich auf die Bank und versuchte, mich bewusst auf die Szene zu konzentrieren. Zwei fette Katzen, die mitten auf einem üppig gedeckten Tisch lagen und sich die Schnauzen leckten. Ich hörte sie förmlich schnurren.

Allmählich ging es mir besser. Vielleicht hatte ich einfach zu viel gegessen. Dazu noch die schlechte Luft im Gewölbe. Kein Wunder, dass mir schwindlig geworden war, redete ich mir ein.

Es strömten immer mehr Leute in die Galerie. Ich verstand nur einzelne Satzfetzen von dem, was sie sagten, doch war es ein Leichtes, sie in verschiedene Gruppen einzuteilen. Ein Spiel, das Katrin und ich im Studium oft und gern gespielt hatten.

Der ältere Engländer, der sich vor mir aufbaute, gehörte eindeutig zu den lautstarken ›Ich-erklär-dir-das-jetztmal‹-Betrachtern, die häufig von stillen Gattinnen begleitet wurden. War ich früher der Meinung gewesen, dass diese Frauen deshalb so ruhig waren, weil sie den Ausführungen lauschten, war mir im Laufe der Jahre klar geworden, dass sie deshalb nichts sagten, weil sie gar nicht zuhörten. Auch diese sah aus, als wäre sie in Gedanken längst bei dem Drink, den sie sich nach Ablauf des Ausflugs genehmigen würde.

Daneben gab es ein paar ›Das-kann-doch-jedes-Kind‹-Besucher, die mit abfälligem Gesicht im Laufschritt umhergingen, sowie die Grübler, die sich überlegten, wo ihnen dieses oder jenes Bild schon mal untergekommen war.

Während ich über eine Kategorie für zwei dicke Französinnen nachsann, die so nah herangingen, dass ihre Nasen die Bilder fast berührten, kam Valentina auf mich zugerannt. »Karla! Wir gehen Eis essen! Kommst du?« Ihre fröhliche Stimme hallte durch den Raum.

Der dozierende Engländer drehte sich empört um. Doch seine Frau lachte, und es hätte mich nicht gewundert, wenn sie sich uns angeschlossen hätte.

Mit dem Eis in der Hand setzten wir uns auf die Treppenstufen vor dem Dom und beobachteten die Menschen, die sich durch die Gassen schoben. Tauben trippelten auf der Suche nach ein paar Krümeln neugierig auf und ab.

»Ich komme mir vor, als würde ich die Schule schwänzen«, sagte ich zu Lucien.

»Du hast Urlaub. Schon vergessen?« Er zeigte auf Valentina, die ihre Zeichnungen auf den Stufen unter uns ausgebreitet hatte und zusammen mit Giulietta *Galerie* spielte. Immer wieder blieben Menschen stehen und erkundigten sich, ob die Kunstwerke käuflich seien. Dann leckte sie nachdenklich an ihrem Eis und nannte einen horrend hohen Preis.

»Die wird mal Galeristin und tatsächlich reich«, grinste Lucien. »Ich glaube nicht, dass sie eine Ahnung von Geldwerten hat, aber sie feilscht schon wie ein Weltmeister.«

Nach einigem Hin und Her wechselte eines ihrer Bilder für zwei Euro den Besitzer. Valentina rollte die Zeichnung zusammen und überreichte sie einer alten Dame, die uns vergnügt zunickte.

Dicke Wolken zogen heran. Das Granitgrau der schmalen Häuser wurde dunkler. Als der Wind zunahm, sammelten wir die Zeichnungen ein und machten uns auf den Weg zum Parkplatz. Am Rand des Ortskerns piepste mein Handy. Eine Nachricht vom Marius.

»Geht schon mal vor, ich ruf rasch meinen Freund an.« Ich stellte mich unter einen Torbogen und wählte seine Nummer.

Marius war wie ausgewechselt. »Ich muss zwar gleich zu einer Besprechung, aber ich wollte dir schnell berichten, dass das Ende unserer ›Scheiter und Pech‹-Strähne in Sicht ist«, sagte er fröhlich. »Wie es aussieht, ist diese Fernost-Software ziemlicher Schrott. Einen Kunden habe ich schon zurückgewinnen können.«

»Gott sei Dank. Kann Leo die Sache bald übernehmen? Ich vermisse dich sehr.«

»Der kränkelt gerade etwas, aber er wird es schon schaffen. Am Montag weiß ich mehr und …«

Seine letzten Worte gingen im Geschrei einer Gruppe Jugendlicher unter, die an mir vorbeizog. »Am Montag kannst du *was*?«

»Sagen, wann ich komme. Feierst du an der Kapelle eine Party?«

»Ich bin mit Lucien in San Gimignano. Wir haben uns eine Ausstellung mit Katzenbildern angeschaut. War sehr schön.«

»Mit dem bist du oft zugange, oder?« Marius klang nun nicht mehr ganz so gelöst. »Kommst du mit deinem Auftrag voran?«

»Mach dir seinetwegen mal keinen Kopf«, sagte ich. »Und ja, der Rest läuft. Obwohl ich manchmal richtig Muffensausen habe, dass ich nicht gut genug bin.«

»Du bist gut. Und ich glaube an dich«, sagte Marius leise. »Und sollte es nicht auf Anhieb klappen, bin ich auch noch da. Wir gehören doch zusammen. Oder?«

»Ganz bestimmt.« Seine Worte waren eine Wohltat. »Danke, dass du mich so unterstützt.«

»Ich weiß doch, wie wichtig dir das alles ist. Du schaffst das. Da bin ich mir absolut sicher.« Im Hintergrund rief jemand Marius etwas zu. »Du, ich muss jetzt los. Am Wochenende werde ich kaum Zeit haben, aber am Montag melde ich mich. Fühl dich fest umarmt und geküsst. Bald holen wir das live doppelt und dreifach nach!«

Beflügelt von seinen lieben Worten tänzelte ich die Stufen zum Parkplatz hinunter. Der Himmel über der weiten Ebene verdunkelte sich immer mehr, und als ich in Luciens Auto stieg, klatschten erste dicke Tropfen auf die Windschutzscheibe.

»Gute Nachrichten?« Lucien sah mich von der Seite an.

»Sehr gute sogar«, sagte ich. »Mit etwas Glück können wir unseren Urlaub nächste Woche fortsetzen.«

Als wir Montespertoli erreichten, war Valentina fest eingeschlafen. Vorsichtig öffnete ich ihren Sicherheitsgurt und strich ihr sanft über das Haar. »Aufwachen, kleine Künstlerin!«

Verschlafen blickte sie mich aus ihren lang bewimperten Augen an. Dann breitete sich ein weiches Lächeln auf ihrem Gesicht aus.

»Wir sind bei deiner Nonna.« Ich zeigte auf den Hauseingang, wo Lucien und Isabella bereits auf uns warteten.

Gähnend streckte sich Valentina. Ich gab ihr Giulietta in die Hand und umschlang den kleinen Körper mit beiden Armen, um sie vor dem Regen zu schützen. Wieder drang mir der süße Kinderduft in die Nase. Für einen Moment hielt ich inne und drückte den warmen Körper fest an mich. Dann rannte ich über die Straße.

»Hast du einen schönen Tag gehabt?«, fragte Isabella.

Valentina nickte. »Sehr schön.« Sie erzählte, was wir alles erlebt hatten, und zeigte stolz das Zwei-Euro-Stück.

Da fiel mir ein, dass ihre Zeichnungen noch im Auto lagen. Ich sprintete zum Wagen zurück und verstaute die Rolle sicher unter meiner Fleecejacke. »Die hätten wir fast vergessen!« Ich ging vor Valentina in die Hocke und überreichte ihr die Kunstwerke.

Sie betrachtete sie kurz, dann gab sie mir die Rolle zurück. »Sono per voi.«

»Für mich? Willst du sie nicht Maria Chiara schenken?«

Wieder schüttelte sie den Kopf. »Die ist noch zu klein.« Dann umarmte sie mich und drückte mir einen nassen Kuss auf die Wange. »A domani, Karla!«

»Bis Montag«, korrigierte Isabella. »Am Wochenende ist der Papa da.«

Über nass glänzende Straßen fuhren wir zum Ferienhaus zurück. Der Regen war weitergezogen, doch in den Senken hingen Dunstschleier, die die Täler wie Weichzeichner überdeckten. Der böige Wind trieb eine dicke Wolkendecke über das Land. Überall dort, wo sie aufriss, schickte die Sonne ihre Strahlen wie Lichtkegel auf die Hügel, die sich vor uns ausbreiteten.

Am Ferienhaus angekommen, hielt Lucien neben meiner Ape.

Der Gedanke, diesen schönen Tag auf dem Parkplatz beenden zu müssen, widerstrebte mir sehr, und ich bat Lucien auf ein Glas Wein hinein.

Nachdem ich meinen Mitbewohnern das Abendessen serviert hatte, stellte ich Wein, Oliven, Brot und Käse auf den Tisch und schenkte uns ein. »Auf die Freundschaft und auf die Kunst!«

In diesem Augenblick kam mir eine Idee. »Was hältst du von der Idee, die Kurzgeschichten auch mit dieser Collagentechnik zu gestalten? Du hattest die Skizzen ja schon abgesegnet.«

Lucien nippte an seinem Wein. »Warum nicht? Es spricht nichts dagegen, wenn du neben den angeforderten Arbeiten andere Beispiele beilegst. Dann kann der Verlag entscheiden. Sieht ganz so aus, als hättest du deinen eigenen Stil gefunden, Karla. Santé!«

»Und auf das Wohl der Katzen«, sagte ich. »Apropos, wo sind die beiden hin?«

»Es ist Freitag«, sagte Lucien lachend. »Vielleicht steigt irgendwo eine Party?« Er trank aus. »Wie auch immer, ich mache mich jetzt auf den Weg.«

Es dämmerte bereits. Die Abendluft war kühl und würzig. Doch es hing noch ein anderer Geruch in der Luft.

Fabios Rasierwasser. Im nächsten Moment entdeckte ich seinen alten Benz, der vorne an der Straße stand.

Jetzt verstand ich, warum die Katzen abgehauen waren. »Fabio geistert umher«, sagte ich leise und zeigte auf das Auto. »Aber er kann im Haus Razzien veranstalten, wie er will. Das Futter habe ich gut versteckt.«

Lucien lachte. »Wenn du ihm entfliehen willst, bist du jederzeit willkommen. Natürlich auch, um deine Arbeiten einzuscannen und zu verschicken.« Er umarmte mich fest. »Viel Erfolg und bis bald!«

Kaum war er davongefahren, kam Fabio wie zufällig um die Ecke. »Aah, Kaaarla! Habbe hübsche Besuch gehabt?«

»Sehr hübsch«, sagte ich. »Wir haben gearbeitet.«

»Aah ... Iste schöne Arbeit ...« Fabio grinste anzüglich. »Solche Arbeit mache Spaß!«

12

Am Sonntagmorgen erwachte ich mit einem zufriedenen Gefühl. Ich hatte den Schwung genutzt und sowohl am Freitag als auch am Samstag bis tief in die Nacht gearbeitet. Die Farbskizzen für Frau Lindenberg waren nun fertig. Eine kleinere Katzendarstellung, die mir besonders gut gefiel, hatte ich ausgearbeitet.

Nach der Pflicht war die Kür an der Reihe gewesen. Anfangs hatte ich viel für den Kamin produziert, doch die letzten Ergebnisse konnten sich sehen lassen. Nebenher waren neue Textentwürfe für das ABC entstanden.

Als ich mich auf die Seite drehte, um einen Blick auf die Uhr zu werfen, bemerkte ich, dass ich von vier Katzenaugen fixiert wurde. Leporello und die Callas saßen nebeneinander auf dem Bettvorleger und ließen mich nicht aus den Augen.

Mein Trick schien gewirkt zu haben. Nachdem sie mich gestern nach einer sehr kurzen Nacht gegen fünf Uhr geweckt hatten, war ich diesmal schlauer gewesen und hatte vor dem Zubettgehen Futter ausgegeben.

»Guten Morgen!«, sagte ich. »Warten die Herrschaften auf das Frühstück?«

Nun kam Leben in die Bude. Leporello sprang aufs Bett, während die Callas die Wartezeit offensichtlich zum Komponieren genutzt hatte. Sie gab eine Kostprobe ihrer neuen ›Untergang der Titanic‹-Version zum Besten. Wie ihr sonstiges Repertoire hatte auch diese Melodie einen starken Hang zu Dramatik.

Ich verteilte Streicheleinheiten und begleitete die beiden in die Küche hinunter. Nachdem ich den Katzenteller gefüllt hatte, notierte ich erste Stichworte zur Katzendefinition von *Frühstück*: *Sollte, wie der Name schon sagt, sehr früh eingenommen werden. Und nicht erst, wenn es dem Personal zufällig in den Kram passt.* Dann verschwand ich unter die Dusche. Meinen Notizblock nahm ich mit ins Bad – für den Fall der Fälle …

Mir war, als hätte meine Fantasie Super getankt. Die Ideen purzelten mir nur so durch den Kopf, und ich trat mehrmals tropfnass aus der Duschkabine, um sie zu notieren. So sah also ein *Flow* aus. Ein Zustand, der mich ausgesprochen glücklich stimmte.

Als wir alle drei satt und sauber waren, gingen wir unserer Wege. Die Callas rollte sich nach ausgiebiger Schönheitspflege auf einer Zeitung zusammen, Leporello setzte sich in seine Schachtel und beobachtete mich mit großen Augen über den Rand. Bei dem Anblick ging mir das Herz auf, und ich überlegte, ob wir ihn am Ende des Urlaubs nicht doch mit nach Deutschland nehmen sollten.

»Du wärst ein hübsches Motiv für das Titelbild, mein Lieber.« Während ich den Karton behutsam auf den Tisch stellte, redete ich leise mit ihm weiter. »Schön sitzen bleiben, ich bin gleich so weit.« Ich ging in die Knie und fotografierte ihn so, dass es aussah, als würde er über den Rand des Kartons spitzen.

Plötzlich kamen mir Valentinas Zeichnungen wieder in den Sinn, und ich überlegte, wie ich sie präsentieren könnte. Mir fielen die Metallklammern ein, die ich im Zeichenwarenladen gekauft hatte. Ich nahm die Florenz-Stiche von der Wand und hängte stattdessen je eine Klammer mit einer Zeichnung an die Nägel. Zufrieden begutachtete ich mein Werk. Jetzt hatte die Kleine ihre eigene Galerie.

Die Entspannung der schlafenden Katzen übertrug sich, und bald spürte ich, wie müde ich war. Sollte ich es ihnen gleichtun und mich eine halbe Stunde auf der Terrasse zusammenrollen?

Entschlossen rückte ich eine Liege in den Schatten. Auch wenn Farben wieder Einzug in mein Leben hielten, für ein Krebsrot war kein Platz. Ich schob mir ein Kissen unter den Kopf und schloss die Augen.

In der Ferne bellte ein Hund. In den Pinien neben dem Haus schnatterten Vögel. Sonst war es still, und ich ließ die elf Tage, in denen ich meinen Träumen einen Schritt nähergekommen war, wie einen Film Revue passieren.

Der Messetag in Bologna war eine verwackelte Schwarzweißaufnahme. Hektische Schnitte betonten meine Unsicherheit und Zweifel. Mit Pauline und Jeannette bekamen die Bilder erste bunte Hoffnungstupfer, die Aufnahmen mit Frau Lindenberg hatten einen sanften Rosa-Stich, durchsetzt von orangefarbenen Begeisterungsblitzen.

Danach wurde der Streifen immer bunter, die Szenen, in denen das grünliche Zweifelgelb dominierte, seltener. Seit Valentina in mein Leben getreten war, gewann ein sattes Sonnengelb die Oberhand. Voller Vorfreude dachte ich an Marius, der bald zurückkommen würde. Und während ich mir sein lachendes Gesicht vor Augen holte, schlief ich selig ein.

Drei Stunden später weckte mich der Hunger. Es gab noch einen Rest von der Kartoffelmasse, Kräuterquark war auch noch da. Mir lief das Wasser im Mund zusammen. Wenn es so weiterging, mutierte ich zu einer dicken runden Katze.

Im Wohnzimmer sprangen mir Valentinas Bilder sofort ins Auge. Die bunten Flächen taten dem edel, aber nüchtern eingerichteten Raum gut. Fröhlich gelaunt stimmte ich das Lied *Happy* an und stellte in der Küche die Zutaten für mein Mittagessen auf die Anrichte.

Meine Mitbewohner, die mir aus dem Garten gefolgt waren, fanden die Idee gut. »Ja, ihr bekommt auch was.« Ich öffnete einen Unterschrank und langte hinter die Gasflasche. Doch das Futterversteck war leer.

»Okay, dann nehmen wir eben eine Dose aus der Kommode.« Doch diese Vorräte waren ebenfalls aufgebraucht. Mist. Aus Angst vor einem erneuten Überfall von Fabio hatte ich die Verstecke mehrmals geändert. Und sie sofort wieder vergessen.

Der grauen Diva dauerte das alles viel zu lang. Sie warf sich auf den Boden und gab eine leidenschaftliche Arie zum Besten. »Ist ja gut!«, beschwichtigte ich sie. »Gleich kommt dein Traumprinz mit der Futterdose. Es kann sich nur noch um Sekunden handeln.«

Doch es verging Zeit, bis ich vom Kleiderschrank oben, über eine nun leere Tasche unter dem Sofa, meinen Koffer und die Waschmaschinentrommel im Raum neben der Waschküche fündig wurde. Ganz hinten im Schrank fand ich die letzte Dose und atmete auf. Die Katzen, die mir auf Schritt und Tritt gefolgt waren, schienen erleichtert.

Während sie ihren Teller leerten, ließ ich mir die knusprigen Kartoffelpuffer schmecken und überlegte, was ich noch kochen könnte, bevor Marius zurückkam. Welche Kindheitsgerichte hatte ich schon lange nicht mehr gegessen?

Bei den Mengen an altem Brot würde sich *Armer Ritter* anbieten. Das hatte Mama früher oft gemacht. *Mama …* Manchmal hatte sie Königsberger Klopse gekocht. Sofort hatte ich die leichte Essignote in der Nase und schmeckte Kapern. Marius mochte das Gericht nicht, aber ich liebte es.

Zufrieden wischte ich den Rest Kräuterquark vom Teller und ließ ihn mir auf der Zunge zergehen. Im Gegensatz zu mir war die Callas kein bisschen zufrieden mit ihrem Mittagessen. Obwohl der Katzenteller noch gut bestückt war, maulte sie.

»Wenn du zuerst das Gelee ableckst, darfst du dich nicht wundern, wenn es dann verschwunden ist«, sagte ich. Die Diva hatte kein Verständnis für meine Erklärung und warf mir einen beleidigten Blick zu.

Ich erinnerte mich an die Schachtel, zu der die alte Dame mir in unverständlichen Stakkatosätzen einiges erklärt hatte. Ob das ein Zaubermittel für solche Situationen war? Ich fand sie im Schränkchen im Bad und tatsächlich, kaum hatte ich etwas von diesem Zeug über das Futter gestreut, machte die Katze sich begeistert über die Reste her. Wieder was gelernt.

Euphorisch fuhr ich gegen drei bei Lucien auf den Hof. Als ich aus der Ape sprang, kam er mir lachend entgegen. »Lass mich raten: Du hast alles fertig zum Einscannen.«

»So ist es!« Ich umarmte ihn ausgelassen. »Außerdem habe ich zwei Musterseiten entworfen, die ich gern bei dir setzen und layouten möchte. Geht das?«

»Es steht dir alles zur Verfügung, Madame!«

Als ich ihm die überarbeiteten Illustrationen zeigte, pfiff er anerkennend durch die Zähne. »Diese Kontraste sind toll. Du traust dich ja richtig was!«

»Ich habe beschlossen, mich auf ganzer Linie zu trauen«, sagte ich. »Ton in Ton war gestern. So wie Schwarz und Grau. Als Zusatz gern mal, aber ansonsten möchte ich endlich wieder *bunt* leben.«

»Eine gute Entscheidung!« Lucien schaltete die Geräte an und stellte mir einen Drehstuhl vor den großen Tisch. »Dann tob dich mal aus.«

Ich blätterte in meinen Unterlagen. »Ich habe auch am ABC weitergearbeitet. Kostprobe gefällig?«

»Gern!« Lucien setzte sich auf einen Schemel vor einem angefangenen Bild.

»Die Callas hat mich zu dem Stichwort *Catsitter* inspiriert. Das bin ich übrigens jetzt. Ganz offiziell.«

»Wie das?«

Nach meinem letzten Besuch hier bekam ich zufällig mit, dass die alte Dame bei mir in der Nähe ihre Katze suchte. Es hat sich herausgestellt, dass es sich dabei um die Graue handelt, die mich täglich besucht. Daher habe ich ihr angeboten, auf sie aufzupassen, solange sie verreist ist. Aber jetzt zur Definition:

»*Leicht manipulierbare Zweibeiner, die entweder ambulant oder stationär ins Haus kommen, wenn das Personal im Urlaub ist. Wollen alles richtig machen. Daher sollte sofort mit ihrer Erziehung begonnen werden. Eine lästige Arbeit, die sich aber lohnt.*

Wichtig ist, ihnen klarzumachen, wer tatsächlich das Sagen hat. Ist man konsequent, hat man sie bald dort, wo man sie haben möchte. Empfehlenswert ist es, immer wieder überzeugend zu krakeelen.«

»Das wird ein Erfolg«, sagte Lucien. »Aber jetzt lasse ich dich arbeiten. Sag Bescheid, wenn du mich brauchst.«

Es war ein seltsames Gefühl, die Illustrationen nach dem Scannen auf dem Bildschirm zu betrachten. In den wenigen Tagen hatte ich mich wieder daran gewöhnt, direkt auf Papier zu arbeiten. Die Fehler, die mir jetzt auffielen, korrigierte ich, wählte Ausschnitte und versah die Dateien mit Namen. Dann fügte ich meine Bilder in die ausgewählten Kurzgeschichten ein.

»Sieht sehr überzeugend aus!« Lucien stellte mir einen Kaffee hin und sah mir über die Schulter. Er zeigte auf meinen Notizblock. »Welche Stichworte wirst du für die ABC-Musterseite nehmen?«

»Die Katzendefinition von *Zeit* mit der Illustration eignet sich sicher am besten.« Ich zeigte auf eine hingeschmierte Skizze. »Dazu möchte ich noch ein sogenanntes Napf-Diagramm am Rechner gestalten.«

»Ein *was*?«

»Es gibt ja verschiedene Arten von Diagrammen: Säulendiagramme, Balkendiagramme und auch Kreis- oder Tortendiagramme.« Ich scribbelte ein paar Beispiele auf die Kladde. »Anstatt eines Tortendiagramms haben Katzen ein Diagramm in Form eines Futternapfs.« Ich zeichnete einen, den ich in drei verschiedenfarbige Bereiche unterteilte. »Voilà! Die Tageseinteilung einer Katze: Essen, Kuscheln und Schlafen.«

Als ich mit allem fertig war, schickte ich Marius eine Kostprobe meiner Arbeit, las den Entwurf des Begleitschreibens an Frau Lindenberg durch und lehnte mich zufrieden zurück. Ich speicherte alles, um später ein letztes Mal drüberschauen zu können. Dann machte ich mich auf die Suche nach Vorlagen für weitere ABC-Illustrationen.

Nebenbei öffnete ich meine Mailbox. Ein Fehler – Robert hatte mir heute Morgen eine Nachricht geschrieben.

Hallo Karla,

höchste Zeit, in die Agentur zu kommen. Wir haben den Etat gewonnen und du bist für den Below-the-Line-Bereich zuständig.

CU, Robert

Beim Lesen der Zeilen bekam mein neu erwachter Mut erste Risse. Alles in mir schrie ›Nein!‹. Ich wollte mich auf *meine* Sachen konzentrieren, nicht auf irgendwelche Werbeaktionen.

Ich schloss die Augen, atmete tief ein und aus. Ruhig, Karla. Er weiß weder, wo du bist, noch, ob du diese Mail überhaupt liest. Und er kann dich nicht durch den Bildschirm nach München zerren.

Sollte ich überhaupt antworten? Ich dachte an das Telefonat zurück, an den Moment, als mir klar wurde, dass er meine Idee als seine verkaufte, erinnerte mich an die Ohnmacht, die ich gespürt hatte, an meine grenzenlose Wut. Nein, ich würde mich nicht mehr kleinmachen lassen.

Ich überflog die Zeilen ein weiteres Mal und sah im Geiste vor mir, wie Robert mit süffisantem Grinsen diese Mail tippte. Wie er sich nach dem Absenden schadenfreudig zurücklehnte und das dünne, rötliche Haar nach hinten strich. Robert liebte es, andere spüren zu lassen, dass er am längeren Hebel saß.

Spontan tat ich etwas, das ich nur in Ausnahmesituationen machte: Ich googelte eine I-Ging-Seite und warf drei imaginäre Münzen. Nicht, dass ich groß daran glaubte, aber manchmal brachte dieses Orakel interessante Einsichten. So auch heute. Auf die Frage, wie ich mich in dieser Situation verhalten sollte, riet es mir, abzuwarten, da die Zeit zum Handeln noch nicht gekommen sei. Es wäre besser, mich zurückzuziehen, mich auf einen Gegenschlag vorzubereiten und meine Ideen weiterzuentwickeln. Dabei sollte ich jedes kleine Detail beachten.

Genauso würde ich vorgehen. Ich würde hierbleiben und mein Ding machen. Ich hatte Robert bereits in Bologna geschrieben, dass ich schlecht erreichbar sein würde. Entschlossen löschte ich seine Nachricht.

Dann rief ich die Mail an Frau Lindenberg auf, nahm letzte Korrekturen vor und hängte die Dateien an.

»Schon fertig?« Lucien schaute herein.

»Gerade in dieser Sekunde«, sagte ich. »Bist du so lieb und drückst für mich auf ›Senden‹? Du hast mir so viel Glück gebracht bisher.«

»Das machen wir gemeinsam.« Lucien zeigte auf die Kopie-Zeile in der Mail. »Vielleicht setzt du mich ins CC und erwähnst, dass du auch über diese Adresse erreichbar bist. Sollte eine Antwort eintreffen, komme ich sofort bei dir vorbei. Oder schicke dir eine SMS. Dann musst du nicht immer zur Kapelle pilgern, um nachzusehen, ob sie geantwortet hat.«

Wir legten unsere Zeigefinger übereinander auf den Touchscreen und drückten. Der Mac imitierte das bekannte Windrauschen, die Mail verschwand vom Bildschirm. Hoffentlich war Frau Lindenberg so überzeugt wie Lucien …

Auf dem Heimweg ruhten zwei Seelen in meiner Brust: Einerseits war ich erleichtert, so weit gekommen zu sein, und freute mich auf die Tage mit Marius. Andererseits war da diese Leere, die mich überrollte, wenn eine lange Anspannung nachließ. Zwischen diesen Polen schwirrten die Zeilen von Robert umher und nahmen mehr Raum ein, als mir lieb war.

Mühsam kroch die Ape eine lange Steigung hinauf. Oben angekommen, parkte ich auf einem Feldweg und setzte mich ins Gras. Das Tal lag still und friedlich zu meinen Füßen. Eine Böe fuhr durch die langen Halme und ließ die silbrig glänzenden Blättchen der Olivenbäume erzittern. In der Senke weiter unten blühten die letzten Schlehenbüsche. Ich legte mich auf den Rücken und schaute zu, wie der Wind Wolkenfiguren vor sich hertrieb.

Ich entdeckte einen springenden Delfin und einen Vogel mit riesigen Flügeln. Dahinter sauste ein dicker Fisch. Langsam veränderten sich die Formen, der Fisch wurde zu einer langen Schlange. War es nun ein Schlisch? Oder eher eine Flange?

Ein runder Kopf mit Hakennase wehte herbei. Als er die Sonne verdeckte, sah es kurz so aus, als hätte er ein leuchtendes Auge. Nach einem weiteren Windstoß verlor er an Masse, wurde immer hagerer und verwandelte sich in einen Hai. Wieder kam Robert mir in den Sinn. Ich versuchte, ihn aus meinem Kopf zu verbannen, doch er hatte sich dort fest verankert.

Nun formte sich ein krähender Hahn über mir. Die Flügel gespreizt, den Kopf nach oben gerichtet, trieb der Wind ihn auf den Hai zu.

»Wenn ich bis fünf zähle, und der Hahn sich mit dem Hai vereint, klappt es mit dem Wechsel. Und Robert lässt mich endlich in Frieden. Eins ... zwei ... drei ...«

Bei vier hatte der Hai sich aufgelöst und aus dem Hahn war etwas Undefinierbares geworden. Ich entschied, dass das gegen die Regeln war. Wenn einer der Mitspieler einfach verschwand, war die Wette ungültig.

Ich suchte den Himmel nach anderen Figuren ab. Gleich rechts tauchte ein Elefant auf, hinter ihm schwebte ein langer Pfeil. Wenn der Pfeil den Elefanten ... Wieder zählte ich. Eins ... zwei ...

Plötzlich wurde mir klar, dass ich mich als Kind bei den Streitereien meiner Eltern genauso verhalten hatte.

Wenn ich jetzt bis fünf zähle und es im Wohnzimmer so lange ruhig bleibt, vertragen sie sich wieder. Über Jahre hinweg war das wie ein Mantra für mich gewesen. Und was hatte es genutzt? Nichts.

Werde endlich erwachsen, Karla. Manche Entscheidungen musst du selber treffen. Entweder packst du jetzt deine Sachen, fährst nach Hause und tanzt nach seiner Pfeife, wie er das verlangt. Oder du hältst diesen Konflikt aus. Um diese Erkenntnis reicher stieg ich in die Ape und fuhr knatternd nach Hause. Fest entschlossen, Robert meine Energien nicht mehr zur Verfügung zu stellen.

13

Zu meiner großen Überraschung erwartete mich kein Empfangskomitee vor der *Casa Giulia*. Auch im Haus rührte sich nichts. Hatte ich Fabios Benz übersehen?

Ich nahm die fast leere Packung Trockenfutter aus ihrem Versteck und ging in den Garten. Alle Lieblingsplätze waren verwaist. Ich schüttelte die Schachtel und rief nach Leporello und der Callas, doch sie ließen sich nicht blicken.

Vorsichtshalber ging ich in den Schuppen und wiederholte die Prozedur. Dort hörte ich leises Fiepen. Es kam aus der hinteren Ecke.

Als meine Augen sich an das dämmrige Licht gewöhnt hatten, entdeckte ich hinter einem Strohhaufen die kleine Paroli. Sie beobachtete mich ängstlich.

»Wo hast du denn die ganze Zeit gesteckt?« Ich ging in die Hocke und warf ihr etwas Trockenfutter hin. »Hab keine Angst, ich tue dir nichts.«

Nach kurzem Zögern verließ sie ihr Versteck und machte sich hungrig über die Bröckchen her. Ich lockte sie mit Futter näher, bis sie vor mir stand. Langsam streckte ich den Arm aus und fuhr mit der Hand über das getigerte Fell.

Sie hatte einen ganz runden Bauch. Sicher nicht vom vielen Fressen. »Sieht aus, als würdest du bald Mama werden, hm?« Ich schüttete ihr noch etwas Futter auf den Boden, dann zog ich mein Smartphone aus der Tasche und schrieb Marius eine Nachricht. ›Ich glaube, wir kriegen Nachwuchs! ☺‹.

Ich versuchte, die Katze mit der Kamera einzufangen, als sich Schritte hinter mir näherten. Sekunden später erkannte ich Fabios Umrisse im Gegenlicht und schaute in den Lauf eines Jagdgewehrs.

»Nicht schießen!« Ich warf die Packung hinter den Heuhaufen. »Ich bin es. Karla!«

»Ah!« Er ließ die Knarre sinken. »Habbe gehört Rufe. Was du mache?«

»Gar nichts.« Mein Herz klopfte heftig. »Ich habe mich hier nur mal umgesehen. Ist das verboten?«

Geistesgegenwärtig stellte ich mich auf die letzten Brocken Trockenfutter und zermalmte sie unter meiner Sohle. »Gerufen habe ich auch nicht. Nur laut gesungen.« Aus dem Stegreif stimmte ich eine Melodie mit viel *Orello* und *Allas* an. »Meinst du das?«

Fabio sah sich misstrauisch um. »Habbe gesehen gatti?«

»Nein. Wo sollen die denn herkommen?«

Fabio knurrte etwas Unverständliches und schlich umher wie ein Jagdhund, der Witterung aufgenommen hatte. Ich musste ihn unbedingt weglotsen. Weg von der Packung, weg von Paroli, denn ich wusste nicht, ob die Scheune über einen weiteren Ausgang verfügte.

»Kann ich dir einen Kaffee anbieten?« Ich zeigte einladend in den Garten. »Ist gleich fertig.« Mit einem Mal war ich mir nicht mehr sicher, ob ich alle Katzenindizien beseitigt hatte. Und so wie Fabio drauf war, würde er alles entdecken. »Ich gehe schon mal vor!«

Doch es war falscher Alarm. Es roch nur leicht nach Katzenfutter, aber ich riss das Küchenfenster auf. Sollte Fabios Nase ebenfalls im Jagdmodus sein, würde er es sofort riechen.

So weit kam es nicht. Fabio pirschte geduckt durch den Garten, als wäre er Großwild auf der Spur, und verschwand so unverhofft, wie er aufgetaucht war. Ich beobachtete, wie er auf einen Feldweg zusteuerte, die Flinte in beiden Händen. Von seinem Benz keine Spur. Wo hatte er den bloß versteckt? Da ich keinen Wert auf zukünftige Überraschungen dieser Art legte, nahm ich die Verfolgung auf. Einmal Detektiv, immer Detektiv.

Der Weg führte ins Tal hinunter. Ich hangelte mich von Rebstock zu Rebstock. Solide Deckung sah anders aus, aber es gab keine Alternative.

Fabios Machospiel war beeindruckend. Immer wieder blieb er stehen, schlich sich an einen imaginären Feind heran, ging in die Knie und tat so, als würde er ihn abknallen.

Diese groteske Vorstellung setzte sich fort, bis er seinen Benz erreicht hatte, der vor einem Waldstück stand. Vor der Fahrertür ließ er sich auf den Boden fallen und robbte hinter den Wagen. Minuten vergingen. Plötzlich erfüllte ein ohrenbetäubender Schuss das Tal. Zu Tode erschrocken warf ich mich hinter die Reben.

Totenstille.

Hatte jemand auf Fabio geschossen? Hatte er jemanden getroffen? Oder sich am Ende umgebracht? Was sollte ich tun? Und wie machte ich der Polizei klar, dass ich unbeteiligt war?

Während mir diese Fragen durch den Kopf wirbelten, tauchte Fabio wieder auf. Staunend beobachtete ich, wie er sich gestikulierend mit einer imaginären Person unterhielt und anderen, ebenfalls unsichtbaren Menschen wohlwollend zunickte. Dann warf er die Waffe auf die Rückbank, klopfte sich den Dreck von der Hose und fuhr in gemächlichem Tempo davon.

Perplex starrte ich ihm nach, bis das Orange aus meinem Blickfeld verschwunden war. Hatte der Mann zu viele Western geschaut? Hasste er womöglich seine Familie und reagierte sich so ab, bevor er in Versuchung geraten konnte, zu Hause ein Blutbad anzurichten?

Was immer die Ursache war, ich hoffte sehr, dass er keine Katzen umbrachte, um sein seelisches Gleichgewicht zu erhalten.

Als ich ins Haus zurückkam, war alles wie immer. Die Models erfreuten sich bester Gesundheit und hatten Hunger. Auch Paroli hatte sich eingefunden und näherte sich zögerlich. Ich fütterte sie etwas abseits, doch Leporello machte ihr sofort das Essen streitig. Erst als ich ihn mehrmals zurechtgewiesen hatte, ließ er Paroli in Ruhe.

Ich überlegte, ob ich Marius anrufen und ihm von den Jagdszenen berichten sollte. Nein, er hatte sicher Wichtigeres um die Ohren, als sich Geschichten von wild gewordenen Hausverwaltern und trächtigen Katzen anzuhören. Je schneller er die Probleme in München in Griff bekam, desto eher war er wieder hier. Abgesehen davon hatte ich ihm ja eine Nachricht geschickt.

Detektivarbeit macht hungrig. Im Kühlschrank fand ich noch eine halbe Salatgurke und Schinkenwürfel. Vielleicht Spaghetti Amatriciana mit Gurkensalat?

Ein schleifendes Geräusch ließ mich aufhorchen. Leporello zog etwas Dunkelrotes über die Wohnzimmerfliesen. Die Callas beobachtete ihn aufmerksam. Gerade als der Kater damit unter das Sofa verschwinden wollte, entdeckte ich die bunten Papierbänder auf dem Boden.

»He, das gehört mir!« Ich entriss ihm Katrins Päckchen. Während die beiden mit den Bändern weiterspielten, streifte ich das zerrissene Geschenkpapier ab. Ein schwarzgrauer Schal kam zum Vorschein. In der flauschig weichen Wolle waren verschiedene Katzenmotive eingestrickt. Als hätte Katrin geahnt, was auf mich zukommen würde.

Ein schmales Büchlein fiel aus dem zusammengelegten Schal heraus. ›Das Leben ist kein Pappenstiel‹ *von Rupprecht S. Ramsenthaler* stand auf dem geprägten Etikett. Neugierig schlug ich die handgebundenen Seiten auf.

Der Band bestand aus kurzen Texten, die keinen weiteren Bezug zueinander zu haben schienen. Die ersten Zeilen, die ich las, waren wie aus dem Leben gegriffen:

Ich kenne das Spiel,
missachte die Regeln
wie die Katzen,
die sich holen,
was ihnen gefällt.

Interessiert blätterte ich weiter.

Irgendwann werde auch ich
meine Heimat entdecken
oder zu ihr zurückfinden,
wo auch immer sie ist

Ich strich über den Leineneinband und ließ mir die Zeilen durch den Kopf gehen. Katrin war lange so etwas wie *Heimat* für mich gewesen. Eine Ersatzfamilie in einer Person, nachdem meine eigene sich mehr und mehr aufgelöst hatte. Die Zeit unserer Zweier-WG war die schönste meines Lebens gewesen. Wir hatten nahezu alles geteilt, und bei ihren Eltern war ich stets willkommen gewesen.

Umso schlimmer hatte mich die Nachricht ihrer Schwangerschaft getroffen. Das Versprechen ›Ich komme wieder‹ war pure Illusion. Keine Frau kam wieder. Die Agenturarbeit ließ sich nicht mit Kind und schon gar nicht mit Kind*ern* vereinbaren. Ich vermisste sie schrecklich, dennoch hatte ich mich nach meinem letzten Besuch bei ihr nicht mehr gemeldet. Aus Angst, nicht verstanden zu werden, aus Furcht vor einer weiteren Konfrontation.

Lautes Fauchen riss mich aus meinen Gedanken. Leporello markierte den großen Max und hatte Paroli in eine Ecke des Wohnzimmers gedrängt. Kurzerhand setzte ich ihn hinaus. »Du hast hier nicht das Sagen, kapiert?«

Paroli hatte sich unter den Treppenabsatz verkrochen. Behutsam näherte ich mich ihr und streichelte sie. »Hab keine Angst. Keiner schickt dich weg.«

Unter den Stufen schien sie sich sicher zu fühlen, und ich überlegte, wie ich ihr den Platz bequemer gestalten konnte. Die Obstkisten mit Anmachholz fielen mir ein. Ich leerte eine von ihnen und legte ein altes Handtuch hinein, das ich in der Waschküche fand. Paroli beschnupperte sie ausgiebig, dann kletterte sie hinein.

Endlich konnte ich mich wieder meinem Essen zuwenden. Ich gab die Spaghetti ins kochende Wasser und machte es mir mit einem Glas Wein auf der Terrasse gemütlich. Seit dem Besuch bei Katrin war ein halbes Jahr vergangen. Ich beschloss, ihr bald zu schreiben, und schlug das Büchlein ein weiteres Mal auf.

Was von der Kindheit bleibt,
wird zusammengescharrt
und in irgendeinen Kübel
geschmissen, der irgendwann
zu stinken beginnt

Na bitte. Ich war nicht die Einzige, die das so sah. Genau aus diesem Grund würde ich bei meiner Entscheidung bleiben. Sollte ich mit meinen Plänen scheitern, würde ich alleine dafür geradestehen. Ohne ein Kind mit in den Abgrund zu reißen.

14

Leporello und Paroli waren von Verhandlungen am Runden Tisch und einem anerkannten Kompromiss weit entfernt. Sobald sich ihre Wege kreuzten, war Ärger vorprogrammiert.

In der Damenliga dagegen herrschte Einvernehmen und Gelassenheit. Auch am Runden Teller.

Leporello, der nach wie vor den Macho gab, servierte ich das Frühstück draußen. »Paroli ist im Mutterschutz und bleibt hier, kapiert? Lass sie in Frieden.« Er sah mich verächtlich an und verschmähte die volle Schüssel. Erst als ich sie ihm direkt vor die Nase stellte, begann er mit langen Zähnen zu fressen.

Beleidigte Männer gab es anscheinend in zwei- und vierbeiniger Ausführung.

Als alle satt waren, blieb es ruhig. Der Garten war groß genug, und jeder konnte ungestört seiner Wege gehen. Doch zur morgendlichen Schlummerstunde ging der Konflikt auf psychologischer Ebene weiter. Leporello machte es sich mit trotzigem Blick in Parolis Kiste bequem. Ich setzte ihn kurzerhand in seinen Karton zurück. »Spar dir deine Allüren.«

Die Tatsache, dass Paroli ihre Jungen offensichtlich hier zur Welt bringen würde, fand ich spannend. Doch welche Rolle fiel mir dabei zu? Brauchte sie besonderes Futter? Musste ich sie separieren?

In der Hoffnung, bei Google Antworten auf diese Fragen zu finden, machte ich mich auf den Weg zur Kapelle.

Ich freute mich auf diesen Tag. Bald kam Valentina, und ich war gespannt, wie sie auf Paroli und die Bildergalerie reagieren würde. Ich hatte große Lust, einen Ausflug mit ihr zu machen. Unterwegs könnten wir picknicken und anschließend Eis essen gehen. Beflügelt von diesen Aussichten beschleunigte ich meine Schritte.

An der Ruine suchte ich mir ein schönes Plätzchen und ließ meinen Blick über die Landschaft schweifen. Die Hügelketten lagen mir in einer Vielzahl von Blautönen zu Füßen und die Wiesen wurden täglich bunter. Ein sattes Summen hing in der Luft.

Als der Bildschirm nach dem Abrufen der Mails leer blieb, atmete ich auf. Keine Nachricht von Robert. Ob er davon ausging, dass ich gleich beim wöchentlichen Jour fix auftauchen würde?

Es war kurz nach neun. In der Küche der Agentur würde es jetzt nach Kaffee duften. Im Geiste hörte ich das Rumpeln des Bohnenmahlwerks und die Gespräche der Kollegen, roch den Atem der Raucher, den Toner und den warmen Kunststoff der Geräte.

Die Kollegen in der Agentur waren im Laufe der Jahre ein bisschen wie meine Familie geworden. Schon arbeitsbedingt verbrachten wir viel Zeit zusammen, und im Winter gingen wir manchmal gemeinsam zum Skifahren. Doch seit ich mit Marius zusammen war, hatte sich das geändert. Die knapp bemessene Freizeit teilten wir nun miteinander

Ich wischte die Bilder beiseite. Bei Google machte ich mich kundig, was trächtige Katzen brauchten und wie sie sich verhielten. Auf Kater waren die Damen in diesem Zustand tatsächlich nicht gut zu sprechen. Vielleicht konnte ich Leporellos Karton neben mein Bett stellen. Dann hätten die beiden räumlich mehr Distanz. Ansonsten wurde hochwertiges Nassfutter und Eiweißhaltiges wie Hüttenkäse empfohlen. Auch sollte Paroli viel trinken.

Während ich weitere Links überflog, wählte ich Marius' Nummer. Ich war sehr gespannt, was er zu meinen Arbeiten sagte, erwischte aber wieder nur die Mailbox. Ohne ihm eine Nachricht zu hinterlassen, unterbrach ich die Verbindung. Es war schon spät. Ich eilte zurück zum Ferienhaus.

Gerade als ich die Tür aufschloss, kam Isabella an. Fröhlich winkend ging ich auf das Auto zu. Da ich Valentina nicht sofort entdeckte, legte ich den Zeigefinger auf den Mund. Die Kleine hatte sich bestimmt versteckt, und ich schlich geduckt um das Auto herum, um sie zu überraschen.

Doch sie war nicht im Auto, und als Isabella mit bedrückter Miene ausstieg, ahnte ich, dass ich diejenige war, die überrascht sein würde.

»Valentina ist am Wochenende zu einer Tante gezogen«, sagte sie. »Es tut mir sehr leid, aber es ist für uns alle einfacher, wenn sie bei ihr wohnt. Von dort aus kann sie ihre Mama und Maria Chiara leichter besuchen. Das verstehst du, oder?«

»Aber ja. Natürlich.« Meine Gefühle befanden sich im freien Fall, aber ich lächelte tapfer. »Das gefällt ihr sicher gut.« Ich grub die Hände tief in die Taschen meiner Jeans. »Vielleicht sehe ich sie ja noch mal. Wenn sie ihre Nonna besucht oder so ...«

»Ganz bestimmt!« Sichtlich erleichtert langte Isabella neben sich auf den Sitz. »Ich habe dir eine Tüte Cantuccini mitgebracht. Bis bald!« Dann wendete sie das Auto und fuhr davon.

Während ich ihr nachsah, spürte ich Valentinas kleine Hand in meiner, sah das Sonnenlicht auf ihrem glänzenden Haar und hörte ihre fröhliche Stimme: »Karla! Guarda qui!« Doch nun gab es für mich nichts mehr zu schauen. Valentina würde nicht wiederkommen.

Langsam schlich ich die Stufen ins Wohnzimmer hinauf. Vor ihren bunten Zeichnungen blieb ich stehen und hörte im Geist ihre Erklärungen dazu.

»Das hier ist die arme, hungrige Callas«, plapperte es in meinem Kopf. »Ich habe ihr viel Futter hingemalt. Damit sie immer etwas essen kann. Und das hier eine Blumenwiese, Karla, und Leporello, der ...« Ich wusste, diese Stimme würde nicht so bald verstummen.

In der Hoffnung, schneller vergessen zu können, nahm ich ihre Bilder von der Wand und legte sie in eine Schublade. Mit einem Knall schob ich sie zu. Aus. Weg. Vorbei.

Und jetzt? Ich sollte die gewonnene Zeit als Geschenk nehmen, redete ich mir ein. Sie nutzen, solange Marius noch in München ist. Ich rief mir Luciens Ermahnungen ins Gedächtnis, am Ball zu bleiben.

Doch als ich Paroli in ihrer Kiste unter dem Treppenabsatz sah, hatte ich sofort Valentinas leuchtenden Blick vor Augen. Eine Katze, die bald Junge bekommen würde, wäre das Höchste für sie gewesen. Ich stellte mir vor, wie sie die Nische unter der Treppe mit bunten Bildern für die Katzenbabys geschmückt hätte, und spürte einen dicken Kloß im Hals.

Das ist nicht meine Welt. Dort gehöre ich nicht hin!

Reiß dich zusammen. Es ist nichts passiert, redete ich mir ein. Ein fremdes kleines Mädchen kommt nicht mehr. Was soll's? Davon geht die Welt nicht unter.

Wild entschlossen, den letzten Satz zu verinnerlichen, legte ich die angefangenen Arbeiten auf den Tisch. Doch es war, als hätte jemand Schwarz in die Farben gemischt. Alles was ich zu Papier brachte, hatte einen Graustich. Auch an den Texten scheiterte ich. Ich traf den lockeren Ton nicht, jede Zeile klang hölzern. Frustriert legte ich den Stift zur Seite.

Es gab zwei Möglichkeiten: Ich konnte trübsinnig am Tisch sitzen bleiben und weitere Illustrationen in den Sand setzen. Oder wie geplant einen Ausflug machen und versuchen, auf andere Gedanken zu kommen.

Ich kontrollierte, ob die Katzentür offen war, und schloss das Futter und die Schüsseln weg. Parolis Refugium tarnte ich mit einem der Sessel. Dann packte ich Handy, iPad und Geldbeutel in den Rucksack und legte für alle Fälle die Wanderschuhe in die Ape. Ein bisschen Bewegung würde mir guttun. Und die nötigsten Einkäufe konnte ich auch gleich erledigen.

Auf dem Weg zur Hauptstraße überlegte ich, wohin die Reise gehen sollte. Montespertoli war vorerst eine No-Go-Area. Jede Erinnerung an Valentina wäre eine zu viel. Ich bog links nach Tavarnelle ab. Dort gab es ebenfalls einen Supermarkt, und wer weiß, was heute sonst noch alles passierte. Schluss mit den düsteren Gedanken. Zeit, nach vorn zu schauen – und vor allem, sich auf die Straße zu konzentrieren.

Das tat ich eine Weile, doch als ich am ersten Kreisel von Tavarnelle in den Rückspiegel schaute, entdeckte ich einen alten Benz. Einen orangefarbenen Benz.

Ich konnte mir nicht vorstellen, dass mehrere von der Sorte hier herumkurvten, und behielt ihn im Auge. Das Auto folgte mir Richtung Supermarkt, und ich verschob meinen Einkauf auf später. Schließlich brauchte ich Katzenfutter.

Auch Fabio ließ den Parkplatz links liegen und fuhr gemächlich hinter mir her. Seine süffisanten Bemerkungen in puncto *Lucien und Arbeit* fielen mir wieder ein. Wollte er etwa kontrollieren, ob ich auf dem Weg zu ihm war? Hatte er neue Bilder von seinen Enkelkindern, die er mir unbedingt zeigen musste? Oder wollte er mich wegen der Katzen zur Rede stellen? Mir fiel die Szene mit der Flinte wieder ein, und ich gab Gas.

Am nächsten Kreisel bog ich links ab. Fabio ebenfalls. Das Szenario erinnerte mich an einen Mafiafilm. Ein Auto fuhr langsam hinter dem Opfer her, bis dieses mit den Nerven am Ende war und sich freiwillig ergab. *Aber iste nix Problem*! Eine langjährige Vorsitzende mehrerer Detektivklubs ließ sich nicht so leicht einschüchtern.

»Anschnall und saus!«, sagte ich zu der baumelnden Schildkröte an der Windschutzscheibe. »Es wird ernst!« Ich fuhr gegen die Fahrtrichtung in die nächste Einbahnstraße. Überall lautes Gehupe, aber ich hatte Fabio abgehängt.

Doch am kleinen Park an der Piazza della Repubblica wartete er bereits auf mich. Nicht lange. Ich bretterte an der Bushaltestelle vorbei, um den Marktplatz herum und fuhr konsequent in die nächste Einbahnstraße. Es ging diesen Idioten nichts an, wohin ich fuhr, und seine verdammten Enkelkinder interessierten mich kein bisschen!

Nach weiteren Hupkonzerten erreichte ich wieder den Kreisel hinter dem Supermarkt und verließ den Ort Richtung Magliano. Kein orangefarbenes Auto weit und breit. Die schmale Straße führte durch weite Olivenhaine, an verstreuten Höfen vorbei und bot einen herrlichen Blick ins Tal. Es ging leicht bergab, und als ich die nächste Häuseransammlung erreichte, war ich sicher, ihn abgehängt zu haben.

Der Himmel war blau, die Sonne schien, nicht mal die Tankanzeige blinkte. Wenn das kein gutes Omen war! Singend tuckerte ich weiter.

Nachdem die Ape sich eine lange Serpentine hinaufgequält hatte, ging es wieder geradeaus und der höchste Punkt war schon in Sicht. Ich vergaß Fabio, vergaß Valentina und hatte nur noch Augen für das schöne Panorama, das sich links und rechts von mir erstreckte. Ein Flickenteppich aus blühenden Obstwiesen, Olivenbäumen, kleinen Äckern und Weinbergen.

Bis im Seitenspiegel ein orangefarbener Punkt auftauchte. Er befand sich kurz vor Ende der Serpentine und wurde größer.

»Jetzt zeig mal, was du kannst!«, rief ich der Ape zu und gab Vollgas. Am Straßenrand wuchsen zwar dichte Büsche, doch sie taugten nicht als Versteck. Es wäre eine Frage von Minuten, bis Fabio mich dort aufgespürt hätte.

Auf der Anhöhe entdeckte ich eine Piniengruppe, aus

deren Mitte eine rötliche Kuppel ragte. Sie gehörte zu einer kleinen Kapelle. Ich bog auf den Parkplatz ab.

Rechter Hand lagen Steine, Rohre, Balken und Eisengitter gestapelt, halb verdeckt von einer riesigen Plane. Ich parkte direkt neben dem Haufen und zog die Plane so weit über die Ape, bis sie nicht mehr zu sehen war. Dann stellte ich zwei Schubkarren hochkant an die Fahrerseite und versteckte mich hinter den hohen Sträuchern zwischen den Pinien.

Es dauerte nicht lange, bis ich das typische Geräusch eines Dieselmotors näher kommen hörte. Zuerst fuhr Fabio vorbei, dann wendete er und lenkte den Wagen auf den Parkplatz. Er stieg aus und ging auf dem kiesbestreuten Weg umher. Ich machte mich so klein wie möglich, damit rechnend, jeden Augenblick entdeckt zu werden. Doch ich hatte Glück.

Nachdem er noch eine weitere Runde gedreht hatte, setzte Fabio sich wieder ins Auto, und eine gefühlte Stunde später entfernte er sich. Erst als das Motorgeräusch nicht mehr zu hören war, kroch ich aus dem Versteck und bewegte meine eingeschlafenen Beine.

Ich sah mir die Kapelle genauer an. Sie war im Verhältnis zu der achteckigen Grundform ungewöhnlich hoch, die Kuppel war in acht Felder unterteilt und mit rötlichen, verwitterten Dachziegeln gedeckt. Ich drückte die große Klinke herunter, aber die Tür war verschlossen.

Da ich keine genaue Vorstellung davon hatte, wo ich mich befand, rief ich die Navigations-App auf dem iPad auf und stellte dabei fest, dass ich Netz hatte. Laut Karte war ich in der Einöde gelandet. Vorsichtshalber würde ich die gleiche Strecke zurückfahren. Kurz vor Tavarnelle könnte ich einen Spaziergang machen.

Ich schlug die Plane zurück, kletterte in die Ape und fuhr los. Doch weit kam ich nicht. Nach wenigen Metern blieb die Ape stehen. Nur die Tankanzeige blinkte, und ich fürchtete, diesmal zu Recht.

Ich stieg aus. Etwas weiter unten im Tal war ein kleiner Weiler, aber ich bezweifelte, dass es dort eine Tankstelle gab. Die waren in der Gegend ohnehin rar. So viel zu *nix Problem* …

Die Option zu trampen schied aus, da keine Autos vorbeifuhren. Auch die Möglichkeit, Lucien anzurufen, fiel flach. Seine Visitenkarte lag im Ferienhaus. Aber hatte ich nicht ohnehin eine Wanderung machen wollen? Von einer ausgedehnten war zwar nie die Rede gewesen, aber nach solchen Details fragte das Leben nicht.

Ich schob die Ape auf den Parkplatz zurück und setzte mich zum Verschnaufen auf die Stufen vor der verschlossenen Kirchentür. Irgendwie stand dieser Urlaub im Zeichen der verlassenen Kapellen …

In der Hoffnung, dass er mich aufmuntern würde, rief ich Marius an. Wieder nur die Mailbox. Diesmal hinterließ ich eine Nachricht:

»Hi, hier ist Karla! Ob du es glaubst oder nicht, ich sitze in the middle of nowhere fest, ohne einen Tropfen Benzin. Dabei wollte ich eigentlich nur ein paar gesunde Sachen zum Essen einkaufen. Du weißt ja, für die werdende Mutter nur das Beste. Und jetzt das. Egal, Wandern soll ja auch gesund sein, und irgendwo werde ich schon etwas Sprit auftreiben. Hast du dir meine Arbeiten schon angeschaut? He du, ich vermisse dich ganz doll und hoffe, dass wir ….«

Ein lautes Piepen, die Verbindung brach ab, der Akku war leer. Verdammt! Weil ich so selten telefonierte, hatte ich völlig vergessen, den Akku aufzuladen. Ich schickte ein paar saftige Flüche in Richtung Fabio, dann steckte ich meine Wertsachen in den Rucksack, zog meine Wanderschuhe an, sperrte die Ape ab und marschierte los.

Anfangs konnte ich der Wanderung durchaus etwas abgewinnen. Überall zwitscherten Vögel, und die Aussicht war ein Genuss. Doch meine Entscheidung, das näher gelegene San Donnino anzusteuern, erwies sich als Fehler. Ein alter Mann tat meine Frage nach einer Tankstelle mit Kopfschütteln ab und zeigte in die andere Richtung. Ich sollte mein Glück in Petrognano versuchen.

Na toll. Es war inzwischen richtig heiß, und ich hatte keine Lust, den ganzen Weg zurückzugehen. Der Ort lag auf der anderen Seite vom Tal. Mit Hilfe der Karten-App versuchte ich, die Distanz zu schätzen. Drei Kilometer? Vier?

Ich beschloss, mich querfeldein durchzuschlagen. Schließlich war es mir auch gelungen, Fabio abzuhängen. Ob 007 das mit dieser primitiven Ausstattung ebenfalls geschafft hätte? Wohl kaum.

Ich stellte mir vor, wie die Fahrt verlaufen wäre, wenn Mr Q die Knatterkiste mit einer Einrichtung aufgemotzt hätte, die die Ape auf Knopfdruck unsichtbar macht, und stapfte frohgemut einen Feldweg entlang. Lange hielt mein Optimismus nicht vor. War mein Ziel von der Straße aus zum Greifen nah gewesen, sah ich jetzt nur noch Weinstöcke und Olivenbäume. Ich setzte mich unter eine einsame Schirmpinie in den Schatten und rief die Karten-App auf. War ich falsch abgebogen?

Kein Netz. Und der Akku zeigte nur noch 11 % an. Das bedeutete: Batterie schonen und Nerven behalten.

Ich ging weiter und fragte mich, wie oft hier wohl Bauern vorbeikamen? Hatten sie zu dieser Jahreszeit überhaupt irgendwelche Aufgaben? Oder würde man mich im schlimmsten Falle erst im Herbst bei der Weinlese finden? Positiv denken, Karla. Der Weg ist das Ziel. Und das Ziel eine Tankstelle.

Eine Stunde später schüttelte die einzige Frau, der ich im Ort begegnete, bedauernd den Kopf. Die nächste Tankstelle sei in Tavarnelle. Während ich Fabio gedanklich durch sämtliche Höllenqualen schickte, hatte sie eine Idee. Sie zeigte auf ein Haus am Ortsausgang und erklärte, dass dort ein Taxifahrer wohne. Er sei jetzt unterwegs, aber sie könnte ihn anrufen und Bescheid geben. Ob mir das helfen würde?

Und ob! Ich bedankte mich überschwänglich und setzte mich auf die Stufen vor der Eingangstür. Dort sah ich nach, wie viel Bargeld ich dabeihatte. 78 Euro. Das müsste für eine Fahrt zur Tankstelle und von dort zur Kapelle reichen. Also, Ruhe bewahren und abwarten.

Lange blieb ich nicht allein. Eine dicke, getigerte Katze kam um das Haus geschlichen und musterte mich. Nach einer Weile kam sie näher und beschnupperte ausführlich Jeans und Hände. Es schien alles in ihrem Sinn zu sein, denn sie setzte sich neben mich.

»Kannst du den Chef mal anrufen und Bescheid geben, dass hier Kundschaft wartet? Asap, wenn's geht.« Sie gähnte. Sie war wohl nur für die Betreuung der Wartenden zuständig, nicht für das Telefon.

Die Zeit schlich im Schneckentempo dahin. Ein paar Zikaden zirpten auf dem brachliegenden Feld neben dem Haus, sonst regte sich nichts. Ich kam mir vor wie in einem Western. Gestrandet in einem Dorf, aus dem die Bewohner längst geflohen waren. Fehlte nur noch ein Desperado, der mit letzter Kraft auf dem staubigen Asphalt daherkam, den Colt im Anschlag.

Es regte sich tatsächlich etwas auf der Straße. Leider hatte es weder vier Räder noch ein Taxischild, aber es kam näher: eine junge Frau in Caprihosen, die eine Fototasche geschultert hatte.

Als sie vor mir stand, schob sie die Sonnenbrille in die kurzen blonden Haare und nickte der Katze und mir zu. »Buongiorno!«

Dem Akzent nach zu urteilen war sie Deutsche. Der Werbeaufdruck einer Kölschfirma auf ihrem T-Shirt stützte diese Vermutung. »Hallo«, sagte ich. »Auch auf der Suche nach einem Taxi?«

Sie lachte. »Eigentlich nach einem Bus.« Sie setzte sich neben uns auf die Stufen. »Weißt du, ob von hier aus einer in Richtung Tavarnelle fährt?«

»Keine Ahnung.« Wir stellten uns vor, und ich schilderte Astrid in kurzen Sätzen, warum ich hier wartete. »Du kannst später gern mit mir nach Tavarnelle zurückfahren.« Ich schaute auf ihre einfachen Sandalen. »Bist du etwa mit diesen Schuhen gewandert?«

»Nein, nur ein paar Kilometer. Ich habe mich mit meinem Freund gestritten und bin irgendwann wutentbrannt aus dem Auto gestiegen, in der Hoffnung, mit dem Bus weiterfahren zu können.«

»Muss ein heftiger Streit gewesen sein.«

»Allerdings!« Astrid klopfte auf ihre Fototasche. »Ich studiere Medienwissenschaften und bin an einem Fotoprojekt beteiligt. Es geht dabei ums Kochen, und ich habe die Aufgabe, ein bestimmtes Kochbuch überall in Szene zu setzen. Die Bilder stelle ich über Instagram ins Netz und zeige sie auch auf einer Website, die eigens für dieses Thema erstellt wurde.«

»Und das nervte deinen Freund?« Manche Probleme würden nie aussterben.

»Yep. Paul fährt gern schnell von A nach B und hasst nichts mehr, als immer wieder anzuhalten. Dabei war er anfangs damit einverstanden gewesen.« Sie zog ihr Smartphone aus der Tasche und zeigte mir eine Reihe von Bildern.

Ich fand die Idee großartig und berichtete Astrid spontan von meinem ABC-Projekt. Während des Erzählens kam mir die Idee, dass ich ja etwas Ähnliches auf die Beinen stellen könnte. »Bei mir führt ein schwarzweißer Kater durchs Buch. Den könnte ich ja vereinfachen und als ausgeschnittene Pappkatze in Fotografien integrieren.«

»Das funktioniert bestimmt«, sagte Astrid.

»So könnte ich gleichzeitig Werbung für das Buch machen!« Begeistert schlug ich die Hände zusammen. »Drück mir die Daumen, dass der Verlag die Idee unter Vertrag nimmt.«

»Das wird bestimmt der Hammer!«

Als der Taxifahrer eine halbe Stunde später auftauchte, hatte ich schon erste Ideen auf einen Einkaufszettel gekritzelt und konnte es kaum erwarten, loszulegen.

»Wo wollen die Damen denn hin?« Ein älterer Mann stieg aus dem Wagen und streckte sich. Unter Aufbietung all meiner Italienischkenntnisse und einiger Brocken Englisch erklärte ich, was mein Problem war.

»Wie sind Sie denn dort gelandet?« Der Fahrer hatte die Katze auf den Arm genommen und kraulte sie.

»Das ist eine lange Geschichte. Könnten Sie uns zur nächsten Tankstelle bringen?«

Der Fahrer hatte eine bessere Idee. »Ich verkaufe Ihnen einen Kanister Benzin und bringe Sie zur Kapelle. Dann können Sie selber zur nächsten Tankstelle fahren. Aber zuerst muss ich Camilla versorgen.«

Er lud uns zu einer eiskalten Limonade in seine Küche ein und öffnete eine Dose Futter.

»Eine hübsche Katze haben Sie«, sagte ich.

»Ein Glück, dass sie noch lebt.« Er stellte ihr einen gefüllten Napf auf den Boden und strich ihr zärtlich über den Rücken. »Sie hatte einen schweren Unfall, aber zum Glück hat der *veterinario* gute Arbeit geleistet.«

Sogar der Begriff Tierarzt klang im Italienischen irgendwie melodisch. Dennoch hoffte ich, dieses Wort nie zu benötigen.

Als die Katze satt und unser Durst gestillt war, fuhren wir zu der Stelle, von der ich losgelaufen war. Der Taxifahrer füllte den Tank, rechnete mit mir ab und reichte mir seine Visitenkarte.

»Falls Sie mal wieder eine *lange Geschichte* haben, rufen Sie mich an«, sagte er lachend. »Sie erreichen mich Tag und Nacht.«

Astrid war begeistert, in einer Ape mitzufahren. »Das ist ja so, als würde man in einer Konservendose durch die Gegend tingeln«, rief sie gegen den Lärm an. »Und man sieht so viel von der Umgebung. Paul will immer nur Gas geben.«

»So sind sie, die Jungs.« Ich zeigte auf einen alten Grill, den jemand am Wegrand zurückgelassen hatte. »Ist das was für dein Konzept?«

Astrid streckte den Daumen hoch, und ich fuhr rechts heran. Sie zog einen Beutel aus ihrer Tasche, in dem sie

Stifte und eine Rolle Tesa-Krepp verstaut hatte. Sie legte das Kochbuch auf den Rost und garnierte es mit etwas Gras und Blumen. Dann fotografierte sie das Stillleben aus mehreren Perspektiven.

»Stellst du das jetzt gleich ins Internet?«

Astrid zeigte auf den winzigen Balken, der den Empfang ihres Handys anzeigte. »Wenn ich genügend Netz hätte, ja. Aber ich kann das genauso gut später erledigen. Dann habe ich auch noch Zeit, mir einen witzigen Kommentar dazu zu überlegen.«

Wir fuhren weiter und erreichten nach einigen weiteren Stopps die Abzweigung, die zu Astrids Hotel führte. Ein gediegenes Landhaus mit Pool und Tennisplätzen.

»Mir hätte ein einfaches Häuschen besser gefallen«, gestand sie.

»Aber Paul wollte auch hier lieber Gas geben?« Die Welt war voller Pauls, und ich gratulierte mir zu der Tatsache, dass Marius nicht in diese Kategorie fiel.

»So ist es.« Sie zeigte seufzend auf einen glänzend schwarzen BMW. »Und er ist schon da.«

»Mit dem Auto kann man nicht langsam fahren. Vielleicht schenkst du ihm eine Ape zum Geburtstag?«

Dieser Vorschlag brachte ihre gute Laune zurück. »In Bonbonrosa«, sagte sie grinsend. »Und ich bestehe darauf, dass er damit zur Arbeit fährt.«

Nachdem wir uns verabschiedet hatten, fuhr ich weiter zum Supermarkt. Diesmal ganz gesittet nach den Regeln der Verkehrsordnung. Die Einkäufe erledigte ich im Schnelldurchlauf. Hüttenkäse, Katzenmilch und Futter. Eine Flasche Wein konnte auch nicht schaden.

In einem Regal entdeckte ich Sardellen und Kapern.

Königsberger Klopse! Mir lief spontan das Wasser im Mund zusammen. Jetzt oder nie. Wenn Marius zurückkam, würde er das Gericht sofort vom Speiseplan streichen wollen.

Mit dem letzten Akkurest meines iPads googelte ich die Zutaten und legte alles in den Wagen. Hackfleisch wollte ich frisch beim Metzger kaufen.

Aber vorher noch zur Tankstelle. In der Metzgerei waren etliche Kunden vor mir. Ich stellte mich hinten an.

Leider hatte ich keine Ahnung, wie Hackfleisch auf Italienisch hieß. In der Hoffnung, dort einen Hinweis zu finden, linste ich in die Auslage. Kein Hackfleisch. Daher hörte ich genau hin, was die Frauen bestellten. Vielleicht gab es in einem der Haushalte heute Abend Frikadellen oder eine Bolognese?

Leider war das nicht der Fall, und mit jeder Kundin, die den Laden verließ, schwand meine Zuversicht. Es waren nur noch zwei Kunden vor mir. Ich musste mir etwas einfallen lassen, denn meine Gier nach Klopsen war mittlerweile enorm.

Den Begriff pantomimisch darzustellen verwarf ich. Ich konnte mich schlecht auf den Fleischwolf werfen, der glänzend hinter der Theke stand und mich höhnisch anzugrinsen schien. Aber … ich konnte es zeichnen! Vielleicht nicht als fertiges Produkt. Das würde aussehen wie ein Haufen Spaghetti oder Würmer. Aber das *Making* of konnte funktionieren.

Hektisch suchte ich in meinem Rucksack nach Papier und Stift. Nur noch eine Kundin vor mir. Ich legte den Zettel auf die schräge Glasscheibe der Auslage und skizzierte den Fleischwolf. Und jetzt? Zwei Hintern, die aus dem Fleischwolf hingen! Einen runden mit Ringelschwanz und einen eckigeren mit typischen Kuhflecken. Kaum hatte ich das gewünschte Gewicht hinzugefügt, war ich auch schon an der Reihe.

»Questo per favore!« Ich reichte der Verkäuferin meine Zeichnung und betete, dass sie meinen Wunsch verstand. Es war ganz still im Raum. Dann kicherte die Frau. Zuerst verhalten, dann immer lauter, bis sie aus vollem Halse lachte. Als sie den hinter mir Wartenden meine Skizze zeigte, tobte der Laden.

Eine alte Frau neben mir applaudierte begeistert und rief mir die italienische Übersetzung zu, die ich so verzweifelt gesucht hatte: »Carne tritata!«

Die Verkäuferin heftete meine Skizze neben einem gerahmten Qualitätszertifikat an die Wand und überreichte mir die Tüte Hackfleisch. »Buon appetito!«

Hände schüttelnd verließ ich die Metzgerei und fuhr hochzufrieden nach Hause. Man muss sich nur zu helfen wissen.

15

Es erwies sich als Problem, der werdenden Mutter etwas anderes zu servieren als Leporello und der Callas. Kaum hatte ich die Teller auf den Boden gestellt, stürzte sich Paroli auf das normale Katzenfutter, während die anderen sich über die Hüttenkäse-Mischung hermachten.

Warum gab es für solche Situationen keinen Leitfaden? Während ich versuchte, der Anarchie am Futterbuffet Einhalt zu gebieten, formulierte ich selber eine:

Wenn Katze A muss fressen Teller 1, stellen Katze A in Festhalterung Q und ziehen Gummilusche P durch Klipse F. Jetzt Katze A fest und fressen Teller 1.

Leider war ›Festhalterung Q‹ Mangelware. Und egal wie schnell und oft ich die Biester vor dem richtigen Teller platzierte, Sekunden später hatten sie ihre eigene Ordnung wieder hergestellt.

Aber hatten wir uns als Kinder nicht ähnlich benommen? Gerichte, die man zu Hause nicht anrührte, aß man bei anderen mit großem Appetit. Eine Tatsache, die meine Mutter regelmäßig zur Verzweiflung brachte.

Mit ihren Königsberger Klopsen konnte sie allerdings bei so manchem Freund von mir punkten. Sogar bei einem, der Kapern normalerweise eklig fand. Wenn Mama dieses Essen auf den Tisch brachte, nahm er sich nach, bis der Topf leer war.

Ich legte die Zutaten auf die Anrichte und dachte an Valentina. Hätten ihr Königsberger Klopse geschmeckt? Ich stellte mir vor, dass sie neben mir auf einem Hocker stand und mit ihren kleinen Händen Klößchen formte. So wie ich das früher auch machen durfte.

»Nicht zu groß, Karla«, sagte Mama immer. »Und schön gleichmäßig, hörst du?« Ihre Stimme war so real, dass ich sie plötzlich im Augenwinkel wahrzunehmen glaubte, ihre bunte Schürze sah, die Melodie hörte, die sie so gern summte.

»Mama?«

Als ich mich umdrehte, war sie verschwunden. Doch ich spürte ihre Anwesenheit und die Sorglosigkeit, die ich mit diesem gemeinsamen Kochen verband. Eine Unbeschwertheit, die in unserem Alltag Mangelware gewesen war.

Konzentriert schnitt ich die Zwiebel fein, zupfte Petersilienblättchen von den Stängeln und hackte Sardellenfilets. Für solche Tätigkeiten hatte ich sonst keine Muße, und ich nahm mir vor, diesen kostbaren Kleinigkeiten zukünftig mehr Raum in meinem Leben zu geben. Auch wenn das *Wie* mir noch ein Rätsel war.

Warum Marius sich wohl nicht meldete? Hatten sie mit weiteren Rückschlägen in der Firma zu kämpfen? Ich spielte kurz mit dem Gedanken, Leo anzurufen, verwarf ihn aber wieder. Sollte etwas passiert sein, würde ich es sicher bald erfahren.

Entschieden schob ich die Grübeleien beiseite. Morgen. Morgen würde ich mich um all diese Fragen kümmern. *Jetzt* wollte ich dieses Essen mit allen Sinnen genießen.

Mit dem letzten Stück Kartoffel wischte ich den Soßenrest vom Teller. Köstlich. Wie lange hatte ich diese Delikatesse nicht mehr gegessen? Ich würde sie wieder öfter auf den Speiseplan setzen. Marius konnte sich ja etwas anderes kochen.

Ich sah in die Dämmerung hinaus. Die Pinien warfen lange Schatten. Die Silhouetten im Garten überlagerten sich wie graue Scherenschnitte, die an Schärfe und Helligkeit verloren, je weiter entfernt sie waren.

Die Tage wurden spürbar länger. Doch womit wollte ich sie in Zukunft füllen? Wie sahen die Alternativen für mich aus, wenn mir ein Neuanfang in der Welt der Bücher versagt bliebe? Einen Plan B hatte ich bisher nicht.

Die Umrisse verschwanden in der Dunkelheit. Stattdessen erkannte ich nun mein Spiegelbild in der Fensterscheibe. Einen Moment wurde es vom Gesicht meiner Mutter überlagert.

»Mama, da bist du ja wieder!«

War sie mir plötzlich so nah, weil auch ich nun an einem Scheideweg stand, so wie sie damals nach ihrer Trennung? Die Ursachen waren unterschiedlich, doch die Fragen, die sich aufdrängten, ähnelten sich: Wie soll das Leben weitergehen? Welche Wünsche möchte ich verwirklichen? Bin ich an einer bestimmten Abzweigung falsch abgebogen?

Jetzt fiel mir auch ein, wann ich das letzte Mal Königsberger Klopse gegessen hatte: nach dem Ausmisten ihres

Dachbodens. Das ist Jahre her, doch die Erinnerung ist so real, als wäre es gestern gewesen.

Ich komme später als vereinbart. Auf dem Weg zu meiner Mutter habe ich Katrin bei ihren Eltern abgesetzt und bin noch kurz geblieben. Der Frieden, der dort herrscht, tut gut. Andererseits führt er mir das Versagen meiner Eltern so deutlich vor Augen, dass ich später, alleine im Auto, meine Wut auf sie laut herausschreie.

Mama macht mir keine Vorwürfe. Sie strahlt, als ich vor der Tür stehe, und umarmt mich. Zu lange und zu fest. So wie ich süchtig bin nach Harmonie, ist ihr Hunger nach Berührungen und Nähe kaum zu stillen.

»Wenn wir mit allem fertig sind, gibt es eine Überraschung«, sagt sie. In diesem Moment rieche ich die Mischung aus Essig und Kapern und freue mich auf das Essen.

Mein Vater ist zu diesem Zeitpunkt bereits ausgezogen. Er hat es sich leicht gemacht und nur das Nötigste mitgenommen. Den Rest, den Ballast von Jahren hat er zurückgelassen. Dazu gehören auch wir beide.

Die Wohnung im oberen Stock besitzt einen eigenen Dachboden. Mama hat die steile Leiter schon ausgezogen, doch sie scheut sich, allein zu den Erinnerungen hinaufzusteigen.

Die Luft auf dem Speicher ist warm und stickig, es riecht nach Mottenkugeln und Mäusedreck. Winzige Partikel tanzen in einem Lichtstrahl, der durch das kleine Dachfenster auf die mit Staub überzogenen Koffer und Schachteln fällt.

Ich drehe am Lichtschalter. Eine Glühbirne taucht den Raum in funzliges Gelb. Mein Mund wird trocken, als ich einen Teil unserer Geschichte sortiert in Schachteln vor unseren Füßen liegen sehe. Am liebsten würde ich alles ungesehen zu den Mülltonnen stellen.

Mama spürt mein Zögern und übernimmt die Initiative. Manche Behälter schiebt sie entschlossen zur Seite, andere stellt sie direkt neben die Treppenöffnung. Als wir fertig sind, transportieren wir die Kartons hinunter und wischen den Dreck mit einem Schwammtuch ab. Vergilbte Etiketten mit Jahreszahlen und Ortsnamen erinnern an Stationen unseres Lebens, die ich längst aus meinem Kopf verbannt habe.

Ich öffne einen Koffer voller gestärkter Tischtücher. Mama blättert in einem Fotoalbum.

»Ach, das war in der Bergmannstraße. Erinnerst du dich?«

Ein schnelles Hinsehen reicht, um die feindseligen Blicke der Nachbarkinder wachzurufen, um das zittrige Gefühl in den Beinen zu spüren, wenn ich an ihnen vorbeigehen muss. Um sie tuscheln zu hören. Gerade so laut, dass ich jedes Wort verstehen kann.

Ich strecke meine Finger, versuche das oberste Tischtuch wieder zu glätten und klappe den Koffer zu. In der Hoffnung, die Vergangenheit so zum Schweigen zu bringen.

Währenddessen erzählt Mama von ihren vielen Plänen. Sie redet immer noch von *wir*, obwohl eine Hälfte fehlt. Für meinen Vater gibt es einen neuen Plural. Dreiundzwanzig Jahre jünger als er.

»Guck mal, da sind Sachen von dir drin.« Sie stellt den abgeschabten Pappkoffer, mit dem ich immer zu Oma und Opa gereist bin, auf den Wohnzimmertisch. Er ist rot mit weißen Tupfen.

Unentschlossen umfasse ich die abgerundeten Ecken,

fahre mit dem Zeigefinger über die weiße Naht, die sich an manchen Stellen gelöst hat, versuche, einen Rest des Glücksgefühls heraufzubeschwören, das ich empfand, als ich ihn am meinem sechsten Geburtstag auspackte. Es gelingt mir nicht. Ich öffne den Schnappverschluss, mache den Weg frei für weitere Erinnerungen.

Ganz oben liegt eine Vase, die ich in der Schule getöpfert habe, darunter eine Makramee-Eule in Braun und Beige, alte Donald-Duck-Zeichnungen und ein Herbarium. Beim Öffnen des Albums zerfallen die getrockneten Pflanzen zu Staub.

Ganz unten stoße ich auf eine kleine Holzkiste. Darin sind die alten, selbstgebastelten Ausweise für die von mir gegründeten Detektivklubs aufbewahrt. Ich bin gerührt.

»Warum hast du die aufgehoben, Mama?«

»Das war eher Zufall. Sie haben mich an die vielen Umzüge erinnert, die du hast durchmachen müssen. Und daran, wie tapfer du immer wieder neu angefangen hast.«

Ich nicke stumm. Die Ängste, die ich dabei ausgestanden habe, liegen nicht im Koffer. Die trage ich fest in meinem Herzen. Frisch wie am ersten Tag.

Wir sind mit allem fast durch, als Mama mein Taufkleid hochhält. »Das hat Oma damals für dich genäht. Du hast ganz niedlich darin ausgesehen.« Sie drapiert es sich über den Arm, als würde ich darinstecken.

»Wenn du wüsstest, wie oft ich an deiner Wiege stand«, sagt sie leise. »Und mich gefragt habe: mein liebes Kind, was haben wir dir nur angetan ...«

16

In dieser Nacht besuchte ich im Traum eine der Wohnungen meiner Kindheit. Es dämmert bereits, als ich die Tür zum Treppenhaus aufdrücke. Der Putz an den Wänden blättert an vielen Stellen ab, die Farbe am Handlauf ist abgenutzt. Im ersten Stock laufen die Nachrichten, irgendwo klingelt das Telefon, jemand brät Zwiebeln.

Im zweiten Stock bleibe ich stehen. An der Tür steht kein Name, sie ist angelehnt. Am Geruch erkenne ich, dass ich richtig bin.

Durch das geriffelte Glas der Wohnzimmertür fällt das Abendlicht auf den abgetretenen Sisalläufer, die Jacken an der Garderobe hängen in Reih und Glied: Vater, Mutter, Kind.

Plötzlich höre ich meine Eltern schreien. Mein Körper reagiert sofort. Ich versuche, die Übelkeit wegzuatmen, und ertappe mich dabei, bis fünf zu zählen.

Wie ich sie verachte für das, was sie mir, was sie sich antun. Doch anstatt sie zur Rede zu stellen, gehe ich weiter. Vorbei am Schuhschränkchen, auf dem eine von mir getöpferte Vase steht, vorbei am winzigen Badezimmer, wo ich das Aftershave meines Vaters wahrnehme. Einen Duft, den ich bis heute nicht ertrage.

In der Glasschale der Deckenlampe schwirrt eine Fliege, in der Spüle stapelt sich das Geschirr, am Kühlschrank hängt ein gezeichneter Donald Duck. Auf der Anrichte liegen Weißbrotscheiben, braun angelaufene Apfelgehäuse und leere Eierschalen. Ich steige über ein hingeworfenes Geschirrtuch und öffne die Tür zum Balkon.

Draußen führt ein Mann seinen Terrier aus. An der Laterne vor dem Haus bleibt er stehen, spricht mit einer jungen Frau, ebenfalls mit Hund. Die Tiere beschnuppern sich. In der Ferne hupt ein Auto.

Zurück im Flur, höre ich auf die Geräusche im Haus. Jemand eilt mit klackernden Absätzen die Treppe hinunter, bei den Nachbarn oben wird die Klospülung gedrückt. Wieder klingelt ein Telefon.

Im Schlafzimmer meiner Eltern stapeln sich ungebügelte Hemden auf einem Stuhl, der überquellende Korb mit Schmutzwäsche riecht muffig. Ich will schon das Fenster öffnen, doch halte inne. Ihr ganzes Leben besteht aus dicker Luft. Da hilft kein Durchzug.

Auf Zehenspitzen gehe ich weiter und höre, wie der Streit im Wohnzimmer Fahrt aufnimmt. Als die Stimmen kurz verstummen, drücke ich die Klinke hinunter und schlüpfe in mein Kinderzimmer. Auch hier ist alles wie immer.

Vor dem Fenster eine Blumenampel, an der Wand eine Makramee-Eule mit Holzperlenaugen, auf dem kleinen Sofa davor liegen bunte Kissen und Comic-Hefte. Der Schreibtisch links ist übersät von Zeichenblöcken und Stiften, auf dem Hocker daneben stapeln sich Schulhefte und Bücher.

Die Detektivromane stehen im Regal serienweise zusammen. Ich fahre mit der Hand über die Buchrücken und will gerade einen Band herausnehmen, als ich das kleine Mädchen leise zählen höre.

»Eins, zwei, drei, vier …« Bei fünf geht im Wohnzimmer etwas klirrend zu Bruch, schreit Mama ihre Ohnmacht heraus.

Aus dem Zählen wird ein Weinen. Zuerst verhalten, dann immer verzweifelter. Ich setze mich auf die Bettkante, streiche der Kleinen sanft über den Rücken.

»Weine nicht«, flüstere ich. »Ich weiß, wie dir zumute ist, aber habe keine Angst. Ich bin bei dir.« Ich streiche ihr vorsichtig über das Haar. »Vergessen wirst du es nie. Aber du wirst stark genug sein, deinen eigenen Weg zu gehen.« Ich lege meine Hand auf ihre bebenden Schultern. »Versuche jetzt zu schlafen. Ich pass auf dich auf.«

Nach einer Weile schluchzt sie ein letztes Mal, holt tief Luft. Nach und nach beruhigt sich ihr Atem, entspannt sich der zarte Körper.

Als ich sicher bin, dass die kleine Karla tief schläft, schleiche ich hinaus. Ein letztes Mal schaue ich zurück. Dann ziehe ich die Tür zu meiner Kindheit fest ins Schloss.

17

Am nächsten Morgen war ich noch so gefangen in diesem Traum, dass ich glaubte, in meinem Kinderzimmer aufzuwachen, und mich nicht gewundert hätte, wenn Mama erschienen wäre, um mich zu wecken.

Obwohl die Erinnerungen beängstigend gewesen waren, fühlte ich mich leicht und geborgen. Als hätte jemand mich im Arm gehalten, mich getragen und beschützt. Zum ersten Mal schaffte ich es, ohne Bauchschmerzen zurückzudenken. Konnte sogar den Anruf meiner Mutter heraufbeschwören, als ich gerade mit dem Studium begonnen hatte.

»Dein Vater ist weg.« Das war alles, was sie sagte.

Zuerst hoffte ich, dass es nun besser werden würde, wir endlich über vieles reden könnten. Doch dem war nicht so. Meine Mutter redete zwar, sparte jedoch alles Wichtige aus.

Meine Welt teilte sich nun in zwei Lager, die sich nicht vereinbaren ließen. Bald brach der Kontakt zu meinem Vater ganz ab, und ich verlor unsere gemeinsamen Erinnerungen, hatte keine Möglichkeit mehr, bestimmte Dinge mit ihm zu klären.

Manchmal war er mir dennoch nahe. Wenn mir Worte, Ausdrücke in den Sinn kamen, die er gern benutzt hatte. Oder Gesten, die ich wider Willen von ihm übernommen hatte. Von meinem Vater. Von ... Papa.

Ich dachte an die Tür, die ich im Traum hinter mir zugezogen hatte. Ich sollte mir das Bild zu Herzen nehmen, die Vergangenheit ruhen lassen und mich endlich auf die Zukunft konzentrieren. Leben und leben lassen.

Aus dem Garten drang plötzlich lautes Katzengeschrei. Ich rannte hinunter. Paroli und Leporello standen sich mit gesträubtem Fell auf der Terrasse gegenüber und produzierten Drohgeräusche, bei denen mir angst und bange wurde. Ich rief sie zur Ordnung, klatschte in die Hände, doch sie würdigten mich keines Blickes. Erst als ich den Kater zur Seite schubste, war der Bann gebrochen. Paroli nutzte die Gelegenheit und flitzte davon.

»Was soll denn das?« Ich brachte Leporello, der die Verfolgung aufnehmen wollte, in die Küche. »Du lässt sie in Ruhe, hast du das verstanden?«

Die Callas sah den Moment gekommen, auf ihren bevorstehenden Hungertod aufmerksam zu machen, und kratzte an der Terrassentür.

Ich ließ sie herein und machte beiden Frühstück. Während die Diva sich den Magen vollschlug, warf Leporello mir finstere Blicke zu, als beabsichtigte ich, ihn zu vergiften.

Dann eben nicht. Ich mixte eine Portion Futter für die werdende Mutter und machte mich auf die Suche nach ihr. Ich fand Paroli im Schuppen, wo sie sich in die hinterste Ecke verkrochen hatte. Als ich ihr das Fressen hinstellte, kam sie zögernd auf mich zu.

Leporello hatte ihr einen blutigen Kratzer auf der Nase verpasst, und mir war klar, dass ich die beiden trennen musste. Ich würde den Kater hier unterbringen, damit Paroli im Haus bleiben und in Ruhe ihre Jungen zur Welt bringen konnte. Das würde der Haudegen schon überleben. Schließlich waren die Nächte lau.

Als die kleine Katze satt war, nahm ich sie hoch und trug sie ins Haus. Ich scheuchte die beiden anderen hinaus und setzte sie in ihre Kiste unter der Treppe. Zuerst sah Paroli sich ängstlich um, doch bald rollte sie sich zusammen und schlief erschöpft ein.

Leporello saß auf dem Rasen und drehte mir demonstrativ den Rücken zu, als ich auf ihn zuging. »Du brauchst hier nicht den Beleidigten zu mimen.« Ich klemmte ihn unter den Arm, nahm seine Lieblingsschachtel und marschierte zum Schuppen. Dort setzte ich ihn neben dem Heuhaufen ab und kniete mich vor ihn.

»Es tut mir sehr leid, aber du lässt mir keine andere Wahl.« Ich kraulte ihn sanft hinter den Ohren. »Du bekommst jetzt dein Futter hier, okay? Und ich besuche dich auch. Wenn die Babys da sind, wird neu verhandelt.«

Ich betüddelte ihn, bis er zu schnurren begann und mein schlechtes Gewissen sich ein wenig legte. Auch für mich würde das nicht leicht werden. Schließlich hatte ich ihn sehr ins Herz geschlossen und genoss seine Anwesenheit. Doch nun brauchte Paroli meine Fürsorge. Abgesehen davon musste er ohnehin bald wieder für sich selber sorgen. Mit nach Hause nehmen konnte ich ihn wohl nicht.

Wie lange waren Katzen überhaupt trächtig? Wenn ich Marius anrief, sollte ich das mal googeln. Ich schaute auf mein Handy, ob in der Zwischenzeit eine Nachricht von ihm eingegangen war, aber es war nach wie vor Funkstille. Dabei stellte ich fest, dass ich ihm gar kein Bild von Paroli geschickt hatte, sondern eins von einem leeren Fußboden. Die Katze war zu dem Zeitpunkt bereits davongerannt.

Auch egal. Er würde es sich sicher zusammengereimt haben. Schließlich war er nicht dumm.

Nach diesem dynamischen Tagesauftakt blieb es ruhig an der Katzenfront. Ich entschied mich dafür, zuerst das ABC-Buch voranzutreiben und es später wieder bei Marius zu probieren.

Zuerst entwarf ich mehrere schwarzweiße Katzen, die ich für das Projekt bei Instagram verwenden wollte. Ob sie Valentina gefallen würden?

Die Erkenntnis, dass sie mir nie wieder zeichnend gegenübersitzen würde, schmerzte. Gleichzeitig spürte ich große Dankbarkeit für die schönen Stunden, die ich mit ihr verbracht hatte. Auch für diese Episode war die Zeit gekommen, die Tür ins Schloss zu ziehen.

Ich ging zur Kommode und nahm Valentinas Zeichnungen aus der Schublade. Die fünf schönsten hängte ich wieder auf. So hatte ich sie vom Esstisch aus immer im Blick, und ein Teil der Kleinen war bei mir.

Ich betrachtete das Ergebnis zufrieden, als es klingelte. Erschrocken schaute ich zu Paroli, die in ihrer Kiste schlief. Da ich niemanden pfeifen hörte, machte ich auf. Vielleicht war es ja die alte Dame, die sich zurückmeldete.

Vor der Tür stand eine Frau, die ich nie zuvor gesehen hatte. Bevor ich bis drei zählen konnte, stand sie im Wohnzimmer und sah sich Valentinas Zeichnungen aufmerksam an. »Schön!«

Sie war korpulent und trug das schwarze Haar zu einem dicken Zopf geflochten. Als sie die Fragezeichen in meinem Gesicht bemerkte, lachte sie fröhlich

»Scusa!« Sie streckte mir eine kleine Hand entgegen. »Bin Germana, Frau von Fabio.« Sie zeigte auf die Wand. »Sinte von deine Kind?«

Ich schüttelte den Kopf. »Ich habe keine Kinder. Kann ich etwas für Sie tun?«

Germana legte eine Hand aufs Herz und erklärte mir, wie unfähig Männer im Allgemeinen und ihr Fabio im Besonderen seien. Sie seien nicht mal in der Lage, einfachste Dinge zu erledigen, und kämen dann auch noch mit verrückten Ausreden nach Hause.

»Was hat er denn getan?« Ich verstand nur Bahnhof.

»Hatte *nix* getan! Gestern Fabio hatte gehabt Auftrag, dich, ... un invito a cena«

»Zum Abendessen einzuladen?«

»Sì! Questa sera. Iste nicht gut, sempre alleine, ha?« Sie schüttelte verärgert den Kopf. »Dann hatte erzählt, Ape iste verschwunde subito. Aufgegange in Luft! So eine Quatsch!«

Meine Gedanken liefen auf Hochtouren. Das würde bedeuten, dass Fabio mir gar nicht zu Lucien hatte folgen, mir gar keine neuen Kinderbilder hatte zeigen wollen. Ich musste mich zusammenreißen, nicht laut loszulachen.

»Alora, gibte asparagi verde. Molti asparagi. Musste helfen bei Essen, ha? Alle sette.«

Obwohl die Frau mir durchaus sympathisch war, hatte ich keine Lust, um sieben Uhr bei ihnen zum Essen zu erscheinen. »Das ist schwierig«, begann ich. »Ich muss noch arbeiten und vielleicht kommt …«

»Quatsch«, sagte Germana bestimmt. »Nix arbeite. Ora vacanze.« Sie sah sich suchend um. »Habbe eine Papier?«

Mir war klar, dass ich in dieser Diskussion den Kürzeren ziehen würde, und ich riss ein Stück von einem Skizzenblatt ab.

»Bene.« Mit einem roten Buntstift schrieb sie mir in Großbuchstaben die Adresse auf und notierte 19.00 darunter. »Iste nichte weit. An Straße vorn a sinistra e ancora sinistra.«

Ich nickte. Zweimal links.

»Perfetto. Freue mir sehr! A dopo! Ciao!« Und weg war sie.

Mein Arbeitseifer war nun dahin, und ich beschloss, zur Kapelle zu gehen und mein Glück bei Marius zu versuchen.

Auf dem Weg dorthin traf ich die alte Dame, die von ihrer Reise zurück war. Sie erklärte mir, dass sie die Callas, die nun wieder auf den Namen Luna hörte, erst mal im Haus behalten wollte. Nicht, dass ich mir Sorgen machte. Wir plauderten noch ein paar Takte über ihre Reise und das Wetter, dann ging ich weiter.

In der Hoffnung, Marius eine gute Nachricht erzählen zu können, schaute ich zuerst nach, ob Frau Lindenberg sich schon gemeldet hatte. Leider nein. Dafür war Minuten zuvor eine Mail von Robert eingegangen.

Er hielt sich nicht mit Höflichkeiten auf, sondern wollte wissen, wann ich endlich vorhatte, zurückzukommen. Seine Geduld sei am Ende.

Sollte ich ihm antworten? Und wenn ja, was? Unter

seiner Nachricht war ein Link eingefügt, der zu einer bekannten Fachzeitschrift weiterleitete. Um die Entscheidung hinauszuzögern, klickte ich ihn an.

Auf dem Display erschien ein Bericht über unsere Agentur. Und zwar über die Kampagne, zu der ich vor meinem Urlaub die entscheidenden Ideen beigetragen hatte. Mein Name wurde jedoch mit keiner Silbe erwähnt. Dafür wurde ausführlich darüber berichtet, wie Robert zu dieser tollen Lösung gekommen war. Meine Hände begannen zu zittern vor Wut.

»Dieses widerliche Schwein!« Aufgewühlt wählte ich Marius' Nummer. Jetzt brauchte ich seine Stimme, seinen Rat. Doch es gab keine tröstenden Worte. Die Mailbox sprang an.

Mit einem Mal überlief es mich eiskalt. Was, wenn ihm etwas zugestoßen war und er in einem Krankenhaus ums Überleben kämpfte? Leo würde in so einem Fall völlig kopflos reagieren und vergessen, mich zu benachrichtigen.

Ich wählte die zentrale Firmennummer und hatte im nächsten Moment die Sekretärin am Telefon. »Tut mir leid, er ist außer Haus«, sagte sie. »Kann ich ihm was ausrichten?«

»Er soll mich bitte schnellstmöglich anrufen.« Da ich das Krankenhausbild so deutlich vor Augen hatte, fragte ich rasch: »Geht es ihm denn gut?«

Die Frau lachte. »Aber ja. Er sah heute früh zwar etwas blass aus, aber das ist nach dem gestrigen Abend kein Wunder.«

Wie bitte? Marius hatte Zeit zum Feiern, aber bei mir meldete er sich nicht? Was war da los? Während ich versuchte, diese Infos zu verdauen, klingelte mein Handy.

Ein Blick auf die Nummer genügte, um meinen Blutdruck weiter in die Höhe schnellen zu lassen.

»Ich habe Urlaub«, meldete ich mich. »Den habe ich mir redlich verdient!«

»Alles schön und gut, aber hier brennt die Hütte«, sagte Robert barsch. »Urlaub steht im Augenblick für niemanden auf der Strategie.« Und bevor ich etwas sagen konnte, erzählte er mir, wann ich welche vorgezogene Präsentation *zu rocken* hätte und dass der Entwurf, den ich für einen anderen Kunden vorbereitet hatte, definitiv zu *oldschool* sei. »Also du bist übermorgen wieder im Büro. Du willst uns den Deal doch nicht vermiesen, oder?«

Bilder meines Agenturalltags rasten mir durch den Kopf, und plötzlich wurde ich ganz ruhig. »Der Einzige, der hier *Deals vermiest*, bist du, du armes Würstchen. Indem du Ideen deiner Mitarbeiter als deine eigenen ausgibst. Das rockt *mich* kein bisschen, verstehst du? Man könnte auch sagen, dass ich verdammt wütend bin!«

Robert wollte mir ins Wort fallen, doch ich gab ihm keine Chance. »Du kannst dir die wichtigen *Präsis* sonst wohin schieben, du stehst ab sofort nicht mehr auf *meiner Strategie*. Ganz egal, wie *oldschool* du diese Ansage findest!«

Robert schien es kurz die Sprache verschlagen zu haben. Während er sich umständlich räusperte, hatte ich seine Mimik vor Augen, sah, wie er sich über den langen blassen Hals strich, die Augen kurz zusammenkniff.

»Okay. Ich habe verstanden. Ich gebe deinen Entschluss so an die Personalabteilung weiter.« Dann war die Leitung unterbrochen.

Ich starrte in die Landschaft, ohne etwas wahrzunehmen. War ich verrückt geworden?! Im Affekt meinen Job zu kündigen? Voller Panik scrollte ich durch die gespeicherten Nummern. Ich musste Robert anrufen, das Gesagte ungeschehen machen. Vielleicht war es noch nicht zu spät. Jeder sagte mal in seiner Wut etwas, das er gar nicht so meinte. Mein Zeigefinger schwebte schon über der Anruftaste, als ich innehielt.

Nein. Robert war froh, mich endlich los zu sein. Die Chemie zwischen uns hatte noch nie gestimmt. Abgesehen davon: Wie sollte ich rechtzeitig nach München zurückkehren? Ich sollte lieber versuchen, Marius endlich zu erreichen.

Wieder nur die Mailbox. Ich warf das Handy ins Gras und loggte mich bei Facebook ein, um nachzusehen, ob er etwas zum gestrigen Abend gepostet hatte. Das hatte er. Den Bildern nach zu urteilen, war es ein feuchtfröhlicher Abend gewesen. Mein Freund saß mit zwei Frauen im Arm auf einer Biergartenbank, vor ihnen standen Getränke. Er lachte fröhlich in die Kamera, auf dem nächsten Bild drückte er einem der beiden Mädels einen Kuss auf die Wange.

Mit einer Mischung aus Wut, Ohnmacht und Angst ging ich zum Ferienhaus zurück. Ich schloss die Haustür auf, setzte mich auf die Stufen zum Wohnzimmer und dachte nach.

Keinen Job, keine Verlagszusage und mein Freund betrog mich. Ich zwang mich, tief durchzuatmen. Du hast schon viele Probleme in deinem Leben bewältigt, Karla. Und du hast für Notzeiten gespart. So gesehen sind die Ängste deiner Kindheit doch für etwas gut gewesen.

Die gespenstische Ruhe im Haus machte mir zu schaffen. Ich setzte mich im Garten auf die Liege und versuchte, die Panik abzuschütteln. Rechnete mir wieder und wieder vor, dass mein Geld eine ganze Weile reichen würde.

Ich musste ja nicht in München bleiben, ich konnte auch woanders eine günstige Wohnung mieten oder in eine WG ziehen.

Plötzlich sprang Leporello mir auf den Schoß und leckte mir mit rauer Zunge die Hand. Ich nahm ihn in die Arme, grub mein Gesicht in sein weiches rotes Fell. Endlich kamen die Tränen, und ich weinte, als würde ich nie wieder aufhören können. Als wüsste er, dass ich ihn brauchte, blieb er still sitzen und rieb den Kopf tröstend an meiner Schulter.

»Was soll ich jetzt bloß machen, Leporello?« Wieder drückte ich ihn an mich und war unendlich froh, dass er da war. So blieben wir lange sitzen. Als ich mich etwas beruhigt hatte, sprang er von der Liege und verschwand im Gebüsch. Ich legte mich auf den Rücken und starrte in den Himmel.

Womit sollte ich anfangen? Mit der neuen Wohnung? Außerdem brauchte ich eine Arbeit. Mir wurde klar, dass sich mein soziales Umfeld völlig ändern würde, denn ich hatte auch meiner Ersatzfamilie gekündigt. Keine Spontanfeiern mit den Kollegen mehr, keine nächtlichen Essen beim Chinesen, wenn wir zu aufgedreht waren, ins Bett zu gehen. Und kein Mann, der nachts auf mich wartete, mir noch etwas zu trinken einschenkte, mich in die Arme nahm und mir zuhörte. All das gehörte ab sofort der Vergangenheit an.

Was war nur in Marius gefahren? Bei dem Telefonat in San Gimignano war er so verständnisvoll gewesen, hatte ich eine solche Nähe zu ihm verspürt. Lag es daran, dass ich oft bei Lucien zugange war? Wie ich es drehte und wendete, ich fand keine schlüssige Antwort.

Bevor ich wieder losheulen konnte, kam Leporello auf

mich zugerannt. Dabei machte er merkwürdig erstickte Maunzgeräusche. Als er vor mir stand, entdeckte ich die Ursache dafür. Er trug eine fette Maus quer im Maul, die er vor meinen Füßen ablegte. Wider Willen musste ich lachen.

»Du bist ein echter Freund. Vielen Dank für das Mittagessen!« Ich hatte die richtigen Worte gewählt, denn er schnurrte laut. »Aber mir ist der Appetit gerade vergangen.« Ich schob sie ihm vorsichtig mit dem Fuß zu. »Willst du sie nicht lieber selber essen?«

Das ließ er sich nicht zweimal sagen.

18

Die Stunden bis zum Abend ging ich rastlos umher. Immer wieder überfiel mich Panik, und ich war zu keinem klaren Gedanken fähig. Die Aussicht, den Abend mit Fabio und seiner Frau verbringen zu müssen, war gleichsam das I-Tüpfelchen zu meiner Misere. Sie würden mir voller Begeisterung von ihren Kindern und Enkelkindern erzählen, mir Bilder von ihnen zeigen und meine Verzweiflung weiter auf die Spitze treiben.

Immer wieder überlegte ich mir neue Entschuldigungen, wie ich die Einladung canceln konnte. Doch wie ich Germana einschätzte, würde sie mich persönlich abholen, falls ich nicht um sieben vor der Tür stand.

Andererseits könnte ein Tapetenwechsel mich kurzfristig auf andere Gedanken bringen. Dazu bekam ich ein warmes Abendessen und konnte mich, sobald der Anstand es zuließ, wieder verabschieden. Okay. Blieb noch die Frage, was ich als Gastgeschenk mitbringen konnte.

Meine Stilllebenversuche fielen mir ein. Ich fand sie in einem Stapel unter dem alten Gruppenfoto. Ich betrachtete erneut die Großfamilie. Diese Leute hatten es gut gehabt. Hatten sich aufeinander verlassen und sich stützen können. Ob es heutzutage so etwas noch gab?

Nach einigem Hin und Her wählte ich die Zeichnung in Blautönen aus, die ich ganz am Anfang gemacht hatte. Ich rollte sie zusammen und umwickelte sie mit einem Papierband.

Bevor ich aufbrach, öffnete ich eine Dose für die Katzen. Paroli stellte ich eine Schüssel in die Küche, für Leporello gab ich das Futter auf einen Teller und streute etwas Trockenfutter darüber. So, wie er es gern mochte.

Ich rief ihn, doch es rührte sich nichts. Auch im Schuppen war er nicht zu sehen. Wahrscheinlich war er auf Mäusejagd, beruhigte ich mich und stellte das Abendessen und eine Schüssel mit Wasser neben seinen Schlafkarton auf den Boden.

Im Spiegel an der Garderobe übte ich ein aufmunterndes Lächeln. Es war wenig überzeugend, aber für die beiden musste es reichen. Auf zum fröhlichen Spargelessen, Karla!

Ich fuhr nach Germanas Anweisungen und landete in einer ruhigen Straße im nächsten Dorf. Viele der Eigenheime schienen erst kürzlich gebaut worden zu sein, manche waren noch nicht fertig. Vor einem älteren Haus standen viele Autos, und ich fragte mich, was dort wohl los sei. Eine Party mitten in der Woche?

Ich parkte und machte mich auf die Suche nach der richtigen Hausnummer. Als ich sie entdeckte, stockte mir fast der Atem. Von wegen ein Spargelessen zu dritt. Es war das Anwesen mit den vielen Gästen.

Mit Entsetzen dachte ich an die Bilder, die Fabio mir

gezeigt hatte. Wenn ich nicht sofort die Flucht ergriff, würde der Abend zu einer Neuauflage von meinem Besuch bei Katrin werden. Mit dem einzigen Unterschied, dass die Fragen diesmal auf Italienisch oder in einem gebrochenen Deutsch gestellt wurden. In der Hoffnung, dass mich noch niemand entdeckt hatte, drehte ich mich langsam um.

Zu spät. Germana rief meinen Namen und winkte mir aus einem der Fenster zu. Notgedrungen winkte ich zurück, während ich mir neue Ausreden überlegte, um mich bald wieder verabschieden zu können.

Den Blick auf meine Füße gerichtet, ging ich über verwitterte Steinplatten zum Gartentor, hinter dem üppige Stauden in Blau und Weiß vor einem ockerfarbenen Mauerputz blühten.

»Buona sera!« Eine Frau in meinem Alter tauchte vor mir auf. »Benvenuto bei die Familie Rosario. Ich heiße Katia.« Ein fester Händedruck, ein sympathisches Lachen. »Keine Angst, wir sinte viele, aber beiße nicht.«

Ich folgte ihr durch das windschiefe Türchen in den Garten und betrat eine andere Welt. Zwischen den alten Bäumen hingen bunte Lampions und Lichterketten, ein paar Kinder spielten ausgelassen Fangen. Auf der Terrasse standen Erwachsene in Grüppchen zusammen. Alle Köpfe drehten sich in meine Richtung, als ich mit Katia näher kam.

»Wie schön, du biste gekommen!«, sagte Germana. Sie kam mit ausgestreckten Armen auf mich zu. »Benvenuto, Karla!« Sie drückte mich an ihren großen Busen und küsste mich auf beide Wangen. Auch Fabio zeigte sich hocherfreut.

Im nächsten Moment hatte sich die ganze Familie um

mich versammelt. Alle hießen mich willkommen, stellten sich, ihre Partner und Kinder vor. Bald schwirrte mir der Kopf vor lauter Namen, und ich war froh, als Katia mir ein Glas Weißwein in die Hand drückte. »Cin cin!«

»Was wird denn heute gefeiert?« Ich fragte mich, wem ich mein Gastgeschenk überreichen sollte.

»Mama hatte bekommen asparagi. Wir feiere eine gute Essen!« Kaum hatte sie es gesagt, klatschte Germana in die Hände. »Al tavolo per favore!«

Ich übergab ihr mein Mitbringsel. Germana bedankte sich überschwänglich und zeigte meine Skizze herum. Das war nicht das, was ich gewollt hatte, aber nun hatten wir wenigstens ein Gesprächsthema, das nichts mit Familie zu tun hatte.

Katia führte mich in einen großen Raum neben der Küche. Zwischen den dunklen Balken an der Decke kamen ziegelfarbene Kacheln zum Vorschein. Auf den Terrakottafliesen lag ein heller Teppich.

Im Zimmer stand ein langer gedeckter Tisch. Mittendrin thronte eine alte, schlanke Frau. Sie hatte schlohweißes Haar, und das freundliche Gesicht war von vielen Runzeln überzogen, die wachen Augen waren grün, wie ihre Strickjacke.

»Iste nonna Maria«, stellte Katia sie mir vor. Die Großmutter winkte mich zu sich und klopfte bestimmend auf den Stuhl neben sich.

Kaum hatte ich Platz genommen, umfasste eine knochige Hand die meine und drückte kraftvoll zu. »Benvenuto!« Dann redete sie mit heiserer Stimme auf mich ein. Ich sah mich Hilfe suchend um, denn ich verstand kein Wort.

»Nonna Maria sagt, dass sie sich freut, dass du gekommen bist«, übersetzte eine junge Frau. »Zusammen essen und trinken ist gut für die Seele.«

Überrascht sah ich sie an. »Du sprichst aber gut Deutsch.«

Sie lachte. »Bleibt nicht aus, wenn man es studiert. Außerdem habe ich einen deutschen Freund. Das hilft.«

»Vielleicht kannst du in meiner Nähe bleiben? Ein bisschen Italienisch verstehe ich, aber eine Dolmetscherin wäre hilfreich. Deinen Namen habe ich aber schon wieder vergessen.«

»Cintia.« Sie setzte sich uns gegenüber und zwinkerte der Nonna zu. »Wir sind ein verrückter Haufen, aber denk dir nichts dabei.« Sie wollte noch etwas hinzufügen, doch nun klangen Klaviertöne aus dem Nebenzimmer. Sie kamen wohl von einer alten Schallplatte, denn die melancholische Melodie wurde von einem Rauschen und Kratzen untermalt. Es war das Lied, das Fabio stets vor sich hinpfiff. Als die Interpretin zu singen begann, stellte er sich in die Tür zum Esszimmer und sang voller Hingabe mit. *Vaga luna, che inargenti …*

Obwohl ich zu dem Stück ein sehr zwiespältiges Verhältnis entwickelt hatte, war ich beeindruckt von seiner Stimme und summte leise mit. Nach dem letzten Ton verbeugte Fabio sich und nahm am Tisch Platz. »Jetze die asparagi!« Er erhob das Glas und prostete mir zu.

»Werdet ihr nicht langsam wahnsinnig von dieser Melodie?«, fragte ich Cintia leise.

Sie kicherte. »Er hat seine Macken, aber er ist harmlos.«

»Geht er denn gelegentlich auf die Jagd?« Wenn ich jemals herausfinden wollte, was es mit dieser Vorstellung in den Weinbergen auf sich hatte, war dies der richtige Zeitpunkt.

»Jagen?« Cintia sah mich mit großen Augen an. »Papa?«

»Ich habe ihn vor einigen Tagen mit einem Gewehr beim Ferienhaus herumschleichen sehen«, sagte ich leise. »Das war ziemlich gespenstisch.«

Nun ging ihr ein Licht auf. »Ah! Das ist wegen der Aufführung«, lächelte sie. »Luca spielt in der Schule Theater und Papa spielt in dem Stück einen Jäger. Er übt seinen Text im Wald. So kann er sich das besser merken, sagt er.«

»Ich habe schon befürchtet, er jagt Katzen. Die scheint er ja zu hassen.«

Cintia beugte sich zu mir vor. »Er hat Angst vor ihnen«, flüsterte sie. »Als er klein war, ist ihm mal eine Wildkatze ins Gesicht gesprungen.«

Wieder ein Rätsel gelöst. Allmählich entspannte ich mich, und als ich die üppigen Spargelplatten sah, die aufgetragen wurden, merkte ich, wie hungrig ich war.

Eine der Töchter kam aus der Küche, einen etwa einjährigen Jungen auf der Hüfte. Als sie den leeren Stuhl zu meiner Linken entdeckte, setzte sie sich neben mich. Sie lächelte mich an, der kleine Junge streckte seine molligen Ärmchen nach mir aus.

»Na du?« Ich machte ein paar Faxen, die ihn zum Lachen brachten. Im nächsten Moment stand seine Mutter mit besorgter Miene wieder auf und fluchte leise. Dann fragte sie mich etwas.

»Elisa hat etwas vergessen«, übersetzte Cintia. »Sie fragt, ob du Lorenzo solange nehmen kannst.«

»Aber klar.« Ich setzte den Kleinen auf meinen Schoß. Durch die Kleidung spürte ich seine angenehme Wärme bis auf die Haut.

Nonna Maria beobachtete mich von der Seite. Innerlich wappnete ich mich gegen die Fragen, die nun kommen würden, doch sie blieben aus. Die alte Frau zwickte Lorenzo lediglich in die Wange und nickte mir zu. »Un bravo ragazzo.« Dann widmete sie sich ihrem Essen.

»Und was bekommt Lorenzo?«

»Spargel, Brot, was gerade auf dem Teller liegt«, sagte Cintia. »Er isst so ziemlich alles.«

Da hatte sie recht. Der Kleine hatte sich schon die Serviette geschnappt und biss munter darauf herum. Ich schob ihn mir so auf dem Schoß zurecht, dass ich den Spargel schneiden konnte und steckte ihm ein Stückchen in den Mund. Er bedankte sich mit zufriedenem Schmatzen und schlug fröhlich mit den kleinen Händchen auf den Tisch.

Kurz darauf kam seine Mutter aus der Küche und verteilte Spiegeleier. Nonna Maria bemerkte meinen verwunderten Blick und zeigte mir, wie man Spargel und Ei kombinierte: Zuerst wurden die einzelnen Stangen durch den Dotter, dann durch frisch geriebenen Parmesan gezogen. Eine mir unbekannte Mischung, die ausgezeichnet schmeckte. Auch Lorenzo war glücklich. Wir teilten uns die Portion, und ich war erstaunt, wie viel er in so kurzer Zeit wegputzte.

Als seine Mutter Elisa sich wieder neben mich setzte, wollte ich ihr ihn wieder geben, doch sie winkte ab.

»Sie muss noch oft in die Küche«, erklärte mir Cintia. »Und ist froh, dass er bei dir so ruhig ist. Er bekommt Zähne und weint oft.«

Lorenzo und ich teilten uns zwei weitere Portionen. Danach stieß er eine Reihe zufrieden klingender Konsonanten aus und sabberte mir den Arm voll. Mit meiner Serviette wischte ich ihm den Mund ab.

»Das war schon mal eine gute Vorspeise«, sagte Cintia zufrieden.

»Vorspeise?« Ich war zum Platzen satt.

»Jetzt geht es richtig los. Es gibt noch eine kleine Lasagne, und dann Bistecca alla Fiorentina.«

»Und wie soll ich das alles essen?«

Cintia lachte. »Calma e gesso. Wir haben alle Zeit der Welt.«

Die Nonna schenkte mir nach und stieß mit mir an. »Sie wünscht dir ein langes Leben«, übersetzte Cintia. »Und eine glückliche Familie.«

Ich nippte von meinem Wein und sah auf das Bündel herunter, das schwer in meinem Arm ruhte. Lorenzo schenkte mir ein bezauberndes Lachen, dann fielen ihm die Augen zu. Ich stellte mein Glas ab und strich ihm über den dunklen Haarschopf, über die runden Ärmchen. Und wünschte mir, dass diese selbstverständliche Nähe nie zu Ende gehen würde.

Fabio ging um den Tisch herum und machte Fotos von uns. »Jetze wir mache foto di gruppo!« Er animierte uns zum Aufstehen.

»Geht das wieder los.« Cintia stand auf. »Bei jedem Treffen macht er das und kapiert einfach nicht, dass es nervt.«

»Ich halte hier die Stellung.« Auch wenn die Fragerei bisher ausgeblieben war, spätestens draußen würden sie die Ermittlungen aufnehmen und wissen wollen, warum ich *allein* war. Zudem hatte ich eine ausgezeichnete Ausrede: Lorenzo schlief selig in meinen Armen.

Doch ich hatte die Rechnung ohne Fabio gemacht. »Wenn Lorenzo wache auf, er schlafe wieder ein«, war sein Kommentar und zeigte in den Garten. »Alle mit auf die Foto!«

Er setzte mich und den Kleinen neben Nonna Maria

auf eine schmale Gartenbank und gruppierte die anderen um uns herum. Es dauerte einige Zeit, bis er mit dem Resultat zufrieden war. Dann justierte er die Kamera auf einem wackligen Stativ, stellte den Selbstauslöser ein und gesellte sich blitzschnell zu uns.

Alle schwiegen, und für den Bruchteil einer Sekunde veränderte sich meine Perspektive. Wie ein Außenstehender sah ich mich inmitten der Familie sitzen. Die Szene färbte sich sepiabraun, wie auf dem alten Bild im Ferienhaus.

Entgegen meinen Befürchtungen verspürte ich keine Fluchtgedanken. Es fühlte sich gut an, hier aufgenommen und akzeptiert zu werden. So wie ich war. Als Karla.

Im nächsten Augenblick war der Zauber verflogen. Alle redeten wieder durcheinander, Fabio machte ein paar Schnappschüsse, und Lorenzo wachte weinend auf. Es gelang mir, ihn zu trösten, doch er war übermüdet.

»Er muss ins Bett«, sagte Cintia.

Ich drückte ihn ein letztes Mal, dann reichte ich ihn seiner Mama.

Das Essen ging in die nächste Runde. Cintia hatte maßlos untertrieben, was die Speisenfolge anbelangte. Nach einer Lasagne kam Gegrilltes auf den Tisch. Das Bistecca alla Fiorentina mit Ofenkartoffeln und Salat schmeckte köstlich, und ich ertappte mich bei dem Gedanken, wie Marius sich über dieses Essen gefreut hätte. Sofort schnürte sich mein Hals zu. Ich legte meine Gabel zur Seite.

»Geht es dir nicht gut?« Cintia sah mich mit so viel Mitgefühl an, dass ich mit den Tränen kämpfte.

»Ich kann einfach nicht mehr«, sagte ich, und das bezog sich nicht nur auf das Essen.

Wieder sah ich Marius lachend mit diesen Tussis im Arm sitzen. Wieder fragte ich mich, ob ich irgendeinen

Hinweis für sein Verhalten, für sein Schweigen übersehen hatte. So konnte ich nur abwarten, was als Nächstes passieren würde, und das machte mich allmählich verrückt.

Zum Glück erzählte die Nonna nun lustige Begebenheiten aus der Familie, und dank Cintias Übersetzungen unterhielt ich mich prächtig.

Als Germana eine große Obstschale auf den Tisch stellte, glaubte ich die Mahlzeit überstanden zu haben. Ein Trugschluss. Erst nach Eis, Cantucchi, Vin Santo und Limoncello war die Völlerei tatsächlich zu Ende.

Nach dem Essen stapelte ich erste Teller aufeinander, doch Germana schob dem einen Riegel vor. »Biste hier eine Gast!«

»Bitte! Ich brauche Bewegung, sonst platze ich. Das möchtest du nicht, oder?«

Widerwillig ließ Germana mich weiter abräumen. Als ich die letzten Schüsseln in die Küche gebracht hatte, sah ich mich um. An der Wand stand ein alter Herd, der mit Holz befeuert wurde, daneben ein moderner Gasherd. Die Türen eines großen Holzschranks standen offen und gaben den Blick auf große Mengen Porzellan frei, in der Ecke brummte eine Spülmaschine.

Ich nahm ein Geschirrtuch vom Haken und trocknete zusammen mit Katia und Cintia die Weingläser ab, die Germana von Hand spülte. »Schön habt ihr es hier.«

»Musse tutto rinoviert werde«, brummte Germana, die nun die großen Töpfe in den Schaum tauchte.

»Die Dachrinnen laufen über, und das Gemäuer ist teilweise feucht«, übersetzte Cintia weiter. »Manche Zimmer werden gar nicht mehr benutzt, seit wir ausgezogen sind.

Die Türen bleiben geschlossen und Mama fürchtet sich fast davor, hineinzuschauen.«

Germana nickte. Während sie eine gusseiserne Pfanne mit Küchenkrepp auswischte, erzählte sie weiter.

»Es gäbe also eine Menge Gründe, aus diesem Haus auszuziehen«, sagte Cintia. »Aber Mama meint, man ändert bestimmte, eingeschliffene Dinge nicht so einfach. Wie im Leben. Man arrangiert sich mit vielem. Bis es einem zu viel wird. Bis man die Dinge, die nicht mehr passen, nicht länger ignorieren kann. Dann ist es Zeit zu handeln.«

Beim Abschied musste ich versprechen, bald wiederzukommen. Es war bereits dunkel, als ich ins Ferienhaus zurückkam. Keine Katze weit und breit. Die alte Dame wollte die Callas eine Weile im Haus behalten. Doch wo steckte Leporello?

Im Haus fand ich Paroli auf dem Sofa. Ich streichelte sie und suchte im Schlafzimmer nach dem Kater. Fehlanzeige. Dann ging ich mit einer Taschenlampe in den Garten. Im Schuppen stand das Fressen unberührt neben seinem Karton. Auch seine Lieblingsplätze waren verwaist.

Vielleicht war er wieder auf Mäusejagd, und ich machte mir ganz umsonst Gedanken. Machten Katzen sich jemals Sorgen? Während ich im einsetzenden Nieselregen ins Haus zurückkehrte, formulierte ich erste Sätze zu einem neuen ABC-Begriff.

Sorgen: Unnötige Gedanken, die Zweibeiner sich wegen jeder Kleinigkeit machen. Zum Beispiel dann, wenn man nicht pünktlich nach Hause kommt, weil man spontan auf Mäusejagd gegangen ist.

Genauso wird es sein, sagte ich mir. Leporello hat ein

paar Mäuse verspeist und es sich woanders gemütlich gemacht. Morgen würde er hungrig vor der Tür stehen, als sei nichts gewesen.

In der Küche schenkte ich mir einen Schlummertrunk ein und gab Paroli zu fressen. Für alle Fälle schaltete ich das Außenlicht auf der Terrasse an und setzte mich ans Fenster.

Die kleine Katze ließ sich neben mir nieder und schleckte sich zufrieden die Schnauze. Ich strich ihr über das kurze, glatte Fell. Ihr Bauch wurde immer runder.

»Hast du eine Ahnung, wie es weitergeht, wenn deine Jungen da sind?«, fragte ich leise. »Ein ganz schönes Abenteuer, oder? Weißt du denn, wer der Vater ist?« Paroli sah kurz hoch, dann widmete sie sich wieder der Krallenpflege ihrer Vorderpfote. Anscheinend standen solche Fragen bei ihr nicht *auf der Strategie*, und ich beneidete sie um ihre Gelassenheit.

Die Steinplatten glänzten nass im Schein des Lichts und die Erinnerungen an den schönen Abend verblassten bereits. Das gute Gefühl wich der Panik, und meine Gedanken drehten sich wieder im Kreis.

Erneut spielte ich alle Szenarien durch, lotete die Möglichkeiten aus, die ich zu haben glaubte. Doch wie ich es auch drehte und wendete, ich sah nur noch einen Ausweg. Ich würde mich pro forma bei Robert entschuldigen und ihm erklären, dass ich hier festsaß und die Nerven verloren hatte. Egal, wie süffisant er sich dazu äußern würde, so konnte ich wenigstens noch eine Weile in der Agentur bleiben und mich nebenbei nach etwas anderem umsehen.

Ich klappte das iPad auf und öffnete das Mailprogramm.

Hallo Robert,

es tut mir leid, dass ich am Telefon so überreagiert habe, aber es geht mir gerade sehr schlecht. Alles um mich herum bricht zusammen und Du kannst Dir vorstellen, wie es mir …

Tränen ließen die Zeilen verschwimmen. Ich klappte das Display hinunter und stand auf. In dieser Verfassung würde ich keinen vernünftigen Satz zustande bringen. Abgesehen davon konnte ich die Mail ohnehin erst morgen wegschicken.

Paroli schlief bereits tief. Ich würde versuchen, es ihr nachzutun. Ein letztes Mal leuchtete ich mit der Taschenlampe den Garten ab. Es regnete inzwischen kräftig. Der Kater blieb verschwunden.

Schlief er wirklich woanders? Oder hatte auch Leporello mich verlassen?

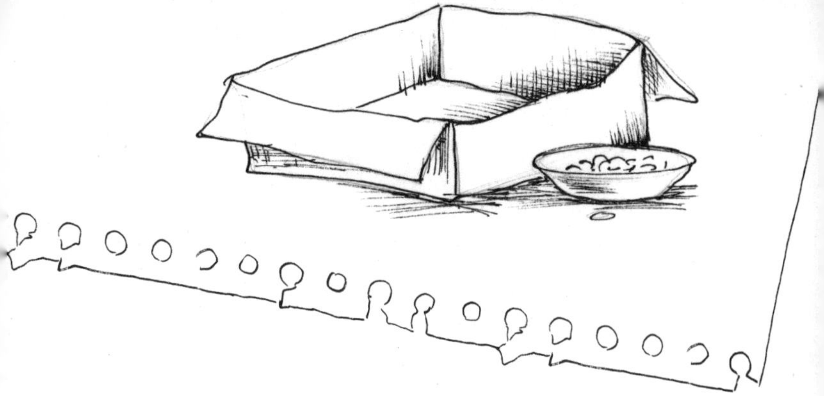

19

Am nächsten Morgen breitete sich die Welt in all ihren Grautönen vor mir aus. Nebelschwaden durchzogen die Landschaft, löschten ganze Bereiche aus. Die Zypressen standen wie schwarze Ausrufezeichen auf den Hügeln.

Der Regen strömte unaufhörlich über die gerundeten Dachziegel, ein wilder Hindernislauf der Tropfen. Rinnsale suchten sich ihren Weg um die schwefelgelben Flechten herum, an dicken, dunkelgrünen Moosknöpfen vorbei, bis sie ihr Ziel erreicht hatten und leise gurgelnd durch die Rinne davonflossen.

In der Nacht war ich immer wieder hochgeschreckt und hatte mich lange im Bett herumgewälzt. Wie gerädert stieg ich die Treppe hinab.

Bitte, lass ihn jetzt dort sein, betete ich, während ich zum Schuppen eilte. Bitte! Doch Teller und Karton standen unberührt auf dem Boden. Kein Maunzen, kein Schnurren. Nur das unablässige Trommeln des Regens.

Ich warf einen Blick über die kleine Mauer, schaute unter dem Salbeistrauch nach, hinter den Liegen.

Mutlos ging ich zurück ins Haus, wo Paroli auf mich wartete.

»Ich weiß, dass ihr euch nicht grün seid, aber könntest du mir einen winzigen Hinweis geben, wo Leporello steckt? Oder mir bei der Suche helfen?« Die kleine Katze dachte gar nicht daran, sondern starrte auf den leeren Futterteller.

»Okay. War ja nur eine Frage.« Ich stellte ihr das Frühstück auf den Boden und begab mich ins Wohnzimmer. Ich verzichtete vorerst auf diese Mahlzeit. Schon der Gedanke daran war zu viel.

Als ich das iPad auf dem Tisch liegen sah, erinnerte ich mich daran, dass ich Robert mailen wollte. Ich überflog die geschriebenen Zeilen und löschte sie. Bloß nicht zu Kreuze kriechen. Das würde ihn noch wütender machen.

Hallo Robert,

sorry, dass ich Dich am Telefon angeblafft habe, aber hier ist die Kacke am Dampfen. Ich sitze ohne Auto in der Pampa fest, mein Freund ist nicht erreichbar, und ich habe keine Ahnung, wie es weitergehen soll.

Ich starrte auf den Text, als würde er sich so auf wundersame Weise von selber ergänzen. Ich hatte wirklich keinen Schimmer, was kommen würde. Allerdings bezweifelte ich, ob dieser Weg der richtige war.

Ich riss ein Blatt aus meinem Skizzenblock und machte eine Kostenaufstellung. Nach längerem Rechnen kam ich zu der Erkenntnis, dass ich mich fast ein Jahr über Wasser halten konnte, falls ich eine günstige Wohnung fand. Dann wäre sogar noch ein kleines Polster übrig.

Dieses Ergebnis machte mir Mut, und ich klappte das iPad zu. Jetzt nur nicht den Kopf verlieren und irgendwelche Zugeständnisse machen.

Eine Stunde später hatte der Regen nachgelassen, und ich fühlte mich stabil genug, die Suche nach Leporello auszuweiten. Die Landschaft dampfte, die kühle Luft tat mir gut.

Das Haus der Nachbarn war seit ihrem letzten Besuch verwaist. Vielleicht hatte Leporello dort irgendwo Schutz gefunden? Ich ging um das Anwesen herum und stieg über eine Mauer. Langsam ging ich im hohen Gras umher und rief nach dem Kater.

Nach kurzer Zeit kam es mir vor, als würde die ganze Welt aus Verstecken bestehen. Überall entdeckte ich Nischen und Unterschlupfmöglichkeiten, doch alle waren leer.

Gerade als ich das Grundstück verlassen wollte, glaubte ich seinen typischen Salbeigeruch wahrzunehmen. Schnüffelnd ging ich weiter bis auf die Terrasse des Hauses. Plötzlich wurden dort die Fensterläden aufgestoßen. Im nächsten Augenblick stand ein Mann in Boxershorts vor mir, neben ihm die Olala in grellroter Unterwäsche. Beide begannen wie auf Knopfdruck zu schreien.

Erschrocken rannte ich zur Mauer und kletterte auf den Feldweg zurück. Ich hörte, wie Fenster und Türen verrammelt wurden, Minuten später fuhr ein Auto mit quietschenden Reifen davon.

So eine avventura amorosa schien eine stressige Angelegenheit zu sein ...

Nachdem ich mich vergewissert hatte, dass Leporello zwischenzeitlich nicht nach Hause gekommen war, dehnte ich meinen Radius Richtung Hauptstraße aus. Ich rief ihn immer wieder, durchforstete die Olivenhaine am Wegrand und fragte bei der alten Dame nach. Sie schüttelte bedauernd den Kopf und versprach, die Augen offenzuhalten.

An der Kapelle suchte ich zwischen den Steinen, als Fabios Benz vor der Ruine hielt.

»Buongiorno, Kaaarla! Was du da mache?« Während er ausstieg, überlegte ich mir eine Antwort. Die Option *Katze suchen* schied aus.

»Du suche was?«

»Meine Brille.« Ich hatte meinen Lebtag noch keine gehabt, aber nun war es gesagt.

»Brille?« Um sich zu vergewissern, dass er richtig gehört hatte, formte Fabio mit Zeigefingern und Daumen zwei Kreise um die Augen. »Habbe nie gesehe mite Brille.«

»Ich trage sie kaum«, sagte ich. »Vielleicht habe ich sie auch woanders liegen lassen.« Schließlich wollte ich hier nicht stundenlang mit Fabio durchs Gras krauchen. »Nochmals vielen Dank für den schönen Abend bei euch.«

»Ah! Hatte gefalle uns auch. Saluti di Germana. Du habe Adresse Internet?«

»Eine E-Mail-Adresse? Ja, die habe ich.« Ich kritzelte sie ihm auf ein Stück Papier, das er mir reichte. »Willst du mir was schicken?«

»Sì! Fotos di ieri. Für memoria. Alora, wir sehe bald wieder. Ciao, Kaaarla!« Vor seinem Wagen blieb er stehen. »Noch eine Ding. Wenn wolle bleibe länger, iste nix problem. Andere persone habbe geabsagt.«

Nachdem er davongefahren war, setzte ich mich auf den Quader, an dem das Drama gestern seinen Lauf genommen hatte. Es war gut gemeint von Fabio, aber alleine wollte ich hier nicht länger bleiben. Wenn Marius nicht bald Kontakt mit mir aufnahm, würde ich mich von Fabio nach Florenz fahren lassen und von dort den Zug nach

München nehmen. Um seine Sachen durfte er sich dann selber kümmern.

Während ich mir überlegte, wie ich das mit meinem vielen Gepäck bewerkstelligen könnte, parkte erneut ein Auto neben der Kapelle. Diesmal war es Lucien.

»Gibt es etwa Neuigkeiten von der Verlegerin?«

Lucien schüttelte den Kopf. »Leider nein, aber ich habe mir Sorgen gemacht. Als ich gestern Abend bei dir vorbeigefahren bin, war alles wie ausgestorben.«

»Ich war zum Essen eingeladen«, sagte ich.

»Aber gut geht es dir nicht, oder?« Lucien musterte mich. »Ist etwas passiert?«

Seine freundliche Stimme und seine Anteilnahme reichten, um die Tränen wieder fließen zu lassen.

»Du meine Güte.« Er nahm mich in die Arme und wiegte mich sanft, bis ich mich beruhigt hatte. »So schlimm?«

»Schlimmer.« Schniefend berichtete ich, was alles über mich hereingebrochen war. »Und jetzt ist auch noch Leporello verschwunden.«

»Wollen wir ein Stück zu Fuß gehen? Dann kannst du in Ruhe erzählen, und gleichzeitig halten wir Ausschau nach dem Kater.«

Wir schlugen einen schmalen Weg ein und gingen an den Weinbergen entlang, die sich um das Ferienhaus erstreckten. Immer wieder verließen wir den Feldweg und schauten in vermeintlichen Verstecken nach, riefen nach Leporello. Doch er war wie vom Erdboden verschluckt

Nach einer Weile übertrug sich Luciens Ausgeglichenheit auf mich, und ich war in der Lage, ihm alles der Reihe nach zu berichten.

»Und du hast keine Ahnung, was vorgefallen sein könnte?«, fragte Lucien. »In San Gimignano warst du so zuversichtlich.«

»Das ist ja das Verrückte. Er geht nicht ans Telefon, schreibt keine Mail. Aber auf Facebook postet er Bilder, auf denen er irgendwelche Frauen im Arm hält.«

»Für eine Midlifecrisis ist er noch ein bisschen jung«, sagte Lucien.

»Dafür stehe ich an einem Scheideweg. Ich war gestern bei Fabio zum Essen eingeladen, und seine Frau erzählte einiges über das Haus, in dem sie leben. Das hat mich an mein Leben erinnert.«

»Inwiefern?«

»Sie meinte, es müsse dringend renoviert werden. Manche Räume würden gar nicht mehr bewohnt werden, weil die Kinder längst ausgezogen sind. Aber sie scheuen sich, Veränderungen vorzunehmen, weil es einfacher sei, sich mit diesen Dingen zu arrangieren.«

»Das geht nur eine Weile gut«, sagte Lucien. »Irgendwann lassen sich die Defizite nicht mehr ignorieren.«

Schweigend gingen wir weiter. Nur das Knirschen unter unseren Sohlen war zu hören. Der Wind frischte auf, und die Sonne kam immer wieder zwischen den dunklen Wolken hervor. Dort, wo ihre Strahlen die Landschaft berührten, vertrieb sie das Grau und erweckte die Farben zu neuem Leben. Würde auch mein Leben jemals wieder bunt werden?

»Wie steht es denn um *dein* Haus?«, fragte Lucien nach einer Weile.

Seit Germanas Erläuterungen geisterte mir diese Frage durch den Kopf, doch bisher hatte ich mich nicht getraut, sie zu Ende zu denken. Ein »*Weiter so, Karla*« würde sicher nicht dabei herauskommen.

»Es wäre an der Zeit, neu zu tapezieren«, sagte ich. »Und richtig durchzulüften«

»Mehr nicht?«

»Einiges gehört auf den Sperrmüll.« Wieder erinnerte ich mich an meine Mutter. Daran, wie schwer sie sich anfangs beim Aussortieren des Dachbodens getan hatte. Doch als sie sich einmal durchgekämpft hatte, ging es ihr so gut wie nie zuvor.

Nur Monate später war sie überraschend im Schlaf gestorben. Ihr Herz hat nicht mehr mitgemacht, sagte der Arzt, als ich ihn nach der Ursache fragte. Hatte sie ihr Herz zu lange an Dinge gehängt, die es nicht wert gewesen waren?

»Das klingt sehr nach *arrangieren*. Wäre eine grundlegende Renovierung nicht besser? Oder gar ein Umzug?«

Ich sah Lucien an. Der Wind hatte seine grauen Locken zerzaust, und ich entdeckte ein paar Sommersprossen auf seiner Nase. »Das ist nicht so einfach.«

»Davon war nie die Rede«, sagte er. »Versuch es mal, in Worte zu fassen. Das zähmt deine kreisenden Gedanken vielleicht ein bisschen.«

»Die Wohnung ist zu dunkel.« Ich kickte ein Steinchen ins Gras. »Auch der Grundriss gefällt mir nicht mehr. Ich hätte lieber einen großen, hellen Raum, anstelle dieser kleinen Zimmer. Aber weil ich mich vor einer Veränderung scheue, lebe ich dort weiter.«

»Und was hast du nun vor? Hältst du es dort weiter aus?«

»Vielleicht ist es sinnvoll, mich bei Robert zu entschuldigen, damit ich noch eine Weile in der Agentur arbeiten und mich in Ruhe nach einer Alternative umschauen kann.«

»Erinnerst du dich an das, was du gemalt hast? An diesen schwarzen Kreis? Möchtest du wieder in deine schwarzen Klamotten schlüpfen und in diesem Hamsterrad arbeiten?«

Wollte ich wirklich zu dieser sogenannten Familie zurück, deren Mitglieder sofort weiterzogen, wenn sich woanders eine neue, eine bessere Chance ergab? Weiterhin rund um die Uhr schuften, ohne Zeit zum Leben zu haben?

»Nein«, sagte ich. »Ich möchte es gegen ein buntes Karussell eintauschen.«

20

»Leporello?« Zuerst glaubte ich, dass er auf meinem Bett saß, und fasste erleichtert neben mich. Doch meine Hand griff ins Leere. Das verzerrt klingende Miauen kam woanders her. Sofort war ich auf den Beinen.

»Leporello?« Ich riss die Tür auf und suchte im Schein der Taschenlampe die Stufen in den Garten ab. »Leporello!« Wieder hörte ich den Kater, konnte ihn aber nicht orten. Rufend ging ich über die Außentreppe hinunter und richtete den Lichtstrahl auf die Terrasse. Der Morgenhimmel verfärbte sich bereits, doch im Garten war es noch dunkel und kalt.

Jetzt ein Maunzen, fast ein Jammern. »Wo bist du denn?« Langsam, um ja keine Stelle zu übersehen, ging ich weiter. Dann entdeckte ich den Kater. Er lag unter einer Liege. Als er mich sah, versuchte er, sich aufzurichten, doch es gelang ihm nicht. Schnell hob ich das Gestell zur Seite und kniete mich vor ihn. Sein Fell war nass und verklebt, und er schien am Kopf verletzt zu sein. Sein kleiner Körper hob und senkte sich unregelmäßig, er atmete schwer.

»Ich bin bei dir. Hab keine Angst.« Während ich beruhigend auf ihn einsprach, überschlugen sich meine Gedanken. Wo um Himmels willen war der nächste Tierarzt? Und wie sollte ich ihn dort hinbringen? Die Ape war viel zu langsam und zu laut für einen so fragilen Transport.

Er schien starke Schmerzen zu haben. Ich musste sofort etwas unternehmen.

Ich rannte hinauf und zog mich in Windeseile an. Im Wohnzimmer nahm ich eine Decke von der Couch. Er hatte sicher einen Schock und musste warm gehalten werden.

Ich breitete den Wollstoff direkt neben ihm aus und holte tief Luft. Vorsichtig schob ich den Körper zur Seite. Er jammerte kurz, doch dann lag er auf der weichen Unterlage. Behutsam deckte ich ihn zu. So würde ich ihn auch leichter transportieren können. Aber wie und wohin?

Der Taxifahrer! Er kannte sich mit verletzten Katzen aus und könnte uns zum Tierarzt fahren. Fieberhaft suchte ich in meinem Rucksack nach der Visitenkarte.

»Ich hole Hilfe.« Vorsichtig strich ich ihm über den Kopf. »Bleib hier liegen.« Dann schnappte ich mir mein Handy und fuhr los.

Auf der kurzen Fahrt zur Kapelle überlegte ich nervös, wie ich dem Mann mein Problem erklären konnte. In seiner Küche hatte ich mich mit Gesten verdeutlichen können, doch diese Möglichkeit fiel nun flach.

Ich betrachtete den anbrechenden Tag durch einen dichten Schleier der Angst. Die Ruine kam in Sicht. Schwarz zeichnete sie sich vor dem heller werdenden Himmel ab. Ich fuhr auf den improvisierten Parkplatz und tippte mit zitternden Fingern die Nummer ein.

»Pronto?« Eine verschlafene Männerstimme.

»Buongiorno. Scusate.« Stotternd begann ich, dem Mann mein Anliegen zu erklären. Wie durch ein Wunder fiel mir der Begriff *veterinario* wieder ein. Ich umschrieb, dass ich eine verletzte Katze hatte, die dringend dorthin gebracht werden musste, erzählte, dass er mir vor wenigen Tagen Benzin verkauft hatte. Vor lauter Angst, er könne auflegen, weil er nichts verstand, kamen meine Worte immer schneller, nahmen mir fast die Luft.

»Questa è una lunga storia«, sagte der Taxifahrer plötzlich. Das ist eine lange Geschichte. Das hätte ich doch gesagt, oder?

»Sì!« Erleichtert, dass er sich an mich erinnerte, erklärte ich ihm, wo ich war und dass ich an der Hauptstraße auf ihn warten würde.

Er hielt sein Versprechen, so schnell wie möglich zu kommen. Ich stieg ein und lotste ihn zum Ferienhaus.

Ängstlich riss Leporello die Augen auf, doch als er meine Stimme hörte, entspannte er sich und ließ uns gewähren. Vorsichtig schoben wir ihn auf die flache Hartplastikschale, die der Taxifahrer mitgebracht hatte. Er würde uns nach Colle di Val d'Elsa fahren, erklärte der Mann.

Die Straßen und Dörfer waren wie ausgestorben. Nur vereinzelt brannte in den Häusern schon Licht. Der Fahrer fuhr schnell und konzentriert, und ich war froh, dass er kein Gespräch begann. Immer wieder legte ich meine Hand auf den kleinen Körper, überprüfte, ob er noch lebte. Ich war bereit, alles für ihn zu geben. Hauptsache, er würde wieder gesund werden. Gab es am Ende doch noch einen Weg, ihn mit nach München zu nehmen?

Der Taxifahrer nahm den Fuß kaum vom Gas und

eine halbe Stunde später hielt er direkt vor der Tür eines schmucklosen Baus. Ich trug den Kater auf der Unterlage hinein und wurde von einer Frau im grünen Kittel empfangen. Der Fahrer erteilte Auskunft. Wir sollten im Wartezimmer Platz nehmen, sagte sie. Dann verschwand sie mit Leporello in einen der Behandlungsräume.

Ich ließ mich auf einen der Plastikstühle fallen und starrte auf die hellgelbe Wand. Der Fahrer setzte sich neben mich. Eine Weile sagte keiner von uns etwas, doch nach einer Weile nahm er meine Hand und sprach leise auf mich ein. Ich konnte nur einen Bruchteil verstehen, aber seine sonore Stimme ließ mich ruhiger werden. Es wird bestimmt alles gut, wiederholte er. Ganz bestimmt.

Als der Arzt zu uns kam, hatte ich mich ein wenig gefangen. Auf Italienisch und auf Englisch und an Hand von Bildern erklärte er uns, was los war. Leporello hatte einen Beckenbruch und innere Verletzungen erlitten. Sie würden sich sofort um ihn kümmern. Heute Nachmittag sollte ich vorbeischauen, dann wüssten sie mehr.

Wie betäubt versuchte ich, die Infos zu verarbeiten. Wie stehen die Chancen, wollte ich noch fragen, können Sie ihn retten? Doch er war bereits verschwunden.

Langsam gingen wir zum Taxi und fuhren zurück. Heute Nachmittag. Ich sah auf die Uhr am Armaturenbrett. Es war erst sieben. Unerträgliche Stunden lagen vor mir.

Als wir das Ferienhaus erreichten, stieg der Fahrer mit mir aus. Ich würde rasch mein Geld holen, sagte ich. Doch er schüttelte den Kopf. Keineswegs werde er Geld nehmen. Als seine Katze verunglückt war, habe ihm auch jemand umsonst geholfen. Er hatte das als Geschenk empfunden und wollte es bei dieser Gelegenheit weitergeben. Wenn ich noch Hilfe brauchte, sollte ich ihn anrufen. Um dieses Angebot zu unterstreichen, gab er mir eine neue Visitenkarte.

Mir fehlten die Worte. Grazie, sagte ich immer wieder bewegt. Mille grazie!

Paroli kam die Außentreppe hinunter. Sie strich mir um die Beine und maunzte leise. »Jetzt heißt es, hoffen und beten, meine Kleine«, sagte ich.

Wir gingen über das nasse Gras und setzten uns auf die kleine Mauer. Seite an Seite schauten wir ins Tal hinunter. Wie am Tag der Ankunft. Seit zwei Wochen war ich nun hier. Zwei Wochen, die mein Leben komplett auf den Kopf gestellt hatten.

Nichts war mehr so, wie es gewesen war.

Bis ich in die Tierklinik fahren konnte, musste ich mich beschäftigen, so viel war klar. Aber womit? Es sollte etwas Einfaches sein. Nichts, bei dem ich nachdenken musste. Ich holte die Ape, dann sah ich mich im Haus um.

Der Wäschekorb im Bad war randvoll. Waschen, ja, da konnte ich nichts falsch machen und war eine Weile beschäftigt.

Ich sammelte im Schlafzimmer weitere Teile ein. Dabei fiel mir Marius' Schlafshirt in die Hand. Heute war bereits der fünfte Tag ohne ein Lebenszeichen von ihm. Plötzlich wurde ich wütend.

Was dachte er sich eigentlich, mich hier mutterseelenallein sitzen zu lassen? Nur weil sein unfähiger Kompagnon es nicht gebacken bekam, ein Problem alleine zu lösen. Aber im Biergarten herumsitzen und dämlich in die Kamera grinsen, das konnte er!

Ich pfefferte das Shirt zu der restlichen Wäsche. Es hatte sich ausgemariust. Sollte er sich eine andere Dumme suchen, der er von seiner heiligen Firma erzählen konnte. Bei mir brauchte er nicht mehr anzutanzen!

Aufgebracht stopfte ich die erste Ladung in die Trommel. Waschmittel, Weichspüler, 60°. Durchwasch und Schluss!

Während die Maschine zum Leben erwachte, überlegte ich, wie ich die nächste Stunde totschlagen konnte. Die Eimer und Putzutensilien in der Ecke brachten mich auf die Idee: Ich würde das Haus putzen. Mal so richtig aufräumen und wischen. Ich nahm Eimer, Schrubber und Besen mit in die Küche und begann zu kehren.

Keine gute Idee. Fast alles, was unter Tisch und Sofa zum Vorschein kam, erinnerte mich an Leporello: kleine Papierkügelchen, die er voller Freude mit der Pfote umhergekickt hatte, ein rotes Fellbüschel, einer meiner Bleistifte …

Mutlos ließ ich mich aufs Sofa fallen und dachte an die Abende, an denen wir gemeinsam ins Feuer geschaut hatten. Paroli sprang neben mich auf die Couch. Sie musterte mich besorgt.

»Komm nur her, Kleine.« Ich zog sie auf meinen Schoß und kraulte sie, bis sie schnurrte. »Vielleicht ist Leporello gar nicht so schlimm verletzt, wie sie glauben, und ist schon bald wieder hier.«

Gegen halb zwei hing die Wäsche auf dem Ständer, und das Haus glänzte. Im Gegensatz zu Paroli hatte ich immer noch keinen Hunger, aber ich zwang mich, eine Scheibe Brot zu essen. Dann zog ich mich um und setzte mich in die Ape.

Die Anspannung schnürte mir die Kehle zu. Wie würde es Leporello gehen? Welche Diagnose würde mich erwarten? An der Einmündung zur Hauptstraße hielt ich unschlüssig an. Sollte ich Lucien um Hilfe bitte? Er hatte gestern mehrmals betont, dass ich jederzeit bei ihm willkommen war. Oder das Angebot des Taxifahrers annehmen?

Nein, ich wollte alleine fahren. Wer weiß, welche Zeiten kommen würden, in denen ich dringender auf ihre Hilfe angewiesen war. Ich gab Gas und fuhr Richtung Colle Val d'Elsa.

Obwohl die Sonne schien und es fast windstill war, hatte ich das Gefühl, kaum vom Fleck zu kommen. Als würde sich das Fahrzeug durch eine zähflüssige Masse kämpfen müssen, wurde jeder Berg zu einer Herausforderung, und mit jedem Meter verstärkte sich das brennende Gefühl in meinem Magen.

Auf dem Parkplatz der Klinik stellte ich die Ape in den Schatten und dachte an andere schlimme Situationen zurück, die ich in der Vergangenheit bewältigt hatte. Bestimmt geht es ihm schon viel besser, versuchte ich mir einzureden. Vielleicht konnte ich ihn sogar bald schon mit nach Hause nehmen.

Ich starrte auf die Eingangstür. Bitte, lass es ihm gut gehen, betete ich stumm. Bitte, bitte, bitte! Langsam ging ich auf das Gebäude zu und ging hinein. Es roch nach Desinfektionsmitteln und nach Medikamenten. Hatten sie das richtige Mittel für Leporello gehabt?

Eine Frau kam auf mich zu. Ich erklärte ihr, wer ich war. Sie führte mich in eines der Zimmer, die vom Flur abgingen und setzte sich mir gegenüber.

»Mi dispiace«, sagte sie. Es tue ihr leid, aber sie hätten meinen Kater nicht retten können. Er sei schon alt gewesen und habe die vielen Verletzungen nicht überlebt.

Wie durch einen dichten Nebel drangen ihre Erklärungen zu mir durch. Warum hatte es nicht einfach ein Splitter in der Pfote sein können? Meinetwegen in allen Pfoten. Ich hätte ihn pflegen und herumtragen können. Wir hätten das schon irgendwie geschafft.

»Haben Sie das verstanden?«, fragte die Frau leise.

Ich nickte und stand ungelenk auf.

»Möchten Sie ihn mitnehmen?«

Wieder nickte ich.

Als das Ferienhaus in Sicht kam, erwachte ich wie aus einer Trance. An Einzelheiten der Rückfahrt konnte ich mich nicht erinnern. Ich wusste nur eins: Leporello lebte nicht mehr und lag in der Decke eingewickelt neben mir auf der Sitzbank.

Ich holte einen Spaten aus dem Schuppen. Als ich dort Leporellos Schlafkarton sah, verwarf ich die Idee, ihn in der Decke zu beerdigen und nahm die Schachtel mit.

Ich fuhr zur Kapelle zurück. Hier wollte ich ihn begraben. Hier war es ruhig. Nachdem ich die Ruine mehrmals umrundet hatte, entschied ich mich für einen Platz, von dem aus man einen weiten Blick in die Landschaft hatte, und setzte den Spaten an.

Die Erde war voller Steine. Immer wieder musste ich die Arbeit unterbrechen, um größere Felstrümmer zu entfernen. Bis das Loch die richtige Größe hatte, war ich schweißgebadet.

Vorsichtig legte ich Leporello in seinen geliebten Karton. Seine Augen waren geschlossen, das sonst so glänzende, seidige Fell stumpf und struppig. Ich streichelte ihn sanft, fuhr über den imposanten Schnurrbart, strich mit dem Zeigefinger ein letztes Mal über seine weiche

Nase, prägte mir die Rottöne und das Muster des Fells ein.

»Danke für die schöne Zeit«, sagte ich leise. »Du warst ein toller Freund. Ich werde dich nie vergessen.«

Ich bettete ihn behutsam in die Grube und streichelte ihn ein letztes Mal. Tränenüberströmt nahm ich die Schaufel in die Hand und schloss das Grab. Als ich fertig war, markierte ich die Stelle mit einigen großen Steinen.

Der Himmel war strahlend blau. Zwischen den hohen Zypressen flogen Vögel, die Wiese zwischen den Steinquadern war bunter als je zuvor, die Welt drehte sich einfach weiter. Ich pflückte ein paar Blumen und legte sie auf sein Grab.

Er muss Sie sehr geliebt haben, hatte die Ärztin gesagt. Er hat sich mit letzter Kraft zu Ihnen nach Hause geschleppt. War ich sein Zuhause, seine Familie gewesen?

Obwohl keine Staude hier weit und breit zu sehen war, hatte ich mit einem Mal einen intensiven Salbeiduft in der Nase. Ein letzter Gruß von Leporello? Ich beschwor das Bild herauf, wie er mit halbgeschlossenen Augen im Kräuterbeet meditierte. So wollte ich ihn in Erinnerung behalten.

Für immer.

Als Lucien die Tür öffnete, fiel mir ein Stein vom Herzen. »Entschuldige, dass ich hier so reinplatze, aber ich kann gerade nicht mehr alleine ...«

Bevor ich weitersprechen konnte, zog er mich ins Haus und sah mich besorgt an. »Du siehst schrecklich aus. Was ist denn passiert? Hattest du einen Unfall?«

»Le-Leporello ...« Plötzlich zitterte ich am ganzen Körper.

Lucien lotste mich ins Wohnzimmer, packte mich in eine warme Decke und legte mich auf die Couch. »Versuche, dich zu entspannen und ruhig zu atmen.«

Mit *ruhig* war es nicht weit her. Sobald ich die Augen schloss, rasten die Bilder wie ein Film durch meinen Kopf, hatte ich Leporellos Stimme in den Ohren. Hastig setzte ich mich auf, rieb mir die Augen, als könnte ich die Erinnerungen so verdrängen.

»Ganz ruhig, Karla. Du kannst hier so lange bleiben, wie du magst.« Er reichte mir ein Glas Wasser. Jetzt bemerkte ich erst, wie durstig ich war, und trank es in einem Zug aus.

»Er ist tot«, hörte ich mich sagen. Dann begann ich zu weinen.

Als die Tränen versiegt waren, konnte ich wieder klarer denken. Leporellos Tod hatte vieles relativiert.

»Es ist höchste Zeit, dass ich die Dinge angehe, anstatt passiv darauf zu warten, dass sich in meinem Leben etwas tut«, sagte ich, als eine hochgewachsene Frau das Zimmer betrat. Sie trug das helle Haar hochgesteckt und streckte mir zur Begrüßung eine schlanke, braungebrannte Hand entgegen.

»Ich freue mich, dich endlich persönlich kennenzulernen.« Sie hatte einen ähnlichen Akzent wie Lucien. »Ich bin Claire.«

»Tut mir leid, dass ich hier so hereingeplatzt bin«, sagte ich. »Ich bin gleich wieder verschwunden.«

»Kommt gar nicht in Frage«, sagte sie bestimmt. »Ich habe dich bereits fürs Abendessen eingeplant. Es gibt Pot au Feu. Ein Eintopf mit Rindfleisch und Gemüse. Magst du so etwas?«

»Macht euch meinetwegen bitte keine Mühe«, sagte

ich, doch der Gedanke an ein warmes Abendessen ließ meinen Magen laut knurren. Lucien und Claire lachten.

»Dann wäre das geklärt«, sagte Lucien.

Es war fast sechs. Wir setzten uns auf die Terrasse. Claire stellte einen Brotkorb auf den Tisch und öffnete eine Flasche Chardonney.

»Wir sollten einen Toast auf Leporello aussprechen«, sagte Lucien.

Ich spürte einen Kloß im Hals, doch ich nickte. Claire reichte mir ein langstieliges, vor Kälte beschlagenes Glas. »Auf die Vierbeiner, die uns lieb und treu waren. Auf Leporello und Filou!«

Jetzt fiel mir ein, dass die beiden ja einen ähnlichen Verlust erlitten hatten, und ich fragte sie nach ihrem verstorbenen Hund.

»Es ist, als ob ein Körperteil fehlt«, sagte Claire leise. »Noch immer nehme ich die Leine von der Garderobe und möchte mit ihm hinausgehen. Ich gehe die Hunderunde jetzt alleine ab und denke dabei ganz fest an ihn. Und ob du es glaubst oder nicht, oft habe ich das Gefühl, dass Filou mich begleitet.«

Stockend erzählte ich ihnen von meiner Erfahrung an Leporellos Grab. »Hätte ich nur nicht ihn, sondern Paroli in den Schuppen verbannt. Vielleicht würde er dann noch leben.« Ich wischte die aufsteigenden Tränen weg.

»Du konntest ja nicht wissen, dass Leporello etwas zustoßen würde«, sagte Lucien. »Mach dir keine Vorwürfe.«

Als Flasche und Brotkorb leer waren, zeigte Lucien hinauf. »Wollen wir mal nachschauen, ob eine Mail gekommen ist? Jetzt käme eine gute Nachricht von der Verlegerin doch gerade recht, oder?«

Der Farbgeruch im Atelier hob meine Stimmung. Ich setzte mich an den Computer und rief meine Mails auf. Während sie vom Server geladen wurden, dachte ich an Robert, dachte an Marius. Doch weder der eine noch der andere hatte sich gemeldet. Frau Lindenberg leider auch nicht.

Ich klickte auf die Nachricht von Fabio, die vor Stunden eingegangen war. Sie enthielt keinen Text, nur Fotos. »Schau mal«, sagte ich zu Lucien. »Das war bei dem Essen vorgestern.« Gemeinsam betrachteten wir die Schnappschüsse: von Nonna Maria beim Essen, die Kinder, die im Garten herumtollten, und die Spargelberge.

Ich scrollte weiter hinunter, bis das unterste Bild sichtbar wurde. Das Familienfoto. Wie versteinert starrte ich auf den Monitor.

»Das ist eine schöne Aufnahme!« Lucien drückte eine Tastenkombination, und im nächsten Augenblick wurde das Foto ausgedruckt.

Ich erwachte aus der Erstarrung. »Es ist schrecklich. Leg das bitte weg.«

»Wieso denn? Es ist wunderschön, fast archaisch.« Er wollte noch etwas hinzufügen, doch Claire schaute durch die Tür. »Das Essen ist fertig. Kommt ihr?«

Wortlos gingen wir hinunter. Claires Eintopf war köstlich, und wir aßen fast schweigend. Obwohl der Ausdruck mit dem Bild nach unten auf dem Tisch lag, hatte ich ihn gestochen scharf vor Augen.

Ich sah die glücklich lächelnde Germana im Kreis ihrer Lieben. Ich sah, wie Cintia sich in den Arm ihres Mannes schmiegte, wie Katia einem der Mädchen einen warnenden Blick zuwarf, den strahlenden Fabio, dessen Hand auf der schmalen Schulter von Nonna Maria ruhte. Und ich sah mich selber: eine Frau mit einem schlafenden Kleinkind im Arm, die ganz in sich zu ruhen schien.

Als die Teller leer waren, zeigte Lucien Claire das Foto. »Schau, eine richtige italienische Familie.«

»Was für eine schöne Aufnahme.« Sie studierte sie eingehend. »Du bist ja auch dabei!« Überrascht sah sie mich an.

»Du siehst großartig aus«, sagte Lucien. »Was ist für dich so schlimm an diesem Bild?«

»Es ist eine irreführende Momentaufnahme«, begann ich. »Familien bringen nur Unglück. Glaubt mir, ich weiß, wovon ich rede.« Ich warf einen Blick auf den Ausdruck. »Wenn es hier funktioniert, ist das eine Ausnahme. Ich werde mich jedenfalls nicht darauf einlassen. Und aus diesem Grund möchte ich auch kein Kind. Ist das so schwer zu verstehen?«

»Ich kann vieles nachvollziehen, aber glauben kann ich dir nicht«, sagte Lucien. »Ich habe dich mit Valentina erlebt und beobachtet, wie du regelrecht aufgeblüht bist. Da war plötzlich eine ganz andere Karla. Eine Karla, die vor Liebe zu zerfließen schien.«

»Ja, die gibt es. Aber diese Karla hat eine Heidenangst, dass es ihrem Kind so gehen könnte, wie es ihr ergangen ist. Ich möchte nicht, dass es die gleichen Dinge erleben muss wie ich, immer wieder in einer fremden Umgebung neu anfangen, jeden Abend die Streitereien der Eltern mit anhören. Die Angst, von ihnen verlassen zu werden. Ist das so schwer zu begreifen?«

»Nein«, sagte Claire. »Aber es gibt keine Garantien im Leben. Ich bin mir sicher, dass auch deine Eltern sich vieles anders vorgestellt haben. Sie haben vielleicht nicht alles richtig gemacht, aber sie werden es so gut wie möglich versucht haben. Wie wir auch.«

»Unsere beiden Kinder hatten es nicht leicht mit uns«, fuhr Lucien fort. »Wie oft haben sie uns vorgeworfen, dass es bei uns nicht so ist wie bei ihren Freunden. Ihr Vater ist ein verrückter Maler, ihre Mutter schreibt Bücher. Das fanden sie nicht toll, glaube mir.«

»Sie hätten es lieber gesehen, wenn Lucien in einer Bank gearbeitet und ich mein Leben als Hausfrau gefristet hätte. Eine, die Kuchen bäckt und sich über den Besuch ihrer Freunde freut. Nicht eine, die nur geistesabwesend in die Runde winkt, um sich dann wieder ihrem Roman zu widmen.« Claire stellte eine Käseplatte auf den Tisch.

»Wir haben deswegen oft ein schlechtes Gewissen gehabt«, sagte Lucien. »Aber ich war nun mal kein Banker und Claire keine Hausfrau.«

»Für mich ist es jetzt ohnehin zu spät«, sagte ich traurig. »Im Augenblick habe ich nicht mal einen Job, und in zwei Jahren werde ich 40. Dann ist der Zug sowieso abgefahren.«

»Höchste Zeit, die Dinge anzugehen. Nicht mehr passiv zu warten, bis sich irgendetwas tut. Das waren deine Worte vorhin.« Lucien schnitt sich ein Stück vom Pecorino ab. »Das Illustrieren ist sicher ein lang gehegter Traum von dir, aber meinst du nicht, dass auch noch etwas anderes dahinterstecken könnte?«

»Was schon? Ich habe die Agentur satt. Und ich möchte endlich mal selbstbestimmt arbeiten.«

»Wer zu Hause arbeitet, kann sich die Zeit besser einteilen. Zum Beispiel mit einem Kind? Aber *du* musst dich für diesen Schritt entscheiden, Karla. Den Rest hast du nicht in der Hand. Du kannst nur vertrauen.«

»Alles schön und gut«, sagte ich. »Aber all diese Erkenntnisse sind wertlos, wenn ich keinen Mann an meiner Seite habe. Und so wie die Aktien stehen, ist das seit fünf Tagen der Fall.«

Wir vereinbarten, dass die beiden die Ape morgen vorbeibringen würden, und Lucien fuhr mich gegen elf durch eine sternenklare Nacht nach Hause. Obwohl es einer der traurigsten Tage meines Lebens gewesen war, fühlte ich mich ruhig und zuversichtlich. Das Leben konnte so schnell vorbei sein. Das hatte mir Leporellos Schicksal gezeigt. Ich würde mich trauen. Auf der ganzen Linie. Schritt für Schritt.

Während des langen Gesprächs mit Claire und Lucien waren mir die schönen Erlebnisse meiner Kindheit wieder bewusst geworden, und ich erinnerte mich mit Dankbarkeit an meine Mutter, die stets die positiven Aspekte hervorgehoben hatte, wenn Probleme bevorstanden.

Plötzlich bremste Lucien ab. Im Scheinwerferlicht überquerte ein Tier die Straße. Es war so groß wie ein Hund und hatte lange, abstehende Spieße auf dem Rücken, die schwarzweiß gestreift waren.

»Was ist das denn?« Ich starrte fasziniert durch die Windschutzscheibe.

»Ein Stachelschwein«, sagte Lucien. Wir blieben stehen, bis das Tier im Unterholz an der Straße verschwunden war. »Die sind nachtaktiv. Man muss sich vorsehen, es kommt immer wieder zu Unfällen.«

Es war noch jemand nachtaktiv: Marius' Auto stand auf dem Parkplatz, im Ferienhaus brannte Licht.

»Sieht ganz danach aus, als könntest du gleich in die nächste Klärungsrunde starten«, sagte Lucien. »Heute scheint dein Aufräumtag zu sein.«

Ich ging in den Garten und sah von der Terrasse ins Wohnzimmer. Marius saß am Tisch. Vor ihm stand eine leere Weinflasche, im Glas ein letzter Schluck

Ich klopfte an die Scheibe. Langsam drehte Marius den Kopf und stand noch langsamer auf. »Dass du auch mal hier auftauchst.«

Mit diesem Satz verschwand sofort meine Absicht, mir zuerst seine Erklärung anzuhören.

»Hast du erwartet, dass ich Trübsal blasend im Haus auf dich warte, während du es nicht mal für nötig hältst, dich auf meine Nachrichten zu melden?« Ich ging an ihm vorbei und öffnete in der Küche eine Flasche Rotwein.

»Mit manchen Neuigkeiten muss man erst klarkommen. So, wie du sie mir vor den Latz knallst ...« Die Arme übereinandergelegt stellte er sich in die Küchentür. »Das mit dem Wein halte ich übrigens für eine ganz schlechte Idee.«

»Was du gut oder schlecht findest, interessiert mich herzlich wenig. Ich musste schließlich mit allem allein fertig werden.« Ich schenkte das Glas randvoll und nahm einen großen Schluck. »Manches im Leben kann man eben nicht planen. Und du kannst mir glauben: In den letzten Tagen bin ich durch die Hölle gegangen. Aber das hat dich anscheinend nicht interessiert.«

»Jetzt bin ich ja da.« Er sagte es, als wäre damit alles geklärt.

Ich spürte, wie das Chiantirot das Wutgrün in meinem Bauch verstärkte. »Sind deine Mädels denn einverstanden, dass du zur Abwechslung mich besuchst?« Ich trank einen weiteren Schluck.

»Welche Mädels?« Marius sah mich verständnislos an.

»Die Hübschen, die du im Arm hattest. Facebook, Biergarten. Klingelt es jetzt?« Ein grelles Zweifelgelb mischte sich hinzu. Diese Mischung fühlte sich höchst explosiv an, und ich fragte mich, was ich an diesem Kerl jemals so toll gefunden hatte. Mal *geliebt* hatte.

»Ach das …« Marius ging ins Wohnzimmer zurück. »Wir haben gefeiert, weil alle Probleme behoben waren«, sagte er. »Nach dem Einsatz, den die Mitarbeiter gebracht hatten, war das höchste Zeit.«

Paroli kam maunzend in die Küche. »Du kriegst was«, sagte ich leise. »Aber halte dich von diesem Stachelschwein fern. Schlechte Schwingungen sind in deinem Zustand nicht gut.«

Während sie sich den Bauch vollschlug, trank ich mein Glas aus und verkorkte die Flasche. Ich hatte mehr als genug getrunken.

Marius dagegen läutete die nächste Streitrunde ein. »Ich wusste gar nicht, dass du so eifersüchtig bist«, ätzte er. »Dabei hätte *ich* dazu allen Grund. Andauernd bist du mit diesem Maler zugange. Das ist doch auch nicht normal, oder?«

»Du lenkst ab«, sagte ich. »Du weißt genau, dass ich mit Lucien nichts habe. Aber zu deiner Information: Ich bedauere es gerade sehr, dass ich die Einladung, bei ihm und seiner Frau zu übernachten, ausgeschlagen habe. Und jetzt gehe ich ins Bett. Gute Nacht.«

Ich stolperte die Treppe hinauf. Darauf hatte ich mich die ganze Zeit gefreut? Auf diesen selbstgefälligen Kerl? Ich begann, mich auszuziehen, doch nach Schuhen und Jeans übermannte mich die Müdigkeit. Um alles andere würde ich mich morgen kümmern. Ich legte mich unter die Decke und stopfte mir das Kissen zurecht. Mit dem Bild von Leporello vor Augen fiel ich in einen tiefen Schlaf.

Als Marius mich wach schüttelte, hatte ich keine Ahnung, was los war.

»Karla! Wach auf! Es ist was mit der Katze unter der Treppe. Aufwachen!«

Es war mir schleierhaft, wo er plötzlich herkam. Er saß angezogen auf der Bettkante, die Haare standen ihm nach allen Seiten.

»Meine Güte, ist mir schlecht!« Zaghaft setzte ich mich auf. Das ganze Zimmer drehte sich.

»Hoffentlich legt sich das bald«, sagte Marius besorgt. Er wollte noch etwas hinzufügen, doch nun hörte ich sie auch: Paroli!

Sofort war ich auf den Beinen und flitzte die Treppe hinunter, Marius im Schlepptau. Ich knipste das Licht über dem Tisch an und näherte mich auf Zehenspitzen Parolis Kiste. Die kleine Katze lag auf der Seite und schien sehr beschäftigt. Um sie nicht zu erschrecken, redete ich leise auf sie ein und kniete mich vor ihren Schlafplatz.

Dann sah ich sie: Zwei winzige Kätzchen lagen vor ihrem Bauch. Paroli sah kurz zu mir hoch, dann leckte sie ihre Jungen weiter sauber. Die kleinen pelzigen Würmchen hatten die Augen geschlossen und machten leise Quietschgeräusche. Eines war rot, das andere getigert.

»Ist das kein Wunder?«, fragte ich Marius, der sich neben mich gesetzt hatte. »So klein und schon alles dran …«

Atemlos beobachteten wir, wie Paroli den Kleinen mit sanften Stößen der Schnauze half, zu ihren Zitzen zu gelangen, und sie zu trinken begannen.

»Toll hast du das gemacht.« Ich strich Paroli mit einem Finger sanft über die Stirn. »Ganz toll!« Sie begann zu schnurren.

»Wir müssen ihr Essen und Wasser hinstellen«, sagte

ich. »Damit sie es nicht weit hat und ihre Kleinen nicht so lange allein lassen muss.«

Kaum waren wir aufgestanden, schloss Marius mich in die Arme. »Ich kann mir zwar noch nicht richtig vorstellen, dass auch wir bald so begeistert in eine Wiege schauen werden, aber ich freue mich riesig!«

»Wie bitte?« Ich machte mich von ihm los. »*Wa*s hast du da gesagt?«

Marius sah mich unsicher an. »Du ... du bist doch schwanger, oder? Das hast du doch geschrieben.«

»Das hast du falsch verstanden.«

»Was gab es daran falsch zu verstehen? Du hast geschrieben ›Ich glaube, es gibt Nachwuchs‹.«

»Du bist live dabei: Katzennachwuchs.«

Zaghaft begannen die Rädchen in meinem Kopf sich zu drehen, und ich konnte mir seine Bemerkung über meinen Weinkonsum erklären, sein Besorgtsein, als ich erwähnte, dass mir schlecht sei. Und sein plötzliches Abtauchen.

Dann passierte etwas, das ich nie für möglich gehalten hätte. Marius sah so enttäuscht drein, dass ich ihn zu mir herzog. »Warum hast du denn nicht nachgefragt, wenn eine deiner größten Befürchtungen wahr zu werden droht?«

»Ich weiß gar nicht, ob ich wirklich so viel Angst davor habe«, sagte Marius zögernd. »Mittlerweile könnte ich es mir sogar gut vorstellen. Und du?«

21

Der Tag erinnerte an ein halbfertiges Bild: Die Sonne spitzte nur zaghaft durch den Nebel, die Landschaft sah verwaschen aus, als hätte jemand mit der Hand über ein noch feuchtes Aquarell gewischt.

Ich fühlte mich ganz ähnlich. Nach weiteren drei Wochen in diesem schönen Haus freute ich mich einerseits, mein Leben neu anzugehen, andererseits war die Unsicherheit groß. Doch ich war zuversichtlich, denn ich hatte Marius an meiner Seite.

Ein letztes Mal kontrollierte ich, ob ich alles dabeihatte. »Ich gehe schon mal vor zur Kapelle«, sagte ich zu Marius. »Kommst du nach? Ich brauche etwa eine Viertelstunde.«

»Willst du telefonieren?«

Ich schüttelte den Kopf. Für mein Vorhaben brauchte ich kein Handy. »Das ist eine längere Geschichte. Ich erzähle sie dir später.«

Langsam ging ich die Straße entlang. Seit wir hier mit Valentina das Fahrradfahren geübt hatten, kannte ich jedes

Schlagloch, jeden Riss. Sofort hatte ich ihr Lachen, ihre Stimme wieder im Ohr. Sah sie strahlend auf dem roten Kinderrad auf uns zu flitzen. »Karla! Mario! Guarda qui!«

Bei der alten Dame waren die Fensterläden geschlossen. Sie sei eine Weile bei ihrer Tochter, hatte sie uns erzählt. Die Callas hatte sie diesmal mitgenommen. Die dicke graue Katze war oft zu Besuch gewesen, als sie wieder aus dem Haus durfte, und war voller Interesse für Parolis Nachwuchs gewesen.

Es war kurz vor sieben. Ich fröstelte und rieb mir über die Arme. Die lange Warmwetterperiode war gestern mit Blitz und Donner zu Ende gegangen. Die Morgenluft roch würzig und frisch.

Im diffusen Licht wirkte die Kapelle wie mit einem Weichzeichner bearbeitet. Erst als ich näher kam, wurden ihre Konturen von einem unsichtbaren Stift nachgezogen.

Ich dachte an die Momente zurück, die ich hier erlebt hatte. Manche waren schön, die meisten aber von Wut und Trauer geprägt gewesen.

Auf Leporellos Grab fielen ein paar erste Sonnenstrahlen. Ich nahm die Blumenkelle aus der Tüte und grub ein Loch in die feuchte Erde. Dann nahm ich die Salbeistaude aus ihrem Topf, stellte sie hinein und schloss das Pflanzloch. Zum Schluss leerte ich eine Wasserflasche auf die krümelige Erde und setzte mich auf die Plastiktüte neben das Grab.

»Wir fahren heute«, begann ich und spürte mit einem Mal, wie ich mich vor diesem Abschied gefürchtet hatte. Ich ordnete die Steine auf dem Grab neu und wurde allmählich ruhiger.

»Deine beiden Kinder wachsen und gedeihen. Und ob

du es glaubst oder nicht: Fabio war hin und weg von ihnen und hat sie sogar vorsichtig gestreichelt. Den Roten haben wir nach dir benannt. Das ging ja gar nicht anders. Der Bengel ist dir wie aus dem Gesicht geschnitten. Seine Schwester haben wir Zazie getauft.

Und es gibt noch eine tolle Nachricht. Am Vormittag ihres Geburtstages stand Lucien mit einer ausgedruckten Mail vor der Tür. Frau Lindenberg ist begeistert von den Probearbeiten. Auch meine ABC-Idee wird umgesetzt.«

Wieder durchströmte mich das Glücksgefühl. Ich hatte die Zeilen gelesen, bis das Blatt zerknittert gewesen war. Erst nach einem Telefonat mit der Verlegerin hatte ich es wirklich glauben können. »Sie hat sich tausendmal entschuldigt, weil sie mich so lange hat warten lassen, aber sie war verreist und hatte einen ähnlich guten Empfang wie wir hier.«

Ich sah in die Ferne. Der Nebel lichtete sich, die Sicht wurde klarer. Auch Marius und mir war in den vergangenen Tagen vieles bewusst geworden. Wir hatten unsere Wünsche, unsere Träume auf den Tisch gelegt und hofften, vieles davon umsetzen zu können.

»Wir kommen bald wieder«, sagte ich. »Wir haben das Haus für zwei Wochen im September gebucht. Dann erzähle ich dir, wie es weitergegangen ist.«

Ich hörte Marius heranfahren und am Straßenrand halten. Ein letztes Mal fuhr ich mit der Hand über die Ackersteine. »Tschüss Leporello.«

Im Auto ging es hoch her. Marius versuchte verzweifelt, die kleinen Kätzchen einzufangen, während Paroli den Flauschalarm unbeteiligt betrachtete und nicht daran dachte, erzieherisch einzugreifen.

»Warum hast du sie denn aus der Box gelassen?« Ich schlüpfte auf den Beifahrersitz und versuchte, Zazie im Fußraum einzufangen. Doch bevor ich sie zu fassen bekam, wuselte sie schon unter meinem Sitz herum.

»Weil sie so gefiepst haben«, sagte Marius. »Da dachte ich, es gefällt ihnen vielleicht, wenn sie ...« Marius tauchte ab, fing Leporello Junior ein und steckte ihn in den großen Transportkorb. Kurz darauf erwischten wir auch seine Schwester und konnten Paroli mit einigen Leckerlis überreden, sich zu ihren Kindern zu gesellen. Dann war endlich Ruhe im Karton.

An der Einmündung zur Hauptstraße sah ich ein letztes Mal zurück, sog jede Einzelheit in mich auf.

Marius nahm meine Hand. »Bist du bereit?«

Ich nickte. Ich war bereit, das Leben mit all seinen neuen Facetten anzugehen. Und freute mich auf die Fahrten in einem bunten Karussell.

Danksagung

Auch wenn nur mein Name auf dem Cover des fertigen Buches steht, war ich sehr froh, dass eine Gruppe von Menschen mir während des Schreibens stets zur Seite stand. Besonders bedanken möchte ich mich

... bei meinem Mann Joachim Schultz für seine Ideen, seine Kochkunst und sein Verständnis dafür, das ich immer wieder monatelang mit wildfremden Menschen, meinen Romanfiguren, unter einem Dach lebe,

... bei Christina Knorz, Anna Karina Birkenstock, Claudia Kohlus, Juliane Breinl und Nicola Bauernschmitt für ihre hilfreichen Hinweise und Kommentare,

... bei Katrin Esders für ihre Einblicke in die Agenturwelt,

... bei Sylvia Setzkorn für ihre Übersetzungen ins Italienische,

... bei Tanja Janz für ihre IT-Hinweise,

... bei Agentin Leonie Schöbel und Lektorin Gesine Dammel für ihren Rat und Zuspruch und

... bei Alexandra Borisch, Sabine Marr und Dagmar Geisler, die mich über die Ziellinie getragen haben.

Hinweis:
Das Katzen-ABC, das in diesem Roman entsteht, erscheint unter dem Titel »Wie wir Katzen die Welt sehen« im Oktober 2017 im Insel Verlag.